KB103524

詩의 아포리아를 넘어서

詩의 아포리아를 넘어서

ⓒ이숭원 외, 2001

초판 1쇄 발행일 · 2001년 10월 20일
초판 2쇄 발행일 · 2001년 11월 10일

지은이 · 이숭원 외
펴낸이 · 김현주
펴낸곳 · 이룸

출판등록 1997년 10월 30일 제10-1502호
121-210 서울시 마포구 서교동 395-101 우신빌딩 5층
전화 (02)324-2347, 9 | 팩스 (02)324-2348
e-mail · erum9@hanmail.net
ISBN 89-87905-57-8 (03810)

값 12,000원

詩의
아포리아를 넘어서

이숭원 외 26인 지음

21세기에 새롭게 읽는 한국 대표 난해시 28편

이룸

시 언어의 새로운 인식을 위하여

소설 작품에 대해서는 해석을 둘러싼 논란이 제기된 적이 거의 없지만, 시의 경우에는 사소한 어구 해석에서부터 전반적인 주제 파악에 이르기까지 의견 충돌과 논쟁이 끊임없이 일어나고 있다. 시를 풀이하는 데에는 정해진 해법도 없고 정답도 없기 때문에 이러한 현상은 당연하다고 생각할지 모른다. 그러나 엄격히 얘기하면, 해석상의 논쟁은 시 비평의 핵심과 직결되어 있다. 소설 비평은 작품이 드러내는 의미를 문학적 · 사회적 문맥으로 환원하는 것으로 작업이 종결되는 데 비해, 시 비평은 의미 해석이 비평의 일차적인 관건이 되는 동시에 비평의 핵심이자 종착점이 된다. 시 작품 속에는 시인이 미처 자각하지 못했던 수많은 의미가 은밀하게 감추어져 있다. 시 비평은 그 숨은 목소리에 말을 걸고 숨결을 불어넣고 형체를 갖추게 하여 실재의 세계로 끌어내는 작업이다. 시 비평의 어려움은 바로 여기서 시작된다. 시 비평가는 십인십색(十人十色)으로 난무하는 해석의 바다에서 의미의 시원(始原)을 찾아 헤매는 탐색가(quest)와 같다.

어떤 경우, 시인이 남긴 자작시 해설이 등대 역할을 하기도 한다. 그러나 정작 그 해설문을 읽어보면 작품을 쓸 때의 배경이라든가 동기, 작품에서 중점적으로 다루고자 했던 주제에 대해 포괄적으로 서술하고 있기 때문에, 우리가 정작 알고 싶어하는 세부적 사항들은 여전히 미지의 상태로 남게 된다. 시인 자신의 입장에서도 작품을 쓸 당시 느꼈던 내면의 미세한 움직임이라든가 거의 직관적인 상태에서 이루어지는 시어 선택의 과정에 대해서는 논리적으로 명확하게 설명하기가 쉽지 않을 것이다.

난해한 작품을 쓰면서 시론에 해당하는 글을 많이 남긴 김수영이나 김춘수의 경우를 보아도 자신의 시에 대해 시어 하나의 의미까지 세세히 해설한 예는 없다. 지극히 추상적인 어구로 몇 가지 특징만을 언급하고 있을 뿐이다. 난해하기로 이름난 이상이 자신의 작품에 대해 해설했다는 얘기를 들어본 적 없으며, 정지용 시의 의미에 대해 독자가 질문을 던졌다든가 시인이 해설을 남겼다는 말도 접해 본 적 없다.

생전의 서정주 시인도, 내용상의 시비와는 관련 없는 어떤 시어의 뜻을 질문하면 쉽게 대답하지만, 논란이 있는 시구에 대해 의견을 물으면 모호하게 얼버무리곤 했다. 한번은 〈서풍부〉에 나오는 '개가죽 방구'가 무엇인지 궁금하여 전화로 여쭤보았더니, "아, 그거 왜 있지 않나, 말가죽이나 소가죽으로 만든 커다란 장구 말고 얇은 개가죽 붙인 조그마한 북 말야. 그거 농악할 때 많이 쓰지 않든가"라고 친절히 설명해 주었다. 그 얼마 후 〈자화상〉에 나오는 "어매는 달을 두고 풋살구가 꼭 하나만 먹고 싶다 하였으나"의 '달을 두고'에 대해 해석상의 논란이 벌어져 그 뜻을 시인에게 또 여쭤보았더니, "아, 그거야, 쉽게 생각하면 오랫동안이라는 뜻이겠지만, 그 외에도 여러 가지로 해석할 수가 있지 않겠는가?"가 답이었다.

사정이 이러하므로, 시를 연구하는 사람들은 자신의 지식과 지혜를 총동원해서 하나하나의 작품을 해석해 나갈 수밖에 없다. 수학 문제처럼 정해진 해법과 정답은 없지만, 작품을 이해하고 수용하는 건전한 문학적 상식과 시적 감수성에 호소하여 자신의 입론을 세워가야 한다. 그러한 노고가 집약됨으로써 시인의 시 세계를 총체적으로 조망할 수 있는 토대가 마련되고 개별 작품의 공시적·통시적 의미를 넓고 깊게 볼 수 있는 시각도 열리게 된다.

최근의 연구 풍토를 보면, 직접 땀 흘리는 노동을 하지 않고 남이 찾아놓은 자료를 그냥 참조하거나 여러 사람의 해석을 무차별 수용하여 자신의 작업으로 차용해 버리는 경향을 목도하게 된다. 그런가 하면 풀이하기 어려운 시는 건너뛰고 해석상의 논란이 없는 시만 모아서 시 세계를 고찰하기도 한다. 그러나 어려운 시라고 해서 해석을 회피하는 것은 문학 경기장에 나온 선수가 할 일이 아니다. 진정한 선수라면 어려운 코스에 도전해서 새로운 기록을 남겨야 하지 않겠는가.

그렇다고 무작정 어려운 코스로만 달려드는 것도 옳은 일이 아니다. 도전해서 무언가를 얻어낼 수 있을 때 본격적으로 접근해야 할 것이다. 그래서 이 책에서는 해석상의 난점을 안고 있으면서도 문학적 가치가 높은 작품을 선정하여 해석의 정도(正道)를 뚫어보고자 했다. 분석은 치밀하게 하지만 서술은 간명하고 평이하게 해서 시에 관심 있는 일반 독자들도 이해할 수 있도록 하자는 집필 지침도 정하였다. 그 결과 27명의 젊은 연구자들이 참여하여 28편의 작품에 대한 해설문을 집필하였다. 집필자들이 충분한 토론을 거치지 못한 상태에서 작업이 이루어졌기 때문에 작품 선정의 기준과 전체적인 체제의 일관성에 대해 문제점이 제기될 수 있다. 그러나 현대시 연구에서 해석상의 논란이 있는 작품들만 모아 집중적으로 새로운 분석을 시도한 점은 충분히 그 의의를 인정받을 수 있을 것이다. 또 각 작품의 해설을 맡은 연구자들이 서로 다른 시각을 가지고 있다는 점도 큰 덕목이 되었다. 작품을 대하는 다양한 관점들이 한 권의 책 속에 화려한 스펙트럼을 펼쳐보임으로써 역동적이고 풍성한 해석의 축전을 이루어낸 것이다. 이러한 이 책의 장점이 우리 시 연구의 수준을 한 단계 끌어올리는 데 기여할 수 있기를 바란다.

이 일은 기상 관측 이후 가장 심한 무더위가 기승을 부린 지난 여름에 진행되었다. 연일 30도가 넘는 열대야에 시달리면서도 좋은 원고를 작성해 준 필자 여러분들께 깊은 감사의 뜻을 전한다. 그리고 이 책의 출판을 맡아준 이룸 출판사의 강병철 사장, 책의 기획과 출판 전 과정에 조언을 아끼지 않은 평론가 방민호, 복잡한 원고를 정리하여 아름다운 책으로 엮어준 편집부의 이승은 님에게 고마움을 전한다.

2001년 9월 15일

이숭원

차례

13   애련한 기다림의 공간, 왕십리 / **정끝별**
         김소월 _ 往十里

23   생명적 기운의 시적 감지 / **이선이**
         한용운 _ 당신을보앗슴니다

33   비판적 지성과 시 창조의 의미 / **이숭원**
         한용운 _ 타골의 시(GARDENISTO)를 읽고

45   감각과 언어 사이, 그 메울 수 없는 간극의 인식 / **방민호**
         정지용 _ 바다 2

61   불길한 환상, 유리창 밖의 세계 / **김신정**
         정지용 _ 琉璃窓 2

71   신문물 체험의 아이러니 / **김종태**
         정지용 _ 流線哀傷

87   상대적 지식에 대한 욕망의 좌절 / **문흥술**
         이상 _ 烏瞰圖 시제1호

자기 탐구 대상으로서의 육체 / **조해옥**　　　103
이상 _ 烏瞰圖 시제15호

제웅, 무기력한 개인의 운명 / **하재연**　　　113
이상 _ 家庭

근대의 고향 찾기 / **박윤우**　　　123
백석 _ 絕望

'또 다른 고향'의 환상에서 벗어나기 / **남기혁**　　　133
백석 _ 北方에서(鄭玄雄에게)

환상에 대한 문화사적 분석, 현실과 환상의 기로에서 / **박현수**　　　147
오장환 _ 深冬

白日 아래 애수는 깃들다 / **문혜원**　　　157
유치환 _ 日月

서정주의 〈自畵像〉을 새롭게 읽는다는 것의 의미 / **송희복**　　　167
서정주 _ 自畵像

179   진취적인 기백의 정서 / **이승하**

서정주 _ 바다

191   '떠돌이' 들의 이야기를 담은
"한줄 굵직한 水墨글씨의 詩줄" / **유성호**

서정주 _ 格浦雨中

201   절망의 절정에서 생각하는 지지 않는 무지개 / **한명희**

이육사 _ 絶頂

현재 속에 내포된 미래,
213   이육사의 〈꽃〉에 나타난 우리 시의 새로운 시제 / **권혁웅**

이육사 _ 꽃

223   白骨을 두고 또 다른 고향으로 가는 길 / **문혜원**

윤동주 _ 또 다른 故鄕

233   저항과 희생의 복합적 구조 / **박호영**

윤동주 _ 肝

245   잃어버린 시간 속을 걸어가는 슬픈 사람의 뒷모습 / **김용희**

윤동주 _ 懺悔錄

〈洛花〉에 나타난 무시간성과 제유적 세계 인식 / **최승호**　　257
조지훈 _ 洛花

정결한 기도의 위반 / **이은정**　　273
김현승 _ 絕對孤獨

눈과 기침의 정체를 찾아 / **정재찬**　　285
김수영 _ 눈

도시의 '피로'를 넘는 사랑의 미학 / **금동철**　　295
김수영 _ 사랑의 變奏曲

사실과 환상의 대극적 긴장, 그리고 초월 / **강웅식**　　307
김수영 _ 풀

낭만적 동경, 그 아름다운 비극 / **진순애**　　321
김종삼 _ 스와니江이랑 요단江이랑

'등성이', 이야기의 절정 / **이희중**　　331
박재삼 _ 울음이 타는 가을江

往十里

비가 온다 오누나 오는비는 올지라도 한닷새 왓스면죠치. 여드래 스무날엔 온다고 하고 초

애련한 기다림의 공간, 왕십리

하로 朔望이면 간다고햇지. 가도가도 往十里 비가오네. 웬걸, 저새야 울냐거든 往十里건너

가서 울어나다고, 비마자 나른해서 벌새가 운다. 天安에삼거리 실버들도 촉촉히저젓서 느

_ 김소월 〈往十里〉

러젓다네. 비가와도 한닷새 왓스면죠치. 구름도 山마루에 걸녀서 운다.

정끝별 | 추계예술대학교 국문학과 겸임교수

往十里

비가 온다

오누나

오는비는

올지라도 한닷새 왓스면죠치.

여드래 스무날엔

온다고 하고

초하로 朔望이면 간다고햇지.

가도가도 往十里 비가오네.

웬걸, 저새야

울냐거든

往十里건너가서 울어나다고,

비마자 나른해서 벌새가 운다.

天安에삼거리 실버들도

촉촉히저저서 느러젓다네.

비가와도 한닷새 왓스면죠치.

구름도 山마루에 걸녀서 운다.[1)]

김소월의 시는 체화된 민요조의 리듬에 기대고 있어 거부감 없이 절로 읽힌다. 그러나 그와 같은 자연스러운 읽힘의 이면을 자세히 들여다보자면 그 의미가 결코 쉽지 않은 경우가 많다. 〈往十里〉가 바로 그 대표적인 시다. 서술 주체의 불투명성, 한 연에서 다른 연으로 넘어갈 때의 비약적 전환, 가정형 진술과 간접 인용의 절묘한 활용, 객관적 상관물 간의 돌연한 병치 등으로 산문적인 해석을 어렵게 한다. 이런 애매성과 모호성을 높이 평가하여 〈往十里〉를 김소월의 절창이라고 평가하는 이가 있는가 하면, 앞뒤가 맞지 않는 덜 여문 시라고 폄하하는 이도 있다.

지금까지 〈往十里〉를 해석하는 과정에서 제기된 주요 쟁점은 ① '往十里' ② '한닷새 왓스면죠치' ③ '여드래 스무날'과 '초하로 朔望' 등과 같은 단편적 시구에 몰려 있었다. 여기에 필자는 ④ '가도가도'의 주체는 누구인가 ⑤ 왜 '天安 삼거리'인가 라는 의문을 해석의 주요한 열쇠가 될 만한 문제로서 덧붙이고자 한다.[2] 이러한 문제들에 대한 지금까지의 논점을 좀더 자세하게 소개하면서 각각에 대해 심도 있게 점검해 보아야 할 것이나 한정된 지면상 나중으로 미루고, 필자의 해석적 관점을 간략하게만 제기하고자 한다.

---

1) 《원본 김소월 전집》, 오하근(편저), 집문당, 1995.
2) ① '왕십리(往十里)'를 어떻게 해석할 것인가?: 왕십리가 동대문 밖의 지명과 연관되어 있고, 글자 그대로 '십 리를 가다'라는 의미임은 주지의 사실이다. 이러한 사실을 토대로, 왕십리의 언어적 뉘앙스와 지역적 특성에 초점을 맞춰 '먼 길 혹은 힘든 길'의 의미를 나타내는 보통명사로 해석하는가(정끝별) 하면, 조선의 도읍을 정하려 했던 무학대사 설화에 초점을 맞춰 '십 리를 더 가라'는 의미로 해석하기도(홍정선) 하고, 서울 도성(광희문)에서 십 리 정도 떨어져 있는 지점이라는 점과 "십 리도 못 가서 발병 난다"는 옛 노랫말에 접합시켜 '십 리밖에 가지 못한다'라고 해석하기도(이남호) 한다.
② '한닷새 왓스면죠치'를 어떻게 해석할 것인가?: 〈왕십리〉의 시적 정황이 현재까지 계속해서 비가 내리고 있다는 점에는 이의가 없을 것이다. 그러나 '한닷새 왓스면죠치'라는 구절에 대해서는 내리는 비를 향해 내리는 김에 아예 한 닷새쯤 퍼부으라고 해석하기도(임호영) 하고, 하루든 닷새든 오는 비 자체가 '싫기' 때문에 빨리 그치라고 해석하는가(정끝별) 하면, 닷새 '정도' 내리면 충분하다고 해석하기도(홍정선) 한다.

〈往十里〉는 첫 연부터 해석하기가 녹녹지 않다. "비가 온다/오누나"는 현재 계속해서 비가 내리는 상황에 대한 사실 진술과 감탄 진술로 이루어져 있다. 화자는 지금 오는 비에 그치지 않고 앞으로 올 비까지를 상정해 보는 것인데, 하루든 이틀이든 오는 비 자체가 싫은 듯하다. 그것이 굳이 "한닷새"인 것은, 관습적으로 비가 충분히 올 만한 시간의 통상적 기간일 뿐이다. "한"이 '대략(적으로)'이라는 의미의 접두어이고, '한 사나흘' 보다 '한 닷새'가 훨씬 편안하게 율독된다는 점을 감안한 해석이다. 그러므로 "한닷새 왔스면죠치"는 닷새만 내리고 그쳤으면 좋겠다는 평면적인 의미에 그치지 않고, 그만 그쳤으면 좋겠다는 의미를 비틀어서 내뱉고 있는 것으로도 읽힌다. 이렇게 보았을 때 이 구절은 오는 비에 대해 원망(怨望)하는 화자의 심리 상태를 잘 드러내준다.

이 시의 애매성은 사실 2연에서 더욱 깊어진다. "가도가도"의 주체도 불분명할 뿐만 아니라 "여드래 스무날"과 "초하로 朔望"이 며칠을 뜻하는지 불분명하기 때문이다. 먼저 '여드래 스무날'은 음력 스무여드렛날의 도치로, 삭망은 음력 초하루를 가리키는 동어 반복으로 해석하는 것이 더 설득력 있다. 율독을 배려한 이러한 도치는 "갈 봄 여름 없이(〈산유화〉)" 같

③ '여드래 스무날'과 '초하로 朔望'을 어떻게 해석할 것인가?: 잘 읽히는 운율을 배려해 '여드래 스무날'은 28일의 도치로, '초하루 朔望'은 1일의 반복으로 해석하는가(이승훈) 하면, 말 그대로 8일과 20일, 1일과 15일로 보아 조수간만에 의한 조금(비가 내릴 확률이 높음)과 사리(맑을 확률이 높음)로 해석하기도(황현산) 한다.
④ '가도가도'의 주체는 누구이고 왜 가는가?: 이렇다 할 논란이 되지는 않았지만 '가도가도'의 주체를 누구로 해석하는가에 따라, 시의 의미가 달라질 수 있다. '오고 가는' 주체는 '비'에만 국한되지는 않을 것이다. 이 경우 가고 또 가는 주체가 대상으로서의 '그 누구'인지, 아니면 화자로서의 '나'인지 분명치 않다.
⑤ 왜 '天安 삼거리'인가?: 그동안 '왕십리'에 대한 해석에는 많은 관심을 기울였지만, 정작 그 짝을 이루는 '천안'에 대한 논의는 별로 없었다. 필자는 왜 굳이 왕십리인가에 대한 의문은, 왜 천안인가 하는 문제와 함께 논의되어야 한다고 본다. '왕십리의 벌새'와 '천안의 능수버들'과의 상관성 또한 마찬가지다.

은 데서도 엿볼 수 있다. 28일과 1일로 보았을 때 계속해서 내리는 비는 일단, 장맛비를 연상케 한다. 예로부터 장마는 한 달 간, 즉 음력 오월 스무여드레께 시작해서 칠월 초하루께면 끝난다고 한다. 장마 기간이 한 달 동안 지속된다 해도, 계속해서 비가 내리는 기간은 대체로 한 닷새를 넘기기 어렵다. 계속해서 내리는 비의 상한선이 바로 "한닷새" 정도인 셈이다.

그런데 "온다고 하고" "간다고 했"던, 오고 가는 주체는 단순히 비만이 아닌 그 무엇 혹은 누군가를 떠올리게 한다. 흔히 비가 온다고는 말하지만 비가 간다고는 말하지 않기 때문이다. 그렇다면 '그 무엇'을 생각해 볼 수 있는데, 필자의 경우 막연한 '그 무엇'보다는 구체적인 누군가, 즉 '온다고 하고 간 사람'이 먼저 떠오르고 자연스럽게 이별의 상황이 떠오른다. 이러한 해석은 시의 정조뿐 아니라 김소월 시의 상호텍스트적 관계를 염두에 둔 결과이기도 하다. 이렇게 보았을 때 "한닷새"는 스무여드레와 초하루 사이의 4~5일에 해당하는 기간을 지칭하는 것일 수도 있다. 화자는 대략 한 닷새 동안의 만남을 절박하게 기다리며 "온다고" 한 약속을 상기하면서 되새기고 있는 듯하다. 그러나 비가 오는 동안은 '온다고 하고 간 사람'은 올 수 없기에 "한닷새"나 오는 비가 그만 그쳤으면 하는 것이고, 어차피 오지 못할 사람이기에 "한닷새" 오는 비가 오지 못하는 사람의 핑곗거리라도 되어주기를 바라는 것이다. 그러기에 온다고 하고 "간" 주체는 떠나간 '님'이고, "가도가도"의 주체는 그 님이 그리워 왕십리에 갇혀 '기다리고 기다리는' 화자이다.[3] 즉 화자는 절박한 심정으로 '온다고

---

3) 이 시는 나를 두고 '그 누군가'가 차마 못 가고 있는 시, 혹은 너를 두고 '내'가 차마 못 가는 시일 수도 있다. 이 경우는 모두 떠남의 시가 될 것이다. 그러나 이미 가버린 '누군가'를 따라가고 싶어하지만 결코 따라갈 수 없는 한없는 기다림의 시, 즉 이별 이후의 시가 될 수 있을 것이다. 필자는 후자라고 생각한다.

한' 그 약속을 되새기며 기다리고만 있는 것이다.

　그러나 온다고 약속한 사람이 올 것이라는 믿음이 화자에게는 없다. 오히려 오지 않을 사람을 기다리고 있는 안타까움과 애잔함으로 가득 차 있다. 특히 '~라고 했지'라는 간접인용 어법으로 진술함으로써 진술 내용의 신빙성 또는 실현 가능성을 약화시키고 있다. 이같은 어법은 '님'을 기다리고는 있지만 그가 정말 올 것인지에 대한 화자의 불확실한 믿음과 그로 인한 복잡한 심정을 효과적으로 드러내줄 뿐만 아니라, 갈 수 없음과 올 수 없음의 애절한 이별 상황을 강조하는 효과를 내고 있다. 사실 소월 시에서 '오다'와 '가다'는 뚜렷하게 변별되지 않는다. 오는 것은 오는 것이 아니고 가는 것은 가는 것이 아니라는 점에서, 오다와 가다는 도달할 수 없음의 동의어에 불과하다. 하지만, 도달할 수는 없어도, 그의 시 속의 화자들은 여전히 오고 또 간다. 그러기에 "가도가도"의 왕십리는, '기다리고 기다리는', '기다려도 오지 않는' 상징 공간인 셈이다.

　의외 상황에 대한 의심, 부정, 강조를 나타내는 감탄 진술 "웬걸"에 의해 3연은 새롭게 전환한다. 비까지 오는데 새가 울고 있는 상황이 바로 그것이다. 전체적인 맥락 속에서 "웬걸"은, 의외의 상황에 대한 부정의 강조로 해석해야 할 것이다. 계속해서 내리는 비처럼, 화자 또한 마음속으로 울고 있는데 벌새까지 우는 게 싫은 것이다. 오는 비야 어쩔 수 없다 하더라도 벌새만이라도 울음을 그쳐주길 바라는 마음이다. 그래서 "울냐거든 往十里 건너가서 울어나다고"는, 기다림에 지쳐 울고 있는 화자의 마음을 더욱 부채질하지 말라는 의미인 동시에 울더라도 왕십리에서는 울지 말아달라는 의미를 함축한다. 특히 이 벌새가 꽃의 꿀을 찾아다니는 새라는 사실은 이 시를 사랑의 시, 기다림의 시로 읽도록 유도하는 데 한 몫한다. 그런데 왜 "나른해서" 운다고 했을까. 계속되는 비(기다림)의 무게에 짓눌려 나른하다고 한 것일 게다. 다른 한편으로는 계속되는 비(기다림)의 무게를 기껍게 받아들이고 있는 듯도 하다. 나른하게 우는 벌새의 울음이야말로 화자의 애련함을 더욱 북돋운다.

4연에서 주목할 부분은 "天安에삼거리 실버들"이다. 천안은 왕십리와 지리적으로 멀다. 그뿐 아니라 삼남대로의 분기점이자 사통팔달의 육로로, 오고 가는 교통의 요지이자 사람들이 모여드는 유흥의 공간이기도 하다. 게다가 우리 민요(흥타령)에서 "천안 삼거리 휘휘 늘어진 능수버들"은 "님 만나 보겠네"라는 구절로 이어지며, 님과의 상봉을 위해 한껏 물이 오른 요염한 여인네를 연상케 한다. 그렇게 보자면 님 만나 보겠다는 '천안 삼거리 실버들'은, 님의 부재 속에서 울고 있는 '왕십리 벌새'와는 대조되는 상관물이다. '하늘이 편안하다'라는 '天安'의 한자적 의미와, "촉촉히" 젖어 늘어진 실버들의 이미지가 심상치 않기 때문이다. 천안 삼거리에는 지금 막 비가 그쳤다고 생각한다면 이러한 해석은 더욱 그럴듯해진다.

그러나 그리 간단치만은 않다. 강조의 의미를 지닌 '도'라는 조사 때문이다. 계속해서 내리는 비가 왕십리뿐만 아니라 천안에까지 내린다고 해석할 수도 있기 때문이다. 이때 천안에까지 내리는 비는, 벗어날 수 없는 막막한 기다림과 그 기다림에 묶여 있는 화자의 존재 상황을 강조하는 역할을 한다. 그러니 왕십리를 벗어난다 해도 결과는 같을 뿐이다. 가도 가도 왕십리이고, 천안도 왕십리일 뿐이다. 빗속에 울고 있는 왕십리 벌새처럼, 천안의 실버들조차도 비 맞아 축축 늘어져 있음을 강조한 것이다. "촉촉히저젓서 느러졋다데"라는 구절도 왕십리 밖 천안에까지 비가 내리고 있기 때문에 이 지루하게 내리는 비가 영영 그칠 것 같지 않다는 의미로 해석해야 할 것이다. "촉촉히" 역시 화자의 처연한 심정을 더욱 강조하는 것이리라. 가볍고 경쾌한 어감을 가진 "촉촉히"는 "나른해서"와 마찬가지로 에로틱한 느낌까지도 환기하는 부사들이다.

마지막 행 "구름도 山마루에 걸녀서 운다"에서, "도"라는 한정조사와 "운다"라는 현재형 진술을 통해 화자의 애련함은 더욱 강조된다. 이 "도"에 의해, '우는' 행위는 화자로부터 화자의 객관상관물들인 '벌새'와 '실버들'과 '구름'으로 전이되고 있다. 구름이 산마루에 걸려 있다는 것은 왕십리에 여전히 비가 내리고 있음을 강조한다. 비가 그칠 기미가 보이지 않는 현재의 상황을 못박고 있다. 그렇기 때문에 "가도가도 往十里"이다. 비가 내리는 동안 화자는 님으로부터 벗어날 수 없고, 비가 내리는 동안 님은 화자에게 올 수 없는 것이다.

그렇다면 제목을 비롯해 시의 본문에서 두 번이나 반복해서 등장하는 "往十里"를 어떻게 해석해야 할까. '왕십리'가 글자 그대로 '십 리를 가다'라는 의미를 함축한다는 것은 기본일 것이다. 그럼에도 굳이 왕십리인 것은 지역적 특성과 언어가 주는 뉘앙스 때문일 것이다. 옛날 왕십리는 서울 도성에서 십 리쯤 떨어진 곳으로 비가 오면 질척거리기로 유명한 곳이다. 화자는 가도 가도 계속해서 내리는 비와, 한없이 질척거리는 이 왕십리를 절대로 벗어나지 못한다. 그러기에 왕십리에 내리는 비는 참으로 묘연하다. 사물에 젖어드는 속성 때문에 '님'을 떠올리게 하고, 그

'님'이 쉽사리 돌아오지 않을 듯하여 울게 하고, 그 님을 더욱 오지 못하게 하는 결정적인 장애 요인이 되기도 한다. 이렇게 보자면 시인은, 계속해서 내리는 비가 하루빨리 그치기를 바라면서 어쩌면 계속해서 내리는 비가 싫지 않는 듯도 하다. 기다림을 숙명적으로 받아들이면서 그 자체를 즐기고 있는 듯도 하기 때문이다. 비에 대한 이중적 심리 상태, 즉 원망(怨望)의 마음이 원망(願望)으로도 읽히는 대목이기도 하다. 화자의 애절한 내면을, 결코 벗어날 수 없는 애련한 내면을 두드러지게 한다. 이때 고유 지명으로서의 왕십리는 시인의 심리적 공간으로 전환되면서, '한없는 기다림' 혹은 '가도 가도 벗어날 수 없는 기다림에의 유폐'라는 의미로 보통명사화된다. 그러니 끝행에서 여전히 "가도가도 往十里 비가 오네"처럼 현재 진행형으로, 내리는 비를 서술한 것일 게다. 즉, 영원한 현재 진행형으로 울고 있는 화자의 내면을 비유한 것일 게다.

특히 갈 '往'의 의미와 사방으로 트인 '十'자는 헤맴과 옴짝달싹 못하는 유폐의 느낌을 강화시킨다. 게다가 《시경》에서 '往'과 '王'을 혼용해 쓰기도 한다는 걸 언급하지 않더라도) '往'자는 우두머리, 최고라는 '王'을 환기시켜, 십 리 중의 십 리, 즉 '최고로 먼 길 혹은 최고로 힘든 길'이라는 심리적 거리로서의 의미를 강화한다. 이는 김소월이 자주 사용하고 있는 삼수갑산, 영변, 정주 곽산, 금강 단발령 등을 비롯하여 〈往十里〉의 4연에도 등장하고 있는 "天安"처럼, 고유 지명을 보통명사화하고 있다는 점과도 연관된다. 때문에 왕십리를 벗어나지 못하는 안타까움과 기다림에의 유폐의식이 강조되어 있다고 봐야 할 것이다.

필자에게 〈往十里〉는 기다림의 시, 한없는 기다림의 애련함을 노래한 시로 다가온다. 앞뒤가 맞아떨어지는 계산된 언어가 아닌, 애련함 그 자체에 푹 빠져 그 애련함을 체화시킨 직관의 깊이로, 그 깊이의 애매모호함으로 '노래' 하는 시 말이다. 이 시에서 사용된 비유적 상관물, 예를 들면 비 · 벌새 · 실버들 · 구름과 같은 것들이 대체로 사랑의 이미지를 환기하기 때문이기도 할 것이며, 울음 · 나른함 · 젖음 · 늘어짐 따위의 시어들이 애련한 슬픔이라든가 이별의 비극적 정서를 환기하기 때문이기도 할 것이다. 또한 각 행에 쓰이고 있는 서술어, 왓스면죠치, ~(하)다고, ~했지(했다데) 등의 종결어미는 무언가 닿을 수 없는 곳을 향한 간접적인 바람 혹은 체념, 원망(願望)과 원망(怨望)의 느낌을 강화해 주기 때문이기도 하다. 그러기에 '올지도 안 올지도 모르고, 왔어도 금세 가버릴, 그리하여 마냥 기다릴 수밖에 없는' 기다림의 애한이 느껴지는 시다. 소월 시의 백미는 대체로 이러한 애매모호한 감정의 깊이에 그 뿌리를 두고 있는 경우가 대부분인 바, 〈往十里〉 또한 그러한 절창 중 하나다.

당신을보앗습니다

당신이가신뒤로 나는 당신을이즐수가 업습니다 까닭은 당신을위하느니보다 나를위함이

생명적 기운의 시적 감지

만슴니다 나는 갈고심을짱이 업슴으로 秋收가업슴니다 저녁거리가업서서 조나감자를우러

이웃집에 갓더니 主人은「거지는 人格이업다 人格이업는사람은 生命이업다 너를도아주는것

_ 한용운 〈당신을보앗습니다〉

은 罪惡이다」고 말하앗슴니다 그말을듯고 도러나올째에 쏘더지는눈물속에서 당신을보앗슴

|이 선 이|경희대학교 국문학과 강사|

니다 나는 집도업고 다른까닭을겸하야 民籍이업슴니다「民籍업는者는 人權이업다 人權이업

는너에게 무슨貞操냐」하고 凌辱하랴는將軍이 잇섯슴니다 그를抗拒한뒤에 남에게대한激憤이

스스로의善음으로化하는刹那에 당신을보앗슴니다. 아아 왼갓 倫理, 道德, 法律은 칼과黃金을

祭祀지내는 烟氣인줄을 아럿슴니다 永遠의사랑을 바들人가 人間歷史의첫페지에 잉크칠을할

人가 술을마실人가 망서릴째에 당신을보앗슴니다

당신을보앗습니다

당신이가신뒤로 나는 당신을이즐수가 업습니다
짜닭은 당신을위하느니보다 나를위함이 만습니다

나는 갈고심을짱이 업슴으로 秋收가업습니다
저녁거리가업서서 조나감자를쑤러 이웃집에 갓더니 主人은「거지는 人格이
업다 人格이업는사람은 生命이업다 너를도아주는것은 罪惡이다」고 말하얏습
니다
그말을듯고 도러나올째에 쏘더지는눈물속에서 당신을보앗습니다

나는 집도업고 다른싸닭을겸하야 民籍이업습니다
「民籍업는者는 人權이업다 人權이업는너에게 무슨貞操냐」하고 凌辱하랴는將
軍이 잇섯습니다
그를抗拒한뒤에 남에게대한激憤이 스스로의슯음으로化하는刹那에 당신을
보앗습니다.
아아 왼갓 倫理, 道德, 法律은 칼과黃金을祭祀지내는 烟氣인줄을 아럿습니다
永遠의사랑을 바들ㅅ가 人間歷史의첫페지에 잉크칠을할ㅅ가 술을마실ㅅ가
망서릴째에 당신을보앗습니다[1]

만해 한용운의 시 세계를 살펴볼 때 시 〈당신을보앗슴니다〉는 각별한 의미를 지니고 있다. 만해 시를 식민지 조국 현실에 대한 치열한 대결의 식의 산물로 평가할 때, 가장 우선적으로 손꼽히는 시가 바로 이 시이기 때문이다. 만해를 형이상학적이고 명상적이며 종교성 짙은 시인으로 보는 이들도 시 〈당신을보앗슴니다〉에 대해서만은 사회·역사적 관점에서 이를 해석하는 데 조금도 주저하지 않는다. 이러한 경향은 집 없음, 인격 없음, 생명 없음, 민적 없음의 시적 정황과 시인이 처해 있는 식민지 현실의 상동성으로 인해 상당한 설득력을 확보한다고 하겠다. 따라서 이 시가 일제 강점이라는 폭력적인 착취 현실 하에서 고통받는 민중의 초상을 그리고 있으며, 이 시에서 상징하는 "당신"은 민중적 역사 의식의 소산으로서 "당신"에 대한 감지는 곧바로 조국 광복이나 일제에 대한 저항 의식의 발로라는 해석에 대체로 합의하고 있는 형편이다.

이러한 평가는 우선, 만해 연구가 1970년대의 국학연구 중흥이라는 시대적 분위기를 이끌었다는 점과 무관하지 않지만, 무엇보다 식민지를 우리의 역사적 특수성 속에서만 이해하려는 근대 인식의 한계와도 깊이 연관된다. 그간의 탈근대 논의를 통해 새롭게 인식될 수 있었던 바이지만, 근대는 경제 가치와 권력 가치가 생명 가치의 우위에 놓임으로써 자본주의와 제국주의가 결탁하여 반인간적 야욕을 실현해 나간 반생명적 프로젝트라는 거시적인 관점에서 바라보아야 한다. 우리의 식민지 또한 이러한 근대 프로젝트의 결과라는 점에서 재평가할 필요가 있을 것이다. 식민

---

1) 《님의 침묵》, 회동서관, 1926, 63면.

지라는 특수성의 문제에 매달려 이 시를 해석할 경우, 일제의 폭압적 착취 현실과 이 시의 시적 현실을 단순히 일대일 대응해 버림으로써 시집 《님의 침묵》의 전체적 맥락을 간과하고 그 의미 자장을 축소하는 위험을 초래할 수 있다. 시집 《님의 침묵》에 실린 시편들은 그 자체로 한 편 한 편이 독립된 시이지만 전체를 놓고 볼 때, 한 편의 연작시이며 상징시로서의 의미를 갖고 있다. 그러므로 시 〈당신을보앗슴니다〉도 이 전체 맥락과 함께 만해가 찾고자 한 '님(당신)'의 상징적 의미를 파악할 때에 그 진의를 포착할 수 있다. 이 시에 대한 해석은 이러한 기본적인 인식과 함께 접근해 들어가야 할 것이다.

이 시는 "당신"에 대한 의미 해석과 함께 마지막 연에 대한 해석상의 논란이 있어 왔다. 우선 "당신"이라는 시어는 만해의 다른 시에서는 주로 '님'으로 표상되었던 바, 연인, 부처, 국가나 혹은 사랑, 깨달음, 독립으로 그 의미를 파악하는 견해가 지배적이었다. 이러한 해석은 시인, 승려, 독립운동가라는 만해의 다채로운 이력에 그 초점이 맞추어진 해석으로 볼 수 있을 것이다. 많은 논의들이 이들의 한 면모를 부각하여 조명했지만 그간의 논의들을 종합해 볼 때, 만해의 시 세계가 이들을 아우르는 포괄적인 면모를 지니고 있음에는 이론의 여지가 없는 것으로 보인다. 만해는 근대 초입의 대다수 지식인이 그러했듯 전인적(全人的)인 면모를 지니고 있다. 불교 쪽에서 보자면 《조선불교유신론》을 쓴 진보적 개혁승이었으며, 독립운동사 쪽에서 보면 3·1운동의 선봉에 서서 주도적인 역할을 담당하고 옥살이를 마다하지 않았으며 끝까지 식민지 현실에 굴복하지 않은 애국열사였다. 시사적 맥락에서 볼 때, 만해는 시의 철학성과 사상성을 확보해 내면서 산문시와 연작시의 가능성을 보여주는 등 그 시적 성취에 있어서 여타의 시인들과는 뚜렷한 변별력을 가진 시인으로 평가될 수 있다. 따라서 연구자가 처해 있는 입장이나 상황에 따라 '님'에 대한 해석은 다양하게 펼쳐져 왔다. 그렇다면 이 시에서 '당신=님'은 어떻게 보아야 할까? 님의 상징성에 대한 만해의 고백은 시집《님의 침묵》의 서시에 해당되는〈군말〉에서 비교적 명확하게 그 실체를 감지할 수 있다.

  님만 님이 아니라 기룬 것은 다 님이다 衆生이 釋迦의 님이라면 哲學은 칸트의 님이다 薔薇花의 님이 봄비라면 마시니의 님은 伊太利다 님은 내가 사랑할 뿐아니라 나를 사랑하느니라
  戀愛가 自由라면 님도 自由일 것이다 그러나 너희는 이름 좋은 自由에 알뜰한 拘束을 받지 않느냐 너에게도 님이 있느냐 있다면 님이 아니라 너의 그림자니라
  나는 해저문 벌판에서 돌아가는 길을 잃고 헤매는 어린 羊이 기루어서 이 詩를 쓴다

—〈군말〉 전문

여기에서 알 수 있듯이, 결국 "님"은 기룬 것이며 나와 사랑을 주고받는 대상이며 그 자체는 자유인 속성을 지닌 무엇이다. 그렇다면 만해의 고유한 시어인 '기루다'가 갖는 의미는 무엇일까? 시어 '기루다'는 일차적으로는 그리움이라는 의미를 담고 있다. 그러나 단순히 님에 대한 그리움으로 끝나는 것이 아니라 여기에는 사랑과 애육의 모성적 의미가 내포된 포

괄적인 시어라 하겠다. 단순히 님을 그리워하는 것만이 아니라 어리고 약한 것을 길러내고 곤경과 환난에 처한 대상을 구해 내는 적극적인 의지가 결부된 시어라는 뜻이다. 이러한 시어 '기루다'의 의미를 염두에 둘 때, 님은 단순히 연인, 조국, 석가 등의 하나로 규정될 성질의 것이 아니라 보다 포괄적인 원리 속에서 해명되는 것이 옳을 듯하다. 또한 님의 속성이 자유라 했을 때, 그것은 맹목적 사랑이나 구속의 대상이 아니라 그 자체로 역동적인 생명의 기운으로 가득 찬 무엇이라 할 수 있겠다. 따라서 〈군말〉에서 제시하고 있는 '님'의 정의와 속성은 그 상징적 의미가 일층 본질적이며 인간 근원의 존재론적 조건을 아우르는 포괄적 생명 원리를 함축하고 있다고 하겠다. 그의 소설에서는 이를 간명하게 설명하고 있다.

임이라는 말은 무식한 사람들은 서방님이나 정든 임이나 그러한 데만 쓰는 말인 줄 알지마는, 그런 것이 아니라 흔히는 임금님을 임이라고 써 왔고, 그 외에도 부모라든지 부부든지 나라든지 어디든지 자기의 생각하는 바를 임이라고 쓴다는 것을 말하였다.

—《박명》 중에서

인용에서 알 수 있듯이, 만해에게서 님은 '자기의 생각하는 바'로서 연인과 부모와 국가 등을 포함하는 포괄적인 개념이라 하겠다. 따라서 시 〈당신을보앗슴니다〉에서 "당신(님)"은 시적 화자가 처해 있는 상황에서 구원의 표상으로서 계시적으로 감지되는 어떤 대상으로 보아야 할 것이다. 그렇다면 그 "당신"은 떠나버린 부재적 현존이면서 눈물과 격분이 스스로의 슬픔으로 화하는 순간에 발견되는 불의와 폭력에의 항거 의지 같은 것으로 설명될 수 있을 것이다. 이는 모든 생명 있는 것들의 삶의 의지가 자유롭게 발양될 수 없는 억압적 현실을 비판 극복하고 생명적 기운을 드러내는 만해적 상징이라 할 수 있겠다. 이를 굳이 일제 강점 하로 한정 짓는 일은 계급 모순과 민족 모순이 인간 역사에 항존해 온 근본 모순이라는 사실을 간과한 결과가 아닐까?

다음으로 이 시의 해석상 논란이 되고 있는 마지막 연의 몇 가지 문제를 생각해 볼 수 있겠다. 우선 여기에서 해석의 초점은 온갖 윤리와 도덕과 법률이라는 인간사의 가치와 제도가 칼과 황금이라는 권력과 금력, 즉 장군과 주인이라는 정치 · 경제적 지배층에 의해 유린되는 현실에 분노하며 시적 화자가 선택하는 세 가지 길에 대한 해석이다. 이 세 가지 선택을 이해하는 대전제에는 역시 일제 강점이라는 민족 현실이 놓인다는 역사주의적 비평 관점이 해석의 우위를 차지하고 있다. 이러한 전제를 수락할 때, "永遠의사랑을 바들ㅅ가"는 죽음이나 종교적 초월의 세계로 해석되고 "人間歷史의첫페지에 잉크칠을할ㅅ가"는 잘못된 역사에 대한 전면적인 부정으로 해석되며 마지막으로 "술을 마실ㅅ가"는 자포자기적인 삶의 선택을 의미한다고 보고 있다. 여기에서 만해가 온갖 폭압이 횡행하는 질곡의 현실 앞에서 어떻게 살아야 할 것인가 하는 근본적인 질문을 던지는 방식을 엿볼 필요가 있을 것이다. 시적 화자가 처한 상황은 가난하고 힘없는 기층 민중의 삶이다. 이 상황에서 화자는 타락한 세계와 절연하고 은둔과 지절의 삶을 살아가며 세계를 송두리째 부정할 것인가, 아니면 역사의 변혁 의지를 가지고 현실 변혁 혹은 개조를 혁명적으로 추구할 것인가의 기로에서 번민할 수밖에 없다. 혁명가의 삶을 다룬 소설《흑풍》에서도 이러한 갈등은 드러나고 있다.

사람은 어떻게 살아야 옳은 것인가? 도학을 닦아서 성현군자가 될 것인가? 그렇다면 공자와 도척(盜跖)이 같은 티끌이 된 것이 아니냐? 영웅호걸이 되어서 삼군(三軍)을 호령하고 천하를 주름잡을 것인가? 그렇다면 함곡관문(函谷關門)을 열고 큰 북을 둥둥 울리면 산동(山東) 육군이 벌벌 떨던 진시황은 여산(驪山)의 일 부토(腐土) 이외에 무엇이 남았으며, 전 구라파의 천지를 말굽 밑에 짓밟으려던 나폴레옹은 외로운 섬에서 최후를 마치지 아니하였는가? 그렇지 아니하면 지사나 의인이 되어서 땀을 수정(水晶)삼고 피를 홍보석 삼아서 국가와 민족을 위하여 희생할 것인가? 술을 마시고 계집을 안을 것인가? 인간 만사를 다 버리고 소부(巢父)·허유(許由)나 디오게네스가 될 것인가? 왕한의 생각은 무정부 상태가 되어서 갈피를 잡을 수가 없었다.

—《흑풍》 중에서

인용을 통해 우선 알 수 있는 것은, 만해에게 올바른 삶이란 노장적 무위자연의 삶도, 영웅호걸의 삶도 아니었다는 점이다. 공자와 천하의 도둑인 도척이 동일하게 평가되는 가치 부재로서의 노장적 삶에도 긍정할 수 없고, 천하를 호령하려는 영웅적 삶도 무의미한 것일 뿐이라면 만해의 인식이 궁극적으로 지향하는 삶은 무엇일까? 그것은 국가와 민족을 위해 희생하는 지사나 의인의 삶이나 세상의 오탁악세를 등져버리는 '隱逸'의 삶일 수도 있고 타락한 세상에 대해 더 이상 문제삼지 않는 삶일 수도 있을 것이다. 그것이 정확히 무엇을 의미하는지는 시의 문맥만으로는 알 수 없다. 그러나 여기에서 생각해 볼 수 있는 것은 만해의 시 정신 혹은 사상성의 다층적인 형성 원리가 아닐까. 영원의 사랑이 종교적이고 초월적이라 할 때, 불교에 의탁했던 만해에게 죽음은 곧바로 새로운 삶의 시작이며, "人間歷史의첫페지에 잉크칠을" 하는 행위는 불의의 역사에 대한 거부이면서 한편으로는 새로운 역사에 대한 출발을 의미한다. 이 모든 것이 여의치 않을 때, 자포자기의 삶을 선택하는 순간에도 그러나 만해에게는 언제나 '님(당신)'의 현존이 함께한다. 이 극단적 갈등의 국면에 화자가 만나게 되는 '당신'은 오욕의 삶을 참된 삶으로 승화시키는 촉매로서 엄존한다. 이처럼 만해는 종교적 삶과 역사적 삶 그리고 쾌락주의적 삶 등의 철학적 번뇌를 통해 가치 있는 삶을 찾아나가려는 정신적 방황에 적극적이었다. 따라서 시집《님의 침묵》이 단순히 일제 강점기라는 특수한 상황에 대한 시적 응전에 머무는 것이 아니라 일체의 인간 역사의 불의를 거부하면서 보다 인간적인 삶으로의 고양을 의도한다는 점은, 그의 삶과 사상이 완결형이 아니라 언제나 진행형이었다는 점에서 유사성을 발견할 수 있다. 이 마지막 두 행도 이런 맥락에서 살피는 것이 옳을 것이다. 역사주의적 관점의 이해가 가지는 논리적 명쾌함이 자칫 만해 시가 지닌 의미를 축소할 수 있음을 간과해서는 안 된다.

  이상에서 시 〈당신을보얏습니다〉에서 논란의 초점이 될 수 있는 문제점을 살펴보았다. 결국 만해 시는 결핍으로 주어진 존재론적 본질, 불교적인 동체 대비의 사상, 탈제국주의적이고 탈자본주의적인 면모 등이 하나로 어우러지면서 빚어내는 인간 억압에 대한 총체적 저항 의식의 발로라 하겠다. 따라서 삶의 의지를 억압하는 일체의 것에 저항하여 죽음의 현실에서 생명을 살리고 키워내려는 생명적 기운의 시적 포착이 시 〈당신을보앗습니다〉를 감싸는 시적 아우라라 할 수 있을 것이다. 이렇게 볼 때, 이 시는 생명 가치를 상실한 근대적 모순을 여실히 보여주며 이를 극복하려는 생명적 기운의 감지를 통해 민중적 자생력, 즉 생기 넘치는 삶의 기운을 충동하고 있다. 그의 이러한 고통의 능동적 승화는 "당신을보앗습니다"의 반복을 통해 정서적 승화를 이룸으로써 일층 감동의 여백을 깊고 넓게 마련해 내고 있다.

타골의 시(GARDENISTO)를 읽고

벗이어 나의벗이어 愛人의무덤위의 픠여잇는 꼿처럼 나를울니는 벗이어 적은새의자최도업

비판적 지성과 시 창조의 의미

는 沙漠의밤에 문득맛난님처럼 나를깃부게하는 벗이어 그대는 옛무덤을깨치고 하늘까지사

못치는 白骨의香氣입니다 그대는 花環을만들냐고 떠러진꼿을줏다가 다른가지에걸녀서 주슨

_ 한용운 〈타골의 시(GARDENISTO)를 읽고〉

꼿을헤치고부르는 絶望인希望의노래입니다 벗이어 깨여진사랑에우는 벗이어 눈물이 능히

이 숭 원 | 서울여자대학교 국문학과 교수

떠러진꼿을 옛가지에 도로픠게할수는 업습니다 눈물을 떠러진꼿에 뿌리지말고 꼿나무밋희

띄끌에 뿌리서요 벗이어 나의벗이어 죽엄의香氣가 아모리조타하야도 白骨의입설에 입맛출

수는 업습니다 그의무덤을 黃金의노래로 그물치지마서요 무덤위에 피무든旗대를 세우서요

그러나 죽은大地가 詩人의노래를거처서 움작이는것을 봄바람은 말합니다 벗이어 부끄럽습

니다 나는 그대의노래를 드를때에 엇더케 부끄럽고 떨리는지 모르것습니다 그것은 내가 나

의님을떠나서 홀로 그노래를 듯는까닭입니다

타골의 시(GARDENISTO)를 읽고

벗이어 나의벗이어 愛人의무덤위의 피여잇는 꼿처럼 나를울니는 벗이어

적은새의자최도업는 沙漠의밤에 문득맛난님처럼 나를깃부게하는 벗이어

그대는 옛무덤을깨치고 하늘까지사못치는 白骨의香氣입니다

그대는 花環을만들냐고 떠러진꼿을줏다가 다른가지에걸녀서 주슨꼿을헤치

고부르는 絶望인希望의노래입니다

벗이어 깨여진사랑에우는 벗이어

눈물이 능히 떠러진꼿을 옛가지에 도로픠게할수는 업습니다

눈물을 떠러진꼿에 뿌리지말고 꼿나무밋희떡끌에 뿌리서요

벗이어 나의벗이어

죽엄의香氣가 아모리조타하야도 白骨의입설에 입맞출수는 업습니다

그의무덤을 黃金의노래로 그물치지마서요 무덤위에 피무든旗대를 세우서요

그러나 죽은大地가 詩人의노래를거처서 움직이는것을 봄바람은 말합니다

벗이여 부끄럽습니다 나는 그대의노래를 드를때에 엇더케 부끄럽고 떨리는

지 모르것습니다

그것은 내가 나의님을떠나서 홀로 그노래를 듯는까닭입니다

1. 만해 시 창작의 동력

만해 한용운의 시집 《님의 침묵》에 실린 88편의 시는 비슷한 어조와 주제를 지니고 있다. 이 시집의 끝부분에 붙인 〈독자에게〉에는 "을축년 8월 29일 밤"이라는 시점이 밝혀져 있다. 을축년은 1925년이고 절에서는 보통 음력을 사용하므로 8월 29일은 양력 10월 16일이 된다. 이 시기에 만해는 설악산 백담사 오세암에 있었던 것으로 전해진다. 《님의 침묵》이 간행된 때가 1926년 5월 20일이므로 그는 시집의 원고를 탈고한 다음 그것을 바로 출판사에 넘겼음을 알 수 있다. 그가 시집의 원고를 본격적으로 쓴 것은 1924년을 앞서지 않는다. 왜냐하면 그가 분명히 참조한 것으로 보이는 김억의 타고르 역시집 《원정》과 《신월》이 간행된 해가 1924년이기 때문이다. 그는 타고르의 역시집을 읽고 인생과 사회에 대한 자신의 불교적 사유도 그러한 경건한 어법으로 표현할 수 있으리라고 생각했던 것 같다. 그리고 그 생각을 실제로 실행에 옮기기 위해 백담사에 칩거하여 집필을 시작, 1925년 10월에 탈고한 것이다.

한편 선가(禪家)의 게송법문을 모아놓은 《십현담(十玄談)》을 주해한 《십현담주해》가 탈고된 것은 1925년 6월 7일의 일로 기록되어 있다. 이 날짜도 음력일 가능성이 많은데, 음력이든 양력이든 그는 《십현담주해》를 탈고하고 《님의 침묵》의 시편들을 창작했을 가능성이 많다. 즉 불교인으로서 승려 및 법도들에게 읽힐 만한 작업을 끝낸 후, 민족을 위하여 그들의 현실적 고통을 어루만지고 그것을 극복할 수 있는 길을 시의 형식으로 모색하고자 했던 것이다. 말하자면 그는 1925년 여름에서 가을에 이르는 일정 기간 동안 집중적으로 시를 쓴 다음 그것을 출판사에 맡긴 것이다. 그는 이렇다 할 문단 활동을 한 바가 없었고 여러 편의 시를 발표할 지면도 마땅치 않았기 때문에 아예 한 권의 시집으로 간행할 생각을 하였을 것이다.

1925년이면 그의 나이가 우리 나이로 47세 되는 해이다. 40대 중반을 넘어선 승려가 님에게 하소연하는 내용의 시를 집중적으로 써서 서둘러 발표한 것은 결코 예사로운 일이 아니다. 여기에는 대중들에게 친숙한 어법을 통하여 자신의 생각을 전하고자 하는 만해의 간절한 염원이 담겨 있는 것으로 보인다. 어떤 연구자는 《님의 침묵》과 비슷한 시기에 간행된 《십현담주해》와 관련지어 〈님의 침묵〉에서 〈사랑의 끝판〉에 이르는 전 시작품을 불교적 증도(證道)에 이르는 과정으로 해석하기도 했다. 그러나 종교적 깨달음의 과정을 왜 사랑의 노래를 통해 보여주었는지, 그리고 만해의 모든 시작품이 그러한 종교적 사유만으로 해석될 수 있는 것인지, 또 만해는 민족을 위한 실천적 삶보다도 종교적 초월의 세계를 우위에 둔 것인지가 해명되지 않는 한, 그러한 해석이 설득력을 갖기는 어렵다. 가령 송욱 교수는 만해의 모든 시를 불교의 공(空) 사상이 체현된 것으로 보고 그의 온 힘을 기울여 만해 시의 각 시행을 공과의 관련 속에 해명하려 하였다. 그 결과 만해의 시를 이상야릇한 관념시로 뒤바꾸어버리고 말았는데, 이것이 바로 불교사상적 접근이 오히려 시 해석의 병폐를 일으키게 된 대표적인 사례다.

만해는 사랑의 노래를 통하여 대중들에게 자신의 생각을 전달하고자 한 것인데, 그 생각은 물론 불교적 사유에 기반을 둔 것이긴 하지만 그것을 목표로 한 것은 아니었다. 그는 불교인이었기에 대중들이 불교적 사유에 의해 세상을 올바로 보고 세상의 난관을 돌파할 수 있는 힘을 갖게 되기를 희망하였다. 그러나 그러한 불교적 사유는 올바른 인식과 정당한 힘을 갖기 위한 도구와 같은 것이라고 생각했다. 더 나아가 민족을 위해 철저히 헌신하고 민족을 위한 사랑을 불태우는 것이 종교적 해탈에 이르는 것이나 마찬가지라고 생각하였다. 그래서 그는 〈선사의 설법〉에서 "대해탈(大解脫)은 속박(束縛)에서 얻는 것입니다"라고 설파한 것이다. 요컨대 그는 당시의 상황에서 대중에게 닥친 가장 절박한 문제가 나라 잃은 민족의 고통이라고 보고, 그러한 민족 현실을 날카롭게 인식하고 정신적으로 그 난관을 극복할 수 있는 길을 불교에서 찾아 제시하려고 하였다. 그것을 제시하되 대중들이 익히 아는 사랑의 감정을 통해 표현하였다.

2. 타고르 시에 대한 이해와 비판

시의 인용은 작품 수록의 원칙대로 《님의 침묵》(회동서관, 1926)의 표기를 따랐다. 다만 '꼿' 같은 병서 표기를 '꽃' 으로 바꾸었으며, '노래임니다' 처럼 '입니다'를 소리나는 대로 적은 것을 '노래입니다'로 바꾸어 적었다. 시집에 표기된 띄어쓰기대로 이 시를 읽으면 오히려 시인의 생각이 더 뚜렷이 전달되는 것을 알 수 있다. 만해는 자신의 생각의 흐름에 따라 어군 단위로 띄어쓰기를 한 것이다.

제목에 나온 'GARDENISTO' 란 타고르의 시집 《The Gardener》, 즉 《원정》을 말한다. 이 시집은 원래 1913년에 간행된 것인데, 우리나라에서는 앞에서 말한 대로 1924년 김억에 의해 번역되었다. 이 시집에 담긴 시편들은 절대적 존재에 대한 시인의 경건한 찬미의 자세를 보여주고 그에게 가까이 다가가 그와 하나가 되고 싶은 소망을 드러냈다. 이 시집은 신의 사원을 지키는 원정의 간절한 사랑의 헌사라고 할 수 있다. 여기 나오는 신은 인도인 타고르의 세계관이 투영된 것으로 범신론적인 자연의 상징으로 나타난다. 타고르는 눈에 보이지 않는 초월적 세계를 상정하고 그것에 대한 갈망과 염원을 시로 표현하였다. 한용운은 바로 이 타고르의 《원정》을 읽고 그것에 대한 자신의 생각을 시의 형식으로 드러낸 것이다.

1연은 타고르 시의 내용에 대해 자신이 이해한 바를 비유적으로 요약한 것이다. 첫 두 행에서 타고르의 시는 자신을 울리기도 하고 기쁘게 하기도 한다고 말하였다. "愛人의무덤위의 피여잇는 꼿"이라든가 "沙漠의 밤에 문득맛난님"은 타고르의 시가 자신을 울리고 기쁘게 하는 정도를 비유한 것으로 "愛人의무덤"이나 "沙漠의밤"은 우리가 처한 시대적 상황을 암시하는 말이기도 하다. 그러나 그러한 개별적 시어에 과도한 의미를 부여하다가는 만해가 이 시에서 전하려는 의미의 본뜻을 잃어버릴 우려가 있다. 만해 시의 경우 어떤 하나의 시상을 수식하기 위해 비유어가 연이어 붙는 경우가 많은데, 그 비유어 하나하나에까지 세세한 의미를 첨가하다가는 작품의 대의를 놓칠 수가 있다. 따라서 작은 나무 하나하나에 집착하지 말고 좀더 대범한 관점으로 만해 시의 전언(傳言)을 포괄하는 자세가 필요하다.

타고르의 시가 자신을 울리기도 하고 기쁘게도 하는 이유는 제시되어 있지 않은데, 여기서 드러내고자 한 요지는 타고르의 시가 자신에게 이렇게 상이한 의미를 전해 준다는 뜻일 것이다. 그 다음에 그대의 시는 오래된 무덤에서 솟아나 하늘까지 이르는 "白骨의香氣"라고 말했다. 그것은 죽음의 세계를 초월하여 영원의 세계로 우리를 이끄는 신비로운 분위기를 그의 시가 머금고 있다는 뜻으로 읽힌다. 애인의 무덤이 주는 슬픔에 사로잡혀 있는 그 시대의 사람들에게 신비로운 영원의 세계를 보여준다는 점에서 그 시의 상당한 가치가 인정될 만하다. 또 그대의 시는 떨어진 꽃을 줍다가 가지에 걸려 주운 꽃마저 떨어뜨리고 부르는 "絶望인希望의 노래"라고 한다. 꽃을 주워 화환을 만들려는 것은 희망이며 다른 가지에 걸려 주운 꽃이 흩어진 것은 절망에 속한다. 결국 꽃이 흩어져 화환을 만들지 못했으니 상황은 절망적이다. 그러면서도 꽃을 주워 화환을 만들려는 태도는 견지하고 있으니 그 상태를 "絶望인希望의 노래"라고 표현했을 것이다.

2연에서는 타고르의 시에 담긴 태도를 비판한다. 꽃을 줍다가 가지에 걸려 주운 꽃마저 잃어버리고 우는 가련한 자아의 모습이 《원정》에 담겨 있다고 본 한용운은 그러한 감상적 정조를 거두어버리라고 당부한다. 아무리 사랑을 갈구하며 울어도 울음은 사랑을 돌이키지 못하는 법. 차라리 눈물을 꽃나무 밑의 티끌에 뿌려 꽃을 성장시키는 편이 더 낫다고 한용운은 말한다. 즉 지나간 사랑에 미련을 가지고 눈물만 흘릴 것이 아니라 자기가 사랑하는 대상을 위해 무엇인가를 해야 한다고 말하는 것이다.

3연에서는 비판의 강도가 더욱 상승하면서 자신의 결의를 확고히 드러낸다. 과거의 사랑에 집착하여 슬픔의 눈물을 흘리는 것은 온당치 못하며 초월의 세계에 몰입하여 현실의 고통을 잊으려 하는 것도 올바른 태도가 못 된다. 그것은 곧 "죽엄의香氣"에 빠져 "白骨의입설"에 입맞추는 것과 같다. 죽음과 삶이 엄연히 구분되듯 초월의 세계와 현실의 세계는 다른 것이다. 현실의 삶이 괴롭다고 해서 초월의 세계에 탐닉하는 것은 결국 현실을 망각하거나 왜곡하게 한다. 그것은 현실을 떠난 피안의 세계를 미화하기도 한다. 그러나 그것은 무덤을 황금의 노래로 장식하는 것 같은 거짓된 행동이다. 무덤은 어디까지나 죽음의 공간이지 그것이 아름다움의 공간이 될 수는 없다. 차라리 무덤을 죽음의 공간으로 직시하고 현실의 고통에 정면으로 맞서서 돌파구를 찾는 것이 의연하고 올바른 행동이다. 이것을 만해는 "무덤위에 피무든 旗대를" 세우는 것이라고 말했다.

'무덤 위에 피 묻은 깃대를 세우는 것'은 님이 침묵하고 있는 현실의 참담함을 노래하고 그 침묵의 들판에 언젠가는 님이 돌아올 것을 염원하는 일이었다. 말하자면 그의 모든 시 쓰기가 바로 '무덤 위에 피 묻은 깃대를 세우는' 행위였다. 무덤을 떠나지 아니하고, 무덤 위에 떠도는 백골의 향기에 휩쓸리지 아니하고, 무덤 위에 피묻은 깃대를 세우며 님의 침묵을 노래할 때, 비로소 죽은 대지가 살아 움직인다는 것을 그는 굳게 믿었다. 그래서 그는 "죽은大地가 詩人의노래를거쳐서 움직이는것을 봄바람은 말합니다"라고 했다. 절망의 시대에 시인이 할 일이 무엇인가를 분명히 밝힌 것이다. 무덤이 삶의 공간이 되는 것은 초월적 갈망을 통해서가 아니라 무덤을 직시함으로써 가능하다는 것을 그는 인식하고 있었다. 훼손된 현실을 정확히 인식할 때 문제를 해결할 수 있는 길이 열린다. 그의 시는 바로 이런 모색과 추구의 결과였다. 그리고 그의 시는 죽은 대지에 봄바람을 불어넣어 살아 움직이게 하는 기적을 일으켰다. 그는 시가 그런 엄청난 위력을 지닌 것임을 알고 있었던 것이다.

3. 시의 한계와 정신의 성취

여기까지 지속되어 오던 한용운의 생각은 4연에서 발전적 전개를 보이지 못하고 다른 방향으로 굴절되고 만다. 사실 한용운의 시 중에는 우리가 기대하는 작품으로서의 완결성에 도달하지 못한 작품이 더러 있다. 40대 중반을 넘어선 승려가 사랑의 시를 쓰려니 여러 가지로 어려운 점이 많았을 것이다. 어조와 형태는 김억의 타고르 번역시에서 본받고, 표현은 불교의 게송이나 선시의 표현법을 계승했지만, 작품의 짜임새를 완성하는 일은 그가 혼자 감당해야 했으므로 어려움이 가장 컸다.

《님의 침묵》의 각 시편을 보면, 감각적 비유가 아름다움을 자아내기도 하고 역설적 어법이 새로운 깨달음을 전해 주기도 하지만, 그러한 부분적 요소가 포괄된 전체로서의 시작품은 한 편의 미적 구성물로서의 균형을 잃고 시상의 모순을 보여주는 사례가 적지 않다. 각 시편에 담긴 정신은 참으로 거룩하고 매 시편마다 보이는 역설적 표현도 시대를 앞선 탁월함을 보이지만 그것이 서로 호응을 이루지 못하고 한 편의 작품 속에서 긴밀한 짜임을 맺지 못한 것은 만해 시의 어쩔 수 없는 한계다. 우리가 만해의 시를 제대로 암송하지 못하는 것은 그 산문적 호흡에만 원인이 있는 것이 아니라 시상 전개의 불합리성에도 원인이 있다. 이런 점에서, 만해 시의 장점과 한계를 냉정히 성찰하고, 그 한계에도 불구하고 우리가 추앙해야 할 정신의 높이가 무엇인가를 제대로 파악하는 눈을 가져야 할 것이다.

4연에 담긴 의미는 아마도 이런 것이리라. "타고르는 비록 초월적 사유를 통해서지만 절대자에게 귀의하여 그와 하나가 됨으로써 마음의 평안을 얻었으나 나는 님과 하나가 되지 못한 상태에서 괴로움을 겪고 있으니 그런 점에서 그의 시를 읽는 것이 부끄럽기도 하다." 물론 한용운의 처지에서 이런 생각을 충분히 할 수 있고 그 생각은 또 다른 비판의 전제가 될 수도 있다. 문제는 그 생각이 3연의 선명한 비판과 자기 결의 다음에 배치되었다는 데 있다. 결과론적 해석이지만, 4연은 3연보다 앞으로 이동되어야 하고 4연의 자리에는 3연에 제시된 준엄한 비판을 마무리지을 다른 내용의 시행이 배치되어야 했을 것이다.

그러나 우리의 이런 기대는 차라리 지나친 욕심일지 모른다. "적은새의자최도업는 沙漠의밤" 같은 그 시대에, 그야말로 깨어진 사랑에 우는 절망의 노래만이 울려오는 그 상황에서, 만인이 추앙하는 타고르의 시에 대해 3연에 이르기까지 비판적 자세를 견지한 것은 그만이 지닌 불굴의 정신력에 의거한 것이었다. 3연의 끝부분에서 그가 보여줄 수 있는 비판적 지성의 한 정점을 보여준 후, 비록 영국의 식민 지배를 받는 처지에서지만 노벨 문학상을 받아 세계의 시인이 된 타고르와 식민지의 가난한 종교인으로 외롭게 시를 쓰고 있는 자신의 처지를 대비해 보고 자신의 부끄러움과 떨림을 그대로 토로했는지도 모른다. 3연까지의 자아가 사회적 의무감에 충실한 목소리를 냈다면, 4연은 그의 내면적 자아가 모습을 드러낸 것이라고 해석할 수도 있다.

어떻든 동양인 모두가 추앙했던 타고르에 맞서 그를 비판하고 우리의 처지에서 우리의 갈 길을 제시했던 한용운은 비판적 지성인으로서의 자기 위치를 충실히 지켰을 뿐만 아니라 중생을 제도하는 대승적 승려의 모습과 민족을 선도하는 민족 지도자로서의 모습을 하나로 결합하여 보여줌으로써 우리 지성사의 특이하고도 귀중한 존재로 남게 되었다. 그리고 자신의 생각을 시로 나타냄으로써 1920년대 우리 시의 수준을 한 단계 높이는 데에도 기여한 것이다.

바다 2

바다는 뿔뿔이 달아 날랴고 했다. 푸른 도마뱀떼 같이 재재발렀다. 꼬리가 이루 잡히지 않었

감각과 언어 사이,

다. 흰 발톱에 찢긴 珊瑚보다 붉고 슬픈 생채기! 가까스루 몰아다 부치고 변죽을 둘러 손질하

그 메울 수 없는 간극의 인식

여 물기를 시쳤다. 이 앨쓴 海圖에 손을 싯고 떼었다. 잘찰 넘치도록 돌돌 굴르도록 회동그란

_ 정지용 〈바다 2〉

히 바쳐 들었다! 地球는 蓮닢인양 옴으라들고…… 펴고……

방 민 호 | 단국대학교 국문학과 강사 |

바다 2

바다는 뿔뿔이
달어 날랴고 했다.

푸른 도마뱀떼 같이
재재발렀다.

꼬리가 이루
잡히지 않었다.

힌 발톱에 찢긴
珊瑚보다 붉고 슬픈 생채기!

가까스루 몰아다 부치고
변죽을 둘러 손질하여 물기를 시쳤다.

이 앨쓴 海圖에
손을 싯고 떼었다.

찰찰 넘치도록

돌돌 굴르도록

회동그란히 바쳐 들었다!
地球는 蓮닙인양 옴으라들고…… 펴고……

정지용의 〈바다 2〉는 총 89편의 시가 수록된 그의 첫 시집《정지용시집》(시문학사, 1935)의 맨 앞에 실려 있는 〈바다〉 연작 가운데 한 편이다. 통상 시집의 모두에 놓인 시편은 해당 시인의 삶과 시 정신을 응축적으로 보여주게 마련이므로 이 〈바다〉 연작 두 편의 의미는 결코 간단치 않다. 그런데 이 두 연작은 해석이 까다롭기로 널리 알려져 있다. 정지용은 모두 아홉 편의 〈바다〉 연작을 썼는데 시집에는 〈바다 1〉과 〈바다 2〉의 두 편만 실려 있다. 지금 논하고자 하는 〈바다 2〉는 아홉 편 모두를 생각하면 〈바다 9〉에 해당하는 셈이 된다. 이 〈바다〉 연작은 많은 연구자들이 논의하고 있듯이 정지용의 초기 시 세계를 이해할 수 있게 해주는 풍요로운 언어적 자료임에 틀림없다.

일찍이 시집에 발(跋)을 붙인 박용철은 이 두 연작이 수록된 Ⅰ부를 가리켜 "그 深化된 詩境과 安協없는 感覺은 初期의 諸作이 손쉽게 親密해질 수 있는 것과는 또 다른 境地를 밟고 있다"라고 썼다. 즉 이 시집의 Ⅰ부는 깊고 접근하기 어려운 정지용 시 세계를 대표할 만한 부분이다. 전 5부로 구성된《정지용시집》의 Ⅰ부에는 〈바다〉 연작 외에도 〈琉璃窓〉 연작, 〈海峽〉

연작, 〈地圖〉 같은 해석 어려운 시들이 놓여 있어 두고두고 독자 및 연구자들의 관심과 흥미를 자아내고 있다. 그 난경(難境)의 한가운데 놓인 것이 바로 〈바다 2〉이다. 이는 오랜 시간에 걸쳐 많은 논자들이 이 시편의 이해를 두고 좌고우면한 사실을 통해서도 확인된다.[1]

또 그 해석의 어려움만큼 이 시편은 정지용 시 세계의 비밀스러운 심부(深部)로 연결되는 통로가 아닐까 한다. 언뜻 바다를 묘사한 것처럼 보임에도 불구하고 그렇다고만 보기에는 석연치 않은 이 시편의 또 다른 해석 가능성은 없는 것인지? 필자는 〈바다 1〉을 참조하면서 이 시편에 대한 새로운 접근을 시도해 보고자 한다.

이를 위해서 필자는 최동호, 이숭원, 김신정 등 정지용의 시 세계를 보다 종합적이고 전체적으로 해명하려 한 최근 연구들을 적극적으로 참조하고자 했다. ① 최동호의 〈난삽한 지용 시와 '바다 시편'의 해석〉(《디지털 문화와 생태시학》, 문학동네, 2000) ② 이숭원의 《정지용 시의 심층적 탐구》(태학사, 1999) ③ 김신정의 《정지용 문학의 현대성》(소명출판, 2000) 등은 정지용의 시에 관한 최근의 관심사를 밀도 있게 드러내주는 연구들이다.

①은 정지용의 바다 시편에 대한 기존 연구자들의 논의를 성실하게 수용하면서 〈바다 2〉의 새로운 해석을 시도하고 있다는 점에서 인상적이다. ②는 전통적인 시인론의 관점을 취하면서 정지용 시의 전개 과정을

---

1) 정지용 시 해석의 문제는 최근 한국 현대시 연구의 첨단적 관심사 가운데 하나이다. 연구자들의 관심이 텍스트의 정밀한 해석에 집중되고 있다는 점에서 최근의 한국 현대시 연구는 소설 연구와 다른 실제적 면모를 지닌다. 이에 대해서는 최동호, 〈난삽한 지용 시와 '바다 시편'의 해석〉, 《디지털 문화와 생태시학》, 문학동네, 2000, 참조.

구체적으로 설명해 가는 가운데 〈바다 2〉를 부각시키는 장점이 있다. ③은 정지용 시를 그 감각의 문제를 중심으로 분석하려 한 것으로, 매우 적극적이고 날카로운 문제의식을 선보이고 있다. 필자의 새로운 해석의 시도는 이들의 최근 논의 성과를 바탕으로 한다. 그러나 또한 다른 점을 보여주고자 한다.

〈바다 1〉과 〈바다 2〉는 자연물이 선사하는 감흥을 "타협 없는 감각"(박용철)으로 묘사·표현해 내는 정지용의 탁월한 능력이 유감없이 드러난 시편들이다. 고래가 지나간 해협을 천막으로 표현한 〈바다 1〉의 1연("고래가 이제 횡단한뒤/海峽이 天幕처럼 퍼덕이오")이라든지 바닷물이 썰물로 빠져나가는 모습을 푸른 도마뱀떼가 재빠르게 도망치는 것으로 본 〈바다 2〉의 2연("푸른 도마뱀떼 같이/재재발렀다")은 천재적 상상력과 영감의 시인으로서 정지용의 본색을 보여주고 남음이 있다.

그러나 바로 그 천재적 상상력과 영감에도 불구하고 바로 그 탓에 정지용은 감각을 언어로 번역하는 자기 시 작업의 한계를 절감할 수밖에 없었던 것으로 보인다. 감각과 언어 사이에는 메울 수 없는 크레바스(crevasse, 간극)가 있고, 언어는 감각을 완전히 재생해 낼 수가 없고 감각은 언어 바깥에 언제나 여분을 남긴다. 〈鄕愁〉와 〈카페·프란스〉로 대변되는 탁월한 감각의 시인 정지용에게 언어는 감각을 애타게 그리워하되 그 감각이라는 이름의 피안에 가 닿을 수는 없는 영원한 나룻배 같은 것이었다.

〈바다 1〉에서 서정적 자아는 바다를 하염없이 바라다보고 있는데, 이는 바다와 바다를 이루는 물상을 가장 정확하게 표현할 수 있는 언어를 찾아내기 위함이다. 한 마리 바다종달새를 언어로 잡아채기 위해서 그는 고심을 거듭한다.

銀방울 날리듯 떠오르는 바다종달새……

한나잘 노려보오 훔쳐잡어 고 빩안살 빼스랴고.

그는 빨간 바다종달새의 그 빨간빛을 언어로 뺏어내고 싶다. 그러나 아무리 고심해도 그 빨간빛에 어울리는 비유를 찾아낼 수가 없는 그는 그것을 언어적 고민의 표현으로 대체할 수밖에 없다. 김신정 역시 이에 주목하고 있음을 볼 수 있다.[2]

그런데 이같은 빨간 바다종달새 고민은 바다 풍경 전체로 확산되는 양상을 보인다. 그는 너무나 아름다운 바다 풍경을 두고 어떻게 표현해야 가장 적절한 표현이 될 수 있을까 고민한다. 그리하여 그는 바다 풍경에 관한 하나의 표현을 제시하는 대신 무려 세 개의 표현을 마련해 놓고 이들 가운데 가장 적절한 것을 독자들의 선택에 맡겨두는, 호사스러운 진풍경을 보여준다.

꽃봉오리 줄등 켜듯한
조그만 산으로—하고 있을까요.

---

2) 김신정, 《정지용 시의 현대성》, 소명출판, 2000, 107면.

솔나무 대나무
다옥한 수풀로—하고 있을까요.

노랑 검정 알롱 달롱한
블랑키트 두르고 쪼그린 호랑이로—하고 있을까요.

당신은 「이러한風景」을 데불고
흰 연기 같은
바다
멀리 멀리 航海합쇼.

　과연 바다와 바다 풍경은 "꽃봉오리 줄등 켜듯한/조그만 산" 같은가,
"솔나무 대나무/다옥한 수풀" 같은가, "노랑 검정 알롱 달롱한/블랑키트
두르고 쪼그린 호랑이" 같은가. 정지용 자신은 과연 무엇이 가장 적절한
표현이 될지 알 수 없고 선택할 수 없다. 어느 하나를 택하느니 차라리 그
모두를 동원해 눈앞에 놓인 바다 풍경, 그 감각의 실체에 근접하고 싶다.
바로 이것이 〈바다 1〉을 쓴 정지용의 내심이 아니었을까. 〈바다 2〉는 이
언어적 고민의 연장선에서 이해될 필요가 있다. 그렇지 않다면 이 두 시
편이 시집의 맨 앞에 나란히 놓여 있을 이유가 없기 때문이다. 〈바다〉 연
작은 감각의 시인 정지용이 추구하고 있는 언어의 풍요로움을 확인할 수
있으면서 동시에 그가 직면한 언어적 한계가 무엇이며 그 자각은 어떻게
이루어지는가를 볼 수 있는 시편들이다. 그렇다면 이제 〈바다 2〉로 들어

가보자.

　무엇보다 〈바다 2〉는 바다라는 언어 저편 실체의 감각을 언어로 완전히 번역할 수 없음을, 그럼에도 그 불가능한 '번역'을 시도할 수밖에 없음을 노래한 시편이다. 이 시편은 크게 두 부분으로 나눌 수 있다. 1~4연까지와 5~6연까지가 그것이다. 그 앞부분이 바다를 매개로 감각적 언어의 한계에 대한 인식을 드러낸 것이라면 뒷부분은 그 한계를 통과하면서도 그것을 통해서 자기를 드러내는 시의 독자성과 자족성을 표현한 것이다. 이는 1~4연까지를 다시 1~3연까지와 4연으로 나누고 5~8연까지를 5~7연까지와 8연으로 나눠봄으로써 확연해진다. 먼저 1~3연까지를 보자.

　바다는 뿔뿔이
　달어 날랴고 했다.

　푸른 도마뱀떼 같이
　재재발렀다.

　꼬리가 이루
　잡히지 않었다.

　위에서 인용된 1~3연까지는 파도 일렁이는 바다의 근경을 형용한 것으로 일단 받아들일 수 있다. 바다가 뿔뿔이 달아나려고 한다면 어디로부터 어디로 달아난다는 것인가. 자기로부터 자기와 먼 곳으로일 터이다. 따라서 바다의 근경이다. 정지용은 이 바다를 왜 "뿔뿔이 달어/날려고" 한다고 표현했을까. 그것은 바다에서 '도마뱀떼'를 연상했기 때문이다. 그가 어린 시절 야산에서 본 도마뱀떼처럼 바다는 자기로부터 뿔뿔이 달아나려고 한다. 아무리 애써도 너무 재빨라 꼬리조차 잡아챌 수 없었던 유년의 도마뱀처럼 바다는 자기로부터 달아난다. 그리하여 바다는 "푸른 도마뱀떼"이다.

그러나 이 세 개의 연에는 시인의 언어적 고민이 개입해 있다. 바다가 푸른 도마뱀떼같이 뿔뿔이 달아나 어느 것 하나 제대로 잡을 수 없다고 한 시인의 말 속에는 단순한 물리적인 거리감만 표현되어 있는 것이 아니다. 무엇보다 바다는 정지용 자신이 표현하려는 언어로부터 뿔뿔이 달아나려고 한다. 바다라는 물리적 대상이 선사하는 감흥을 아무리 적절하게 포착하려 해도 언어가 그것을 완전히 달성해 낼 수 없다는 것. 자기의 언어가 어디까지나 자기의 감각 바깥을 겉돌고 있을 뿐이라는 것. 인용된 세 개의 연은 바로 이 한계 의식, 그것에 기인한 일종의 절망감을 표현하고 있다. 그렇게 해석하지 않고는 4연의 심리적 고통을 합리적으로 설명할 수 없다.

　　흰 발톱에 찢긴
　　珊瑚보다 붉고 슬픈 생채기!

인용된 4연에서 "흰 발톱"이란 파도의 흰 포말을 은유적으로 표현한 것으로 일단 이해된다. 앞에서 바다를 도마뱀떼라 했으므로 발톱이란 도마뱀의 발톱이리라. 그렇다면 "珊瑚보다 붉고 슬픈 생채기!"란 흰 파도를 덮어쓰고 있는 붉은 바위를 가리키는 것으로 받아들일 수도 있다. 도마뱀이 올라앉은 바위가 보이는 듯하다. 그러나 정지용은 왜 이 바위가 슬프다고 말하고 있는가? 4연을 단순한 풍경 묘사로 받아들일 수 없는 이유가 여기에 있다.

단적으로 말해 "珊瑚보다 붉고 슬픈 생채기!"란 고통스러운 시인의 마음이다. 그 마음을 산호보다 붉다 한 것은 바다와 파도의 풍경을 뺏어내려는 언어적 열정 때문이다. 그 마음을 슬프다 한 것은 아무리 애써도 그 생생한 감각을 자기의 언어로 다 표현할 수 없기 때문이다. 심적 고통은 언어가 감각의 표면 위를 미끄러져갈 뿐이라는 아픈 자각에서 온다. 감각과 언어의, 좁으면서도 메울 수 없는 틈으로 인해 시인의 여리고 예민한 마음은 상처투성이가 된다.

바다종달새의 "고 빩안살"을 "홈켜잡어" "뺴스랴고" 바닷가를 "한나잘 노려"보고 있었듯이(〈바다 1〉), 이번에는 그는 흰 파도 일렁이는 푸른 바다 모습을 뺏어내고 싶다. 자기가 생각할 수 있는 온갖 표현을 떠올려 보지만 어느 것 하나 그 자신의 망막에 비친 바다와 파도의 모습을 제대로 형용할 수 있는 말은 없는 것 같다. 감각을 따라붙지 못하는 언어의 한계로 인해 그는 절망스럽다. 따라서 1~3연은 바다를, 4연은 파도를 표현한 것이기는 하되, 동시에 그것은 선경후정(先景後情)의 동양적 시 전개를 따라 바다와 파도에 의탁해 시인 자신의 언어 의식을 내밀하게 드러낸 것으로 해석된다. 이제 다음의 네 연으로 시선을 옮겨보자.

가까스루 몰아다 부치고
변죽을 둘러 손질하여 물기를 시쳤다.

이 앨쓴 海圖에
손을 싯고 떼었다.

찰찰 넘치도록
돌돌 굴르도록

회동그란히 바쳐 들었다!
地球는 蓮닢인양 옴으라들고…… 펴고……

5~8연에 이르러 이 시편의 형이상학적 전개는 확연해진다. 1~4연까지는 적어도 외관상으로는 바다와 파도의 모습을 형용한 것으로 보이지만 다음 네 연에 이르면 그 물리적 인상과는 큰 거리를 가진 표현들이 나타난다. 도대체 시인은 무엇을 몰아붙이고 변죽을 둘러 손질하고 물기를 시쳤다는 말일까. 달아나려던 것이 바다였으므로 몰아붙여 변죽 속에 가두어둔 것도 역시 바다이리라. 그리하여 5~8연의 바다는 원경, 즉 한눈에 들어온 바다의 모습을 형용한 것으로 이해될 수도 있다. 긴 백사장의 호선에 안긴 푸른 바다가 보이는 듯하다.

그러나 그렇게 보면 1~4연의 선명하고 화려한 시각적 이미지에 비해 5~8연의 그것은 전혀 감각적이지 못하다. 똑같은 바다를 근경과 원경으로 각각 묘사하려 했다면 5~8연의 바다 역시 1~4연만큼이나 신선한 이미지를 동원했어야 하지 않을까. 이 의문은 5~8연을 시인 자신의 시작과정을 묘사하는 것으로, 또 이를 통해 완성된 시의 자족적이고 독립적인 의미와 가치를 표현한 것으로 이해할 때 풀린다.

언어의 한계에 대한 아픈 자각에도 불구하고 그는 그 뿔뿔이 달아나려는 바다와 파도의 인상을 가까스로 수습한다. 뿔뿔이 달아나려는 바다의 인상을 유년 시절 도마뱀떼를 한곳으로 몰아붙이듯이 "가까스루 몰아다 부치고" "변죽을 둘러 손질하여 물기를 시"친다. 변죽이란 '둥근 것의 테두리'를 가리킨다. 그리고 이 시편에서 변죽이란 한 편의 시 세계의 바깥 경계를 의미한다. 시인은 바다의 인상이 영영 달아나버릴세라 마침내 적당한 언어를 동원하여 그것을 시로 옮긴다. 그로써 시인이 바라보던 바다는 이제 그가 창조한 일개 시편 속으로 이주해 들어온다. '번역'된다.(5연)

그러나 이 '번역'은 전혀 완전치 못하다. 실제 바다의 생동스러움에 비한다면 시로 쓴 바다는 다만 "海圖"에 불과할 뿐이다. 본디 지도란 실제 세계를 약도와 역어로 축약 표현하는 것이니 실체에 비하면 메마르고 생경하기 짝이 없는 것이다. 자기의 시편 속으로 들어온 바다는 그 자신 애를 쓰기는 하였으되 기실 "海圖", 즉 인위적이고 추상적인 축도이다. 필자는 이 "海圖"라는 시어에는 이중적 의미가 담겨 있다고 생각한다. "海圖"는 한편으로 실제 바다에 미치지 못하는, 시라는 축도의 결핍성을 드러낸다. 다른 한편으로 "海圖"는 바다의 풍광을 하나의 가시적 전체로 응집함으로써 이 시가 형이상학적으로 전개될 수 있는 계기가 된다. 이것은 새로운 풍요로움, 즉 시적 언어의 독자적인 의미와 가치로 통한다. 이 "海圖"를 완성한 이상 시인은 그것에서 손을 뗄 수밖에 없다. "海圖"는 이제 그것은 실제 바다를 떠나 스스로 완연히 독립된 또 하나의 실체가 된다(6연).[3]

시인이 창조한 시편 속의 바다는 실제의 바다와는 또 다른 실체이다. 그것은 자기로부터 뿔뿔이 달아나려던 실제 바다만큼이나 자기로부터 달아나 살아 있는 형상을 간직하고 있다. 한 편의 바다를 그려내고 그로부터 손을 뗀 순간 그 시편 속의 바다는 찰찰 넘치고 돌돌 구르는 생생한 실체로 우리 앞에 나타난다. 시인이 시편에서 손을 뗀 것은 이제 시편 스스로 찰찰 넘치고 돌돌 구를 수 있게 하기 위함이다. 그 자족적 전체성을 향유하기 위해서이다. 이렇게 보면 이 연은 실제 바다를 묘사하려는 고심에서 벗어나 씌어지고 완성된 시의 의미와 가치에 시선을 돌리는 발상의 전환이 일어나는 곳이라고 생각할 수도 있을 것이다.

물론 이때 찰찰 넘친다는 표현에서 시인이 넘쳐흐르는 술잔의 형상을 떠올렸다고 생각할 수도 있다. 이같은 해석은 돌돌 구른다는 표현에서 난경에 빠지지만 이 돌돌 구름은 바둑돌이나 구슬이 구르듯 포말 이는 바다의 풍경을 묘사하는 것으로 해석할 수 있는 또 다른 여지가 있다. 정지용의 다른 시에서 그 예를 찾아볼 수 있다. 그러나 이같은 해석은 〈바다〉의 후반부를 여전히 감각의 차원에서 해석하고 마는 것이 아닐까 한다. 찰찰 넘치고 돌돌 구른다는 것은 "海圖"의 생동적이고 약동적인 기운을 가리키

---

3) "海圖"의 의미를 정지용의 또 다른 시편 〈地圖〉(《조선문단》, 1935. 7.)와 연관지어 시인의 상상력이 근경의 바다로부터 원경의 바다로, 평면의 바다에서 입체의 바다로 나아가고 있다고 본 견해로 이숭원의 해석이 있다. 6연의 '해도'에서 8연의 '지구'로 전개되는 시어의 연계성을 볼 때 이는 설득력이 있다. 최동호 역시 이 견해를 수용하면서 더 진전된 해석을 꾀하고 있다. (이숭원, 《정지용 시의 심층적 탐구》, 태학사, 1999, 117면.)

므로. 그것은 실제 바다와는 달리 또 다른 생명을 간직한 시의 의미와 가치를 의태적으로 표현한 것으로 해석될 필요가 있을 듯하다(7연).

　이제 시인은 자기가 완성한 시에서 물러나 시로 완성된 바다를 받쳐들어 본다. 공들여 만든 수공업품을 그 기술자가 두 손으로 떠들고 이리저리 완상하듯 시인은 자기가 빚었으되 자기로부터 벗어나 살아 숨쉬는 또하나의 바다를 "회동그란히 바쳐 들었다!" 그 바다는 바다이되 동시에 하나의 우주, 둥근 것이므로 아마도 시인은 이를 그 둥근 것, "地球"로 표현했으리라고 생각된다. 신비로운 것은 시인에 의해 생성된 살아 있는 바다, 곧 "地球"가 스스로 신축자재(伸縮自在)한 형용을 지니고 있음이다.

　　　地球는 蓮닙인양 옴으라들고…… 펴고……

　앞에서 5~8연은 바다의 원경이라고 한 맥락에서 보면 위 시행은 시인이 바다를 지극히 멀리 두고 보았을 때를 상상한 표현이라고 생각할 수도 있다. 바다는 밀려왔다가는 밀려가는 주기적인 운동을 반복한다. 그것은 마치 연잎이 해와 달을 따라 오므라들고 펴지기를 반복하는 모습과도 같다. 바다가 푸른 연잎처럼 오므라들고 펴질 때마다 푸른 연잎을 가진 지구 역시 연잎처럼 오므라들었다 펴지기를 반복하는 것처럼 보일 수도 있을 것이다.

　그러나 이보다 더 의미 있으리라 여겨지는 해석은, 이 "地球"란 곧 시인에 의해 창조된 새로운 세계를 가리키고, 그 세계는 이제 스스로 자기 의미를 드러냈다 감추기를 반복한다고 생각해 보는 것이다. 이 신축자재야말로 시적 언어의 마력적인 힘이 아니던가. 연잎이 오므라들었다 펴질 때마다 우주가 닫히고 열리듯이 한 편의 시는 마치 연잎처럼 하늘거리며 의미를 드러냈다 감추고 숨겼다 펼쳐낸다. 시적 언어는 자기 의미를 직접 백일하에 드러내지 않는다. 그것은 우주적 율동처럼 리드미컬하게, 은유적으로 자기를 드러낸다. 시의 바다는 스스로 오므라들고 펴진다. 이 신축자재는 실제 바다의 주기적 운동을 표현한 것으로 해석될 수도 있으나 이를 넘어서 시적 언어로 이루어진 바다의 의미의 감춤과 드러냄을 표현한 것으로 이해될 필요가 있다. 따라서 8연은 5~7연에서 준비된 시적 언어에 대한 사유를 응집하여 하나의 살아 있는 형상으로 비약한 곳이라 할 수 있다(8연).

이렇게 해석할 때 언어의 한계를 넘어 감각의 피안에 접근하고자 했던 정지용의 언어관을 더 섬세하게 이해할 수 있지 않을까 한다. 시적 언어의 이 신축자재한 속성 탓에 인간은 언어의 한계를 넘어 감각의 피안에 접근해 갈 수 있지 않은가. 마치 언제나 아슬아슬하게 실패하고 마는 장대높이뛰기 선수처럼 우리들은 휘청거리며 스스로 신축하는 시적 언어의 탄력에 의지하여 감각 저편을 기웃거리고 넘겨다보고, 그 말로 표현할 수 없는 세계를 돈오적(頓悟的)으로 우리 것으로 삼는다. 이것이 우리가 시를 쓰고 읽는 이유일 것이다.

최동호에 의하면 이 시편은 정지용이 '감각의 시'에서 '정신의 시'로 이행해 가는 분수령을 이루는 작품이다.[4] 김신정은 이같은 단계 설정이

---

4) 최동호, 앞의 책, 171면.

정지용 시의 감각적 본질을 흐리게 할 수 있다고 보는 듯하다.[5] 그러나 정지용이 《정지용시집》에서 《白鹿潭》(문장, 1941)으로 이행해 가면서 시 세계의 변화를 겪었음은 무시될 수 없을 것이다. 그리고 그것을 '감각에서 정신으로'라는 도식으로 단순화하는 것이 무리한 일만은 아닐 듯하다. 감각을 언어로 옮기는 데 지극한 노력을 기울였던 정지용은 바다라는 풍요로운 감각적 실체를 매개로 감각의 언어화라는 것이 어디까지 어떻게 가능한가를 시험함으로써 감각의 모사로서의 언어가 지닌 궁극적인 한계를 깨닫고, 그로써 감각 대신에 정신을 취하는 단계로 나아간 것이 아닐까. 이로써 〈長壽山〉과 〈白鹿潭〉으로 대변되는 새로운 세계가 열릴 수 있었던 것이다.

또 그렇다면 〈바다 2〉는 정지용의 언어 의식의 변화를 밀도 있게 이해할 수 있도록 해주는 중요한 시편으로서 새롭게 부각될 필요가 있을 것이다.

---

5) 김신정, 앞의 책, 23면 참조.

내어다 보니 아조 캄캄한 밤, 어험스런 뜰앞 잣나무가 자꼬 커올라간다. 돌아서서 자리로 갔

불길한 환상, 유리창 밖의 세계

다. 나는 목이 마르다. 또, 가까히 가 유리를 입으로 쫏다. 아아, 항안에 든 金붕어처럼 갑갑

하다. 별도 없다. 물도 없다. 쉬파람 부는 밤. 小蒸氣船처럼 흔들리는 窓. 透明한 보라ㅅ빛 누

_ 정지용 〈琉璃窓 2〉

뭐알 아, 이 알몸을 끄집어내라, 때려라, 부릇내라. 나는 熱이 오른다. 뺌은 차라리 戀情스레

김신정 | 경원대학교 국문학과 강사

히 유리에 부빈다. 차디찬 입마춤을 마신다. 쓰라리, 알연히, 그싯는 音響 — 머언 꽃! 都會에

는 고흔 火災가 오른다.

琉璃窓 2

내어다 보니

아조 캄캄한 밤,

어험스런 뜰앞 잣나무가 자꼬 커올라간다.

돌아서서 자리로 갔다.

나는 목이 마르다.

또, 가까히 가

유리를 입으로 쫏다.

아아, 항안에 든 金붕어처럼 갑갑하다.

별도 없다, 물도 없다, 쉬파람 부는 밤.

小蒸氣船처럼 흔들리는 窓.

透明한 보라ㅅ빛 누뤼알 아,

이 알몸을 쯔집어내라, 때려라, 부릇내라.

나는 熱이 오른다.

뺨은 차라리 戀情스레히

유리에 부빈다, 차디찬 입마춤을 마신다.

쓰라리, 알연히, 그싯는 音響 ─

머언 꽃!

都會에는 고흔 火災가 오른다.[1]

정지용의 시에는 '유리'가 자주 등장한다. 특히 시적 자아가 유리창 앞에 서서 창 너머를 바라보는 풍경은 그의 시에서 반복해서 발견되는 시적 정황이다. 아들을 죽음으로 떠나보낸 후 유리창 앞에 서서 괴롭고 슬픈 심정을 다스리는 〈琉璃窓 1〉과 그 연작인 〈琉璃窓 2〉는 대표적인 작품이다. 그밖에도 늦가을 산장의 '창유리' 사이로 비 맞아 날개가 찢어진 한 마리 나비의 형상을 바라보고 있는 시 〈나비〉, 마찬가지로 "의실의실하게" 비 내리는 날 "琉璃窓에 날벌레떼처럼 매달리고 미끄러지는" 빗방울을 세밀히 관찰하는 산문 〈비〉에서도 비슷한 시적 정황을 찾아볼 수 있다.

이렇게 그의 시에 유리창 앞에서 창 밖을 응시하는 시적 자아의 모습이 자주 등장하는 이유는 무엇일까. 유리를 사이에 두고 세계를 바라보는 상황은 정지용 시의 시적 방법이면서 그가 세계를 대하는 기본 태도와 관련되어 있다. '유리창 앞에 선 자아'는 항상 '유리'를 통해 세계를 바라볼 수밖에 없다. 그런데 '유리'는 차고 단단하며 투명한 속성을 지니고 있으면서 자아와 세계를 가로막고 있다. 자아에게 세계를 투명하게 보여주면서 동시에 세계를 차단하는 역할을 하는 것이다. 따라서 자아와 세계 사이에 더 이상 가까워질 수 없는 거리가 전제되어 있는 상태에서 자아는 '유리'의 다양한 감각적 속성을 통해 세계를 경험하게 된다. 대상에 대한 시인 자신의 주관적 감정을 토로하는 것이 아니라 대상 자체의 감각적 속성을 정확하게 포착하고 드러내는 정지용의 시적 방법은 바로 이러한 '유리'를 통한 세계 이해와 관계되어 있다. 정지용은 유리창 너머 저편에 존

---

1) 《정지용시집》, 건설출판사, 1946.

재하는 세계와의 거리를 철저히 인정하면서 사상·관념·감정 등에 연루되지 않는 세계의 독립적인 상을 생동감 있게 형상화하려 한다. 그러기 위해 그가 취하는 방법은 감각 대상(사물)에 대해 시적 자아가 느끼는 감각의 '결과'를 표현하는 것이 아니라 감각 대상에 존재하는 감각의 '원천'을 그 자체로 생동감 있게 보여주는 것이다. 이것은 시인이 직접 말하는 것이 아니라 사물 스스로 말하게 하여, 시적 자아가 느낀 감각을 독자 스스로 체험하게 하는 방법이다.[2]

〈琉璃窓 1〉은 이같은 정지용의 시적 방법이 매우 뚜렷하게 나타난 작품이다. 〈琉璃窓 1〉에서 시인은, 아들의 죽음으로 인해 형언하기조차 힘든 심정 자체를 '무심한' 시적 대상으로 다루어 표현한다. "유리에 차고 슬픈 것이 어린거린다"라는 첫 행에서부터 그러한 태도가 나타난다. 시인의 슬픈 감정을 '나는 슬프다'라는 주관적 진술이나 '슬픔'이라는 명사가 아니라 "슬픈 것"이라는 단어로 나타내는 방식은 정지용만의 독특한 표현이다. 시인은 자신의 감정마저도 '어떤 것'이라는 대상으로 표현함으로써 자기의 내면 세계와 스스로 거리를 유지한다. 이렇게 하여 "차고 슬픈 것"이라는 표현은, 죽은 아들의 존재를 불러일으키는 것이면서 동시에 그에 대한 시인의 슬픔을 대상화한 표현이 되고 있다. 이처럼 무심한 듯한 태도로 '유리'를 응시하는 시적 자아는 '유리' 너머의 '죽은 너'와 더불어 '유리'에 투영된 자신의 모습을 동시에 바라보고 있다. '나'는 유리의 차디찬 표면을 다양한 감각 운동을 통해 접촉하면서 유리 너머의

---

2) 정지용 시에 나타난 '감각'의 의미에 대해서는 졸저, 《정지용 문학의 현대성》, 소명출판, 2000, 1부 참조.

'너'와 만나고 싶어한다. '나'는 유리에 "입김을 흐리우고", "밤에 홀로 유리를 닦"는다. '너'에게로 가까이 다가가려 하는 것이다. 또한 '너'는 "파다거리"고 "부디치고", "백히"면서 '나'에게로 건너오고 싶어한다. 하지만 '너'와 '나' 사이에는 건널 수 없는 심연이 가로놓여 있다. 이 시에서 '유리'는 '너'와 '나' 사이의 넘어설 수 없는 거리(생과 사)와 그럼에도 불구하고 만남에 대한 소망으로 들끓어오르는 둘 사이의 심정을 표현하는 데 효과적으로 기여하고 있다.

'유리'의 이같은 성질과 역할은 〈琉璃窓 2〉에서도 마찬가지로 나타난다. 〈琉璃窓 2〉에서도 시적 자아는 한 치 앞을 볼 수 없는 "아조 캄캄한 밤", 유리창 앞에 서서 창 밖을 바라보고 있다. 여기서도 유리는 매우 역설적인 존재이다. 유리는 시적 자아를 가두면서 투명하게 보여주는 이중적인 역할을 한다. 그런데 〈琉璃窓 2〉에서 좀더 강조되고 있는 것은 '창' 안에 갇혀 있는 시적 자아의 상황이다. 시적 자아는 유리창 건너편의 세상으로 몸을 내밀려 하고 '유리'는 그러한 자아의 육체를 가둔 채 가로막고 있다. 이같은 상황에서 밖으로 나가려는 자아의 육체와 차고 단단한 유리벽과의 감각적 접촉이 이 시의 중심을 이루고 있다.

어린 아들의 죽음으로 인한 마음의 고통과 상처를 고요히 다스려 나가는 과정이 〈琉璃窓 1〉의 밑그림을 이루고 있는 데 반해, 〈琉璃窓 2〉의 시적 상황은 좀더 불안하고 불길하다. 둘 사이에는 발표 시점에서 꼭 1년의 차이가 존재한다. 〈琉璃窓 1〉은 1930년 1월에, 〈琉璃窓 2〉는 1931년 1월에 각각 발표되었다. 후자의 작품은 유리를 사이에 둔 세계 체험이라는 점에서 전자와 유사한 시적 상황에서 출발한다. 그러나 〈琉璃窓 1〉이 내면의 체험을 위주로 한다면 〈琉璃窓 2〉는 감각적이고 예측 불가능한 도시 체험에 근거한 작품이라는 점에서 차이를 보인다. 한 평론가는 이 시의 공간을 "도시에서 병들은 자들이 달려가는 카페의 공간"[3]에 비유한 적이 있다. 카페는 도시에서 탈출하려는 자들이 달려가는 곳이지만, 거기서도 진정한 탈출이 이루어지는 것은 아니다.[4] 탈출에 대한 열망과 탈출의 불가능함에 따른 좌절과 갈등이 역동적으로 드러나는 이 시는 근대 도시인들의 고독하고 불안한 상황을 생생하게 형상화한 작품이라고 볼 수 있다.

이제 〈琉璃窓 2〉에 대한 자세한 읽기로 들어가보자. "내어다 보니/아조 캄캄한 밤,/어험스런 뜰앞 잣나무가 자꼬 커올라간다"라는 첫구는 시적 자아의 불안한 마음의 상태와 그를 둘러싸고 있는 불안한 상황을 암시한다. 여기서 '어험스럽다'라는 말은 '무시무시하고 어둡다', '짐짓 위엄 있어 보이다'라는 뜻을 지닌다. 권위적이고 위엄 있는 태도를 연출한 채 이상스럽게도 "자꼬 커올라"가는 잣나무는 원인을 알 수 없는 불길하고 위험한 상황을 상징적으로 보여준다.

이렇게 "뜰앞 잣나무"가 이 시의 불안하고 불길한 분위기를 상징하는 말이라면, "항안에 든 金붕어"는 시적 자아를 가리키는 중요한 비유적 이미지이다. "유리를 입으로 쫓다", "갑갑하다", "목이 마르다" 등 자아의 행동을 가리키는 서술어는 모두 어항 안에 갇힌 금붕어의 이미지와 연결된다. 이때 주의해 볼 것은 시적 자아가 유리를 향해 끊임없이 감각적 접촉을 시도하고 있다는 점이다. 금붕어가 입으로 유리를 쪼듯이, 또는 새

3) 신범순, 〈정지용 시에서 '헤매임'과 산문 양식의 문제〉, 《한국 문학의 양식론》, 한양출판, 1997, 118면.
4) 신범순, 위의 책, 같은 면.

가 날카로운 부리로 콕콕 쪼아먹듯이 "유리를 입으로 쫏"는 동작은 날카로운 촉각을 자극한다. "유리를 입으로 쫏"는 자아의 행동은 자신을 가로막고 있는 유리의 촉감을 실제로 확인하려는 것이면서 또한 "유리" 밖의 세계를 살갗에 조금이라도 느껴보고자 하는 의도에서 비롯된 것이다.

이처럼 시적 자아가 유리에 대해 끊임없이 접촉을 시도하는 것과 마찬가지로, 유리 밖의 세계 역시 유리를 향해 계속해서 부딪혀오고 있다. 유리창에 떨어지는 "透明한 보라ㅅ빛 누뤼알(우박 알갱이)"은 청각과 촉각적 이미지를 동시에 환기하면서 유리창 밖 세계의 움직임을 생생하게 전달하고 있다. 그런 점에서 유리는 자아와 세계의 직접적인 접촉을 가로막으면서 한편으로 세계와 소통 가능성을 열어놓는 장치라고 볼 수 있다. 이때 소통은 감각을 통해서만 그 가능성이 열린다. 유리 밖 세계의 움직임이 "누뤼알"의 감각 운동을 통해서 전달되었다면, 세계를 향해 가는 자아의 행위 역시 감각적인 방식으로 진행된다. "알몸을 ㄲ집어내라, 때려라, 부릇내라"는 감각 운동을 통해 신체적 접촉을 시도하며 세계와 직접 접촉하기를 열망하는 자아의 부르짖음을 표현한 것이다. "熱이 오르"고 "뺨"을 "유리에 부비"고 "차디찬 입마춤을 마시"는 등 연달아 이어지는 자아의 동작들은 모두 '창 밖'의 세계로 탈출하려는 열망에서 표출된 행위들이다. '나'는 창 밖의 세계와의 직접적인 접촉, 그곳을 향한 탈출의 열망으로 "熱이 오른다". 그리고 달아오른 "뺨"을 "유리에 부비"고 "입마춤"을 하면서 자기의 뜨거운 체온과 유리의 차디찬 감촉을 생생하게 느끼고 있다. 이때 입마춤을 '한다'가 아니라 입마춤을 "마신다"는 표현은 유리의 표면적 접촉뿐만 아니라 찬 공기를 들이마시는 행위까지 포함하는 것으로서 촉각적 이미지를 강하게 환기시키고 있다.

그러나 이 시의 상황을 더욱 불안하게 몰고 가는 것은 시적 자아가 탈출을 시도하는 '창 밖'의 상황 역시 진정한 해방의 공간이 될 수 없다는 점에 있다. 해방은커녕 '창 밖'은 오히려 죽음이 예비된 공간이다. '창 안'의 상황을 '어항'이나 '小蒸氣船'에 비유한 대목은 이 시의 역설적인 상황을 분명하게 보여준다. 어항에 갇힌 금붕어가 자신의 갑갑함에서 벗어나기 위해 유리를 입으로 계속 쪼아대다가 하나의 틈을 만든다면 그 순간 그에게 다가오는 운명은 죽음이다.[5] 또한 망망대해를 항해하는 증기선의 '창 밖'에도 마찬가지의 상황이 펼쳐져 있다. 시적 자아가 유리창을 깨뜨리고 밖으로 나간다 하더라도 그에게 다가올 상황은 극단적인 위험뿐이다. '창 안'에도 '창 밖'에도 시적 자아의 목마름과 갑갑함을 해소해 줄 수 있는 휴식과 위로의 공간은 존재하지 않는다.

이같은 극단의 상황 전개 속에서 마무리되는 이 시의 마지막 부분은 매우 인상적이다. 마지막 3행에서 감각적 이미지들은 대단히 복합적인 양상으로 나타난다. "쓰라리, 알연히, 그싯는 音響—/머언 꽃!/都會에는 고흔 火災가 오른다". "쓰라리"는 '쓰라리다'의 부사형 표현으로서 '다친 상처에 매운 것이 닿은 것처럼 쓰리고 아리다'는 뜻을 지닌다. 촉각과 근육 감각이 동시에 움직이는 복합적인 감각 운동을 표현하는 것이다. 이어지는 "알연히"는 '알연(戛然)하다'의 부사어로서, 쇠붙이가 부딪치는 소리를 뜻하는 청각적 표현이다. 마지막으로 "그싯는"은 '성냥갑에 대고 성

---

5) 이숭원, 《정지용 시의 심층적 탐구》, 태학사, 1999, 100면.

낭을 잡아당겨 접촉시키는 동작'을 표현하는 말이다. 촉각과 청각, 시각적 움직임을 모두 환기시키는 동작이다. 그런데 이처럼 "쓰라리"고 "알연"하고 불을 "그싯는" 행위는 모두 "音響"을 수식하는 역할을 한다. 이러한 표현들은 "머언 꽃", "고흔 火災"의 시각적 이미지와 겹치면서 유리창 밖에서 벌어지는 세계의 움직임과 그것을 감지하는 자아의 감각 운동을 다각적으로 보여준다.

　이러한 과정 끝에 '유리'를 사이에 두고 서로 떨어져 있는 자아와 세계는 서로 접촉하지 않고도 마치 접촉하는 것처럼 달떠오른다. "都會에는 고흔 火災가 오른다"는 "나는 熱이 오른다"와 대응을 이루는 것으로서, '유리'를 통해 세계를 바라보는 자아와 '유리'를 통해 자신의 움직임을 전달하는 세계가 보이지 않게 연결되는 모습을 그리고 있다. 이것은 강렬한 도시 체험을 향한 일종의 환시적 경험이라고 보인다. 정지용은 산문에서도 감각적인 도시의 풍경을 '불'의 이미지를 빌어 표현하고 있다. "탁! 탁! 튀는 생맥주가 폭포처럼 황혼의 서울은 갑자기 팽창한다. 불을 켠다"[6]라는 구절이 바로 그것이다. 〈琉璃窓 2〉의 "머언 꽃!"이라는 시어 역시 도시가 지닌 역동적인 감각과 위험한 환상을 적절하게 담아낸 표현이다. 아름답고 환상적인 위험의 공간, 탈출의 가능성을 펼쳐 보이는 억압과 구속의 공간, 바로 그 도시의 풍경 앞에서 시인은 온몸의 감각을 열어젖힌 채 스스로 취하고 있다. 도시의 이중성—도시의 활력과 피로를 모두 알고 있는 근대 시인만이 그렇게 취할 수 있다. 그런 점에서 우리는 정지용을 일찍

---

6) 정지용, 〈愁誰語 I—2—아스팔트〉, 《조선일보》, 1936. 6. 19.

이 도시의 속성과 위험을 예감했던 '도시의 시인'이면서 그러한 예감과
체험을 생생한 이미지로 되살려낸 '감각의 시인'이라고 부를 수 있을 것
이다.

생김생김이 피아노보담 낫다. 얼마나 뛰어난 燕尾服맵시냐. 산뜻한 이紳士를 아스팔트우로

신문물 체험의 아이러니

꼰돌라인듯 몰고들 다니길래 하도 딱하길래 하로 청해왔다. 손에 맞는 품이 길이 아조 들었

다. 열고보니 허술히도 半音키―가 하나 남었더라. 줄창 練習을 시켜도 이건 철로판에서 밴

_ 정지용 〈流線哀傷〉

소리로구나. 舞臺로 내보낼 생각을 아예 아니했다. 애초 달랑거리는 버릇 때문에 궂인날 막

|김종태 고려대학교 국문학과 강사

잡어부렸다. 함초롬 젖어 새초롬하기는새레 회회 떨어 다듬고 나선다. 대체 슬퍼하는 때는

언제길래 아장아장 팩팩거리기가 위주냐. 허리가 모조리 가느래지도록 슬픈 行列에 끼여 아

조 천연스레 굴든게 옆으로 슬처나자― 春川三百里 벼루ㅅ길을 냅다 뽑는데 그런 喪章을 두른

表情은 그만하겠다고 꽥― 꽥― 몇킬로 휘달리고나서 거북 처럼 興奮한다. 징징거리는 神經

방석우에 소스듬 이대로 견딜 밖에. 쌍쌍이 날러오는 風景들을 뺨으로 헤치며 내처 살폿 엉

긴 꿈을 깨여 진저리를 첬다. 어늬 花園으로 꾀여내어 바늘로 찔렀더니만 그만 胡蝶 같이 죽

드라.

流線哀傷

생김생김이 피아노보담 낫다.

얼마나 뛰어난 燕尾服맵시냐.

산뜻한 이紳士를 아스팔트우로 꼰돌라인듯

몰고들 다니길래 하도 딱하길래 하로 청해왔다.

손에 맞는 품이 길이 아조 들었다.

열고보니 허술히도 ¼폼키—가 하나 남었더라.

줄창 練習을 시켜도 이건 철로판에서 밴 소리로구나.

舞臺로 내보낼 생각을 아예 아니했다.

애초 달랑거리는 버릇 때문에 궂인날 막잡어부렸다.

함초롱 젖여 새초롬하기는새레 회회 떨어 다듬고 나선다.

대체 슬퍼하는 때는 언제길래

아장아장 팩팩거리기가 위주냐.

허리가 모조리 가느래지도록 슬픈 行列에 끼여

아조 천연스레 굴든게 옆으로 솔처나자—

春川三百里 벼루ㅅ길을 냅다 뽑는데
그런 喪章을 두른 表情은 그만하겠다고 꽥— 꽥—

몇킬로 휘달리고나서 거북 처럼 興奮한다.
징징거리는 神經방석우에 소스듬 이대로 견딜 밖에.

쌍쌍이 날러오는 風景들을 뺨으로 헤치며
내처 살폿 엉긴 꿈을 깨여 진저리를 쳤다.

어늬 花園으로 꾀여내어 바눌로 찔렀더니만
그만 胡蝶 같이 죽드라.

    정지용은 매우 역동적인 시 세계를 지닌 시인이다. 필자가 그의 시 세계
를 역동적인 구조라고 부르는 것은 그의 시가 다층적 변모를 이룩했다는
점을 의미한다기보다는 그의 시에는 근대와 고전의 연속과 불연속이 언
제나 의미심장하게 존재한다는 것을 뜻한다. 그는 1926년 6월《학조》제
1호에 열 편의 시를 발표하면서 문단 활동을 시작하였다. 이때 발표한 시
가 〈카페 · 프란스〉, 〈슬픈 인상화〉, 〈파충류동물〉, 〈지는해〉, 〈병〉, 〈띠〉,

〈딸레와 아주머니〉,〈삼월삼짓날〉,〈홍시〉,〈딸레〉 등인데 이 모든 작품에 근대적 자의식이 개입하는 것은 아니다. 오히려 뒤의 일곱 작품은 민요와 시조의 형태를 닮은 전통 지향적인 작품들이다. 그는 출발부터 동양과 서구, 전통과 현대의 연속성과 불연속성의 체험을 형상화한 시인이었다.

그동안 정지용의 시 세계에 대하여 '초기의 모더니즘시', '중기의 종교시', '후기의 자연서정시'라는 도식으로 나누어서 문학사적 평가를 내리는 경우가 많았는데, 그의 시 전반을 꼼꼼히 따져 읽어보면 그의 시 세계가 이처럼 단순하게 정리되지 않는다는 사실을 알 수 있다. 정지용은 등단 초기부터 6·25전쟁 직후 행방불명될 때까지 근대적 자의식과 전통 지향적 동양 정신을 끊임없이 충돌시키기도 하고 융합하기도 했던 문제적인 시인이었다. 영문학을 공부한 신지식인답게 그는 서구 문물을 소재로 한 시들을 많이 발표하였으며, 한편 유년 시절부터 공부해 온 한학적 전통 또한 창작의 중요한 밑거름으로 삼았던 것이다.

이 글의 논의 대상이 되는 〈流線哀傷〉은 1936년 3월 《시와소설》 창간호에 발표된 작품이다. 이 시는 그 제목부터 은유적 내포를 지니고 있기 때문에 여러 논객들에 의해서 달리 해석되고 있는 난해시이다. 특히 이 시에 대한 분분한 해석은 "流線"이 뜻하는 대상이 무엇인가라는 문제에 귀결된다. "流線"은 그 자체가 어떤 사물을 의미하는 것이 아니라 사물의 한 속성으로서의 유선 형태—유체가 운동하는 영역 안에 있는 각 점의 접선이 그 점에서의 흐름의 방향성과 같아지도록 그은 가상적 곡선—를 의미하는 것이기 때문에 유선형을 지닌 사물이라면 어떤 것이라도 이 시의 소재로 상정해 볼 만하다. 그러나 행간의 의미와 잘 맞아떨어지는 유선형 사물만이 〈流線哀傷〉의 소재가 될 수 있다. "流線"이 어떤 사물을 지칭하는가를 정확히 이해하면 거기에 맞추어 이 시의 각 구절들을 해석할 수 있다. 먼저 "流線"을 이해하는 대표적인 견해들을 살펴보면 다음과 같다.

신범순은 "流線"을 현악기 중의 하나라고 설명한다. 그는 "하나의 꿈으로 처리된 이 시의 내용은 거리에서 굴러다니던 버려진 현악기를 주워다 연주했다는 한 토막 사건을 두고 꾸며진 것이다. 그 악기를 과도하게 의인화함으로써 그 상상의 폭이 너무 커져서 꿈속의 일로 처리할 수밖에 없었을 것이다. 하지만 그 어떤 시보다도 '도시에서의 헤매임'이라는 주제가 깊은 탐색을 통해서 독특한 예술적 성과를 낳았다"[1]고 하였다.

이숭원은 신범순의 견해에 반론을 제기하면서 "流線"을 오리라고 파악한다. 그는 "그것은 곤돌라인 듯 몰고 다닌다든가, 철로판에서 배운 소리밖에 내지 못한다든가, 회회 떨며 다듬고 나선다든가 하는 구절에서 짐작할 수 있고, 특히 8연의 '꽥— 꽥—'이라는 의성어에서 오리라는 심증을 굳힐 수 있다. 따라서 이 시의 제목인 "流線哀傷"에서 "流線"은 오리의 곡선형 몸체를 암시한 것임을 알 수 있다. 요컨대 제목의 뜻은 '오리에 대한 슬픈 생각' 정도로 압축되는데 슬픈 생각이라는 제목과는 달리 시 전체가 재기와 유머로 넘쳐 있음을 볼 수 있다."[2]고 하였다.

황현산은 이숭원의 견해에 반론을 제기하면서 "流線"을 공기의 마찰을 덜 받도록 공기역학적으로 차체를 설계한 세단형 자동차로 파악한다. 이 차형은 과학과 미학을 결합시킨 기능주의 미학의 걸작이라는 것이다. 그

---

1) 신범순, 《한국 현대시의 퇴폐와 작은 주체》, 신구문화사, 1998, 67면.
2) 이숭원, 《정지용 시의 심층적 탐구》, 태학사, 1999, 140면.

는 이 시가 자동차를 빌려 타고 춘천에 갔던 이야기를 서술한 것이며 새로운 문물과 기능주의 미학에 대한 자신의 처지를 희화화하여 진술한 것이라고 했다. 시인은 자동차에 매혹되기도 하나 생리적으로 그 속도에 적응하지 못하는 형상이 이 시에 나타난다고 황현산은 설명한다.[3]

필자는 위 세 사람의 의견과 다른 더욱 참신한 해석을 시도하려고 노력하였으나 선행 연구자들의 논의가 이미 어느 정도 정답에 다가서고 있는 것으로 결론짓게 되었다. 필자의 의견부터 말하자면 이 시의 소재는 '자동차'이다. 이 시가 발표된 1936년 무렵에는 우리나라에서도 '에섹스', '포드 V-8형' 같은 상자형 자동차에 뒤이어 '드 소토 에어플로', '판티액' 같은 유선형 자동차가 실제로 유행하기 시작했다. 자동차는 근대 문명이 창조한 가장 중요한 이기(利器)이다. 18세기 후반에 일어난 산업혁명 이후 급속히 발달하기 시작한 초기 자본주의는 모든 방면에서 속도를 높이기 위한 전쟁을 치러야 했다. 최고의 속도를 향한 자본주의 발전에 중요한 견인차 역할을 한 것이 자동차이며 자동차 산업이었다. 마소를 이용한 전근대적 형태의 교통 문화를 종결시킨 것도 자동차의 개발이었으며 대량으로 생산된 공산품들을 소비자의 손에 신속히 배달해 주는 일도 자동차가 없었다면 불가능했을 것이다. 최초로 기계의 힘으로 주행한 '퀴뇨의 증기자동차'(1770년)를 시작으로 발전한 자동차의 역사가 자본주의의 대약진에 크게 이바지했다.

그럼 이 시를 분석적으로 살펴보자.

---

3) 황현산, 〈이 시를 어떻게 읽을 것인가 13—정지용의 '누뤼'와 '연미복의 신사'〉, 《현대시학》, 2000. 4, 197~202면.

1연은 자동차의 외양을 건반 악기인 피아노와 비교하면서 그것보다 아름다운 자동차의 자태를 감상하고 있는 부분이다. 근대적 신문물인 자동차에 대한 시인의 대응은 우선 그 모습의 수려함을 찬양하는 데서 시작하여 2연에서 시인은 자동차의 기능을 몸소 경험해 보기 위하여 전세를 내어 빌려오는 적극성을 띠게 된다. 그러나 2연에 나타나는 시인의 생각은 1연과는 다른 양상을 보이기도 하는데, 그것은 "딱하길래"라는 어휘에 집약되어 나타난다. 시인은 아마도 자동차가 사람들을 싣고 다니는 모습에서 마소가 이끄는 전근대적 운송 수단을 연상하면서 그 수고로운 모습을 딱하게 생각하게 된 것이다. 또 한편 이러한 시인의 생각은 신문물에 대한 양가적 대응 의식과도 연결된다. 이는 정지용의 등단작인 〈카페 · 프란스〉에서 보이는 근대적 삶의 양식에 대한 즐김과 그 즐김의 한 극단에서 나타나는 우려의 심정이라는 이중적 감정과도 이어진다.

3연은 자동차를 직접 타고 있는 시인의 감상을 담고 있다. 시인이 직접 운전을 하고 있는 것은 아닐 터이지만 운전사와 일체되어 달릴 준비를 하고 있는 자동차의 모습에서 시인은 "손에 맞는 품이 길이 아조 들었다"라고 판단한다. "열고보니"의 객체는 자동차의 문이다. "半흡 키―가 하나 남았다"라는 부분은 이 시를 오독하게 만들 수도 있는 은유적 장치인데, 이는 애초에 자동차를 피아노와 비교했기 때문에 나타나는 진술이다. 정지용이 신문물 체험의 기회를 가지기 위하여 빌려온 자동차는 새 차가 아니라 오래된 중고차였지 싶다. 오랜 운행으로 인하여 길이 잘 들어 있는 것 같기도 하지만 달리 보면 온음 건반인 흰 건반은 사라지고 반음 건반인 검은 건반만 몇 남아 있는 피아노처럼 많이 낡아 보이기도 했을 터이다.

4연은 자동차에 시동을 거는 상황이다. 이 시대의 자동차는 중고든 새 것이든 간에 현대의 자동차처럼 깨끗한 소리를 내면서 시동이 걸리지는 않았을 것이다. 정지용이 탄 자동차는 기차가 달릴 때 내는 소리를 내고 있다. 이 소리에 시인은 다소 신경질적인 반응을 보인다. 이런 듣기 싫은 소리로는 사람들의 귀를 즐겁게 할 수 없으며 오히려 이 신문물에 대한 거부 반응을 불러일으킬 수도 있겠다. "무대로 내보낼 생각을 아예 아니" 하는 것은 이런 심정의 은유적 피력이다. 그런데 설상가상 시인이 자동차를 빌려 타게 된 날에 비까지 내린다. "함초롱 젖여 새초롬하기는새레"는 비에 흠뻑 젖어 있는 자동차를 형상화한 표현이며 이 구절의 끝에 붙은 "새레"는 고어(古語) '새례(새로, 새롭게의 뜻)'가 단모음화된 이형태(異形態)일 것 같다. 이 단어는 "다듬고"를 수식하게 된다. 그렇다면 "새레"는 "새초롬하기는"과 떨어져 있어야 했다. 정지용 시 원문에는 현대적 띄어쓰기 원칙에 어긋나는 표기가 많은 것으로 보아 이 해석은 나름대로의 설득력을 지닐 것이다. "하기는새레"를 '하기는커녕'으로 해석할 수 있는 근거도 이러한 어원 분석과 연결될 것이다. "회회 떨어 다듬고 나선다"는 빗방울을 튕기면서 빗속을 헤쳐 나가는 자동차의 모습을 나타낸 말이다.

　시인은 이러한 자동차의 모습이 어떨 때는 다소간 슬퍼 보였다. 그러나 이제 막 운행을 시작한 자동차는 "아장아장" 아기처럼 어설프게 달려가기도 하다가 속도가 붙을 때면 "팩팩거리기"를 자주 하면서 재기발랄하게 목적지를 향해 간다. 7연은 그 자동차가 다른 자동차 몇 대 사이에 끼여서 천천히 운행하는 모습을 연상케 한다. 유선형 자동차는 상자형 자동차에 비해 그 중간 부분이 불룩해 보이는데 천천히 기어가고 있는 자동차의 모습을 불룩한 허리가 가늘어졌다고 표현한 것이다. "모조리"라는 말이 나오는 것은 그 주변에 다른 자동차들 몇 대가 줄지어 있었기 때문이다. 그런 "행렬" 속에서 언제 속력을 내고 달렸느냐며 능청을 떨면서 천천히 기어가다가 급기야 그 행렬을 빠져나오게 된다. 옆으로 "솔쳐나자"는 옆으로 '빠져나오자' 정도로 해석하면 된다.

  시인을 실은 자동차는 지금 서울에서 춘천을 잇는 위험한 길을 빠른 속도로 달리고 있다. 그 길을 "벼루ㅅ길"('벼랑길'이라는 뜻)이라고 표현한 데서 그 길의 위험성을 짐작할 수 있다. 자동차는 아까 슬픈 행렬 속에서 천천히 기어가던 그런 초라한 표정을 지워버리고 "꽥— 꽥—" 소리를 내면서 마구 달린다. 자동차가 "꽥— 꽥—" 소리를 낼 수밖에 없는 것은 험한 길이라는 외적 상황과 기능이 정교하지 못한 초기형 자동차라는 내적 상황을 고려해 보면 당연하게 이해된다. 이제 자동차는 춘천을 향해 몇 킬로를 달려왔다. 그러더니 갑자기 화난 거북이처럼 흥분한다. 이는 과열되어 자동차 엔진룸에서 연기가 나오는 상황이나 또는 심한 엔진 소음을 일으키고 있는 상황을 일컫는다. 그런 자동차에 타고 있는 시인의 마음이 편안할 수 없는 것은 당연하다. 시인은 자신의 이러한 심리 상태를 "神經방석" 위에 앉아 있는 상황에 빗댄다. 하지만 그렇다고 자동차를 버리고 갈 수는 없는 일이라 그저 "소스듬" 이대로 견딜 수밖에 없겠다. "소스듬"은 어떤 어려운 일을 겨우겨우 견디어 나가는 형상을 뜻하는 의태어라고 판단된다.[4]

---

4) 이숭원은 앞의 저서에서 이 단어를 두 개의 뜻으로 유추하고 있다. 하나는 고어 '소솜'과 비슷한 의미를 지니는 '잠깐'의 뜻으로, 또 하나는 '소스라치다'와 비슷한 뜻으로 유추하고 있는데 그는 전자의 뜻이 더 합당할 것이라고 주장하고 있다.

10연은 어느 정도 안정된 상태에서 운행되고 있는 자동차의 모습을 진술한다. "쌍쌍이 날러오는 風景"은 자동차의 오른쪽 창과 왼쪽 창 옆으로 빠르게 스쳐 지나가는 길가의 풍경을 뜻한다. "빰"이란 자동차의 왼쪽 오른쪽 혹은 앞쪽 창유리 정도로 해석할 수 있겠다. 시인은 지금 최첨단의 문명에 편입한 채 자연의 풍경을 즐기고 있다. 이는 문명성 속에서 즐기는 자연성이다. 아름다운 자연은 그를 잠시 잠들게 했다. 시인은 풋잠이 들었다가 깨어나게 되는데 그가 다시 진저리를 치게 되는 것은 자동차의 빠른 속도와 시끄러운 엔진음 때문이었을 것이다. 우여곡절 끝에 자동차는 춘천에 이르게 된다. 마지막 연인 11연은 현실 상황이 아니라 시인의 상상이 개입된 부분이다. 황현산은 이 부분을 다음과 같이 재미있게 해석해 내고 있다.

우리는 자동차에 관해 말하면서 그 운전수에 대해서는 입을 다물었다. 사색이 된 승객을 아랑곳하지 않고 차가 벼랑길을 그렇게 난폭하게 달렸던 것은 운전수가 '기술자 곤조'를 부렸기 때문이다. 그래서 그를 '화원으로', 즉 여자들이 있는 음식점으로 데려가, '바늘로 찔렀더니만' 즉 돈을 몇푼 찔러주었더니만, 다소곳해지더라고 시인은 말하는 것이리라.[5]

황현산은 바늘로 찌르는 대상이 자동차라기보다는 운전수라고 파악한

5) 황현산, 앞의 글, 201면.

다. 이 역시 나름대로의 설득력을 지니고 있지만 1행부터 10행까지에서 전혀 거론되지 않던 운전수가 마지막 연에 갑자기 나온다는 것이 좀 의아하게 느껴진다. 마지막 연 역시 자동차의 속성에 관계된 진술로 보는 것이 더욱 타당할 것 같다. 시인은 자신을 춘천으로 데려다 준 자동차의 노고를 위로하기 위하여 요정으로 불러내는 상상을 하게 된다. 술과 여자로써 접대하기 위해서이다. 즉 자동차를 의인화하여 진술한 것이다. 이러한 의인화의 방법은 앞의 연에서도 여러 번 등장하던 수사였다. 그러나 시인은 그 자동차를 위로한 것이 아니라 그것의 고무바퀴를 바늘로 찔러본다는 가정을 한다. 이것은 자동차를 죽이는 행위인데 시인은 왜 이런 무모한 행동을 하는 상상을 한 것일까? 여기에는 문명과 속도에 대한 공포 심리가 개입되어 있다. 시인은 한편으로는 문명의 이기가 주는 편리함과 새로움을 즐겼으며 또 다른 한편으로는 그것의 기계적 원리에 진저리쳤다. 시인에게 자동차 여행은 기분 좋은 경험인 동시에 생사(生死)를 오가는 참 아슬아슬한 모험이기도 하였다. 이러한 이중적 심리가 자동차에 대한 '살해'를 꿈꾸게 한 것은 아닐까! 바늘이 고무바퀴를 관통하는 순간, 자동차는 바닥에 주저앉을 것이라는 상황을 진술한 것이 마지막 연이다.

이 시는 대상에 대한 비유적 진술 구조와 반어적 어조에 신파적인 감정 이입법을 가미하여 독특한 시적 분위기를 연출하고 있는 작품이다. 특히 이 시의 반어적 어조는 이 시의 전체적인 주제 의식을 이끌어가는 중요한 기제가 될 수 있다. 이 시가 하루 동안의 춘천행 자동차 유람을 진술한 것이라고만 단순하게 이해할 수 없는 이유가 여기에 있다. 이 시에는 근대적 신문물에 대한 대응이 양가적으로 존재한다. 신문물의 대표적 상징으로 자리잡아 오늘날의 현대 사회에서도 문명의 이기로서의 기능을 충실히 수행하면서 가끔씩 교통사고와 매연으로 인한 역작용까지 동시에 일으키고 있는 것이 자동차인데, 이 자동차에 대한 근대인의 긍정과 부정의 태도가 동시에 존재하는 작품이 〈流線哀傷〉이다.

이러한 시인 의식은 이 시가 발표된 지 3개월 지난 후인 1936년 6월 19일 《조선일보》에 발표된 〈아스팔트〉라는 산문에서도 확인된다. 자동차와 아스팔트는 환유적 관계성을 지닌다는 점에서도 이 산문은 〈流線哀傷〉과 함께 논의될 만하다. 산문 〈아스팔트〉는 〈流線哀傷〉의 심층적 의미를 이해하는 데 중요한 실마리를 제공한다. 이 산문에는 근대 문명에 대한 정지용의 태도가 상징적으로 나타나 있다. 언뜻 보면 이 산문은 근대 도시에 대한 찬양만을 진술한 것처럼 보이지만 실상은 그렇지 않다. 정지용은 자본주의적 도시 혹은 서구의 신문물에 대하여 양가적이고 복합적인 대응을 한다. 신문명을 총체적으로 대표하는 도시는 자연을 파괴하는 과정에서 형성하였으며 또한 도시는 그 자신 안에 인공 자연을 이룩하려고 애쓰는 이중적인 지향성을 보이기도 하였다. 도시민들은 도시를 즐기는 삶을 영위하다가도 이미 멀어져가고 있는 자연의 세계를 동경하기도 하며, 때로는 도시가 만들어놓은 인공 자연을 만끽하며 고독한 자신의 삶을 위로하기도 한다. 근대 문명에 대한 근대인(혹은 현대인)들의 대응 또한 여기에서 유추할 수 있는 문제다. 이 지점에서 〈流線哀傷〉이 〈아스팔트〉에 연결된다.

가로수 이팔마다 발발하기 물고기 같고 6월초승 하늘 아래 밋밋한 고층건물들은 杉나무 냄새를 풍긴다. 나의 파나마는 새파라틋 젊을 수밖에. 家犬 洋傘 短杖 그러한 것은 閑雅한 교양이 있어야 하기에 연애는 시간을 심히 낭비하기 때문에 나는 그러한 것들을 길들일 수 없다. 나는 심히 유창한 푸로레타리아트! 고무뿔처럼 퐁퐁 튀기어지며 간다. 오후 4시 오페스의 피로가 나로 하여금 궤도 일체를 밟을 수 없게 한다. 작난감 기관차처럼 작난하고 싶구나. 풀포기가 없어도 종달새가 나려오지 않아도 좋은, 푹신하고 판판하고 만만한 나의 유목장 아스팔트! 흑인종은 파인애플을 통채로 쪼기어 새빨간 입술로 쪽쪽 드리킨다. 나는 아스팔트에서 조금 빗겨들어서면 된다.

탁! 탁! 튀는 생맥주가 폭포처럼 싱싱한데 황혼의 서울은 갑자기 팽창한다. 불을 켠다.

—〈아스팔트〉 부분[6]

인간은 신의 기술을 빌려 도시를 창조하였다. 도시는 근대 문명의 가장 완전한 상징물로 자리잡았다. 지금 도시의 산책자로서의 시인이 거닐고 있는 아스팔트는 근대 문명을 간파하여 경험할 수 있는 지름길이다. 산문의 초반부에서 정지용은 "서울거리에서 흙을 밟을 맛이 무엇이랴"라고 하면서 흙의 자연성보다는 아스팔트의 인공성이 오히려 더 나은 것이라고 단적으로 말하기도 하지만 그 뒤에 이어지는 단락에서 정지용의 도시 인식은 단순하게 전개되지 않는다. 그가 아스팔트라는 인공의 조형물을

6) 정지용, 《정지용전집 2—산문》, 민음사, 1988, 25면.

즐길 수 있었던 것은 그 주변에 "발발하기 물고기 같"은 "가로수 이팔"과 고층건물들이 풍기는 "杉나무 냄새"가 있었기 때문이다.

그는 도시성을 자연성과 연결하면서 그 도시성을 즐기게 된다. 그는 인공의 도시를 완전히 부정하지도 완전히 긍정하지도 않으면서 그 도시성에 내재한 자연성을 추출하려고 애를 쓴다. 그러므로 그가 원하는 것은 자본의 세례를 받은 유한 계급의 "家犬 洋傘 短杖"을 겸비한 연애를 위한 산책이 아니라 자연의 원형성을 체득한 "푸로레타리아트"의 산책이다. 그러나 무산 계급은 노동의 피로를 언제나 지니고 있는 자이기 때문에 육체의 고단함으로부터 온전한 산책을 방해받는다. 건강한 육체성과 자연성을 회복할 때만이 이러한 근대적 도시성을 제대로 감상할 수 있다는 것이 시인의 생각이었다.

근대성이란 정신성보다 육체성을 중요시한다. 시인은 육체성의 탄력을 즐기면서 근대성에 다가서고자 한다. "푸로레타리아트"와 "흑인종"은 노동의 피로가 문제시되긴 하지만 육체성과 자연성을 결합할 수 있기 때문에 도시를 감각적으로 체험할 수 있는 가능성 또한 지닌 자들이다. 시인이 아스팔트에 대하여 "풀포기가 없어도 종달새가 나려오지 않아도 좋은, 푹신하고 판판하고 만만"하다고 진술하는 것은 아스팔트에 대한 전폭적인 찬양이라기보다는 도시성 속에서 자연성을 끊임없이 확인하려는 반어적 대응으로서의 의미 또한 지닌다고 보아야 하겠다. 아스팔트를 "유목장"으로 인식하는 것이나 "생맥주"라는 근대성을 "폭포"라는 자연성과 연결시키는 시의식 역시 이와 같은 맥락에서 이해할 수 있겠다.

이러한 심리적 대응은 "나는 아스팔트에서 조금 빗겨들어서면 된다"라는 부분에 집약적으로 나타난다. 특히 "빗겨들어서면 된다"라는 어구에는 아스팔트가 주는 도시적 감각성을 즐기는 발랄한 시의식과 전근대적 자연에 대한 동경심과 자연성에 대한 미련으로 인한 불안 심리가 뒤섞여 있다. 자동차가 고속으로 달리기도 하는 아스팔트 신작로가 때로는 느닷없는 죽음을 야기하는 예측 불가능한 공간임을 시인은 잘 알고 있었다. '비껴 선다'는 시인의 행위에서 죽음에 대한 공포 심리가 읽히는 것은 이 때문이다. 요컨대 이 부분에는 아스팔트에 완전히 융화되지도 못하고 그렇다고 그곳을 떠나지도 못하는 자의 복합 심리가 묘하게 배어 있다. 이는 〈流線哀傷〉에서 보이는 자동차라는 근대적 신문물에 대한 반어적이고 양가적인 대응과도 통한다. 이처럼 정지용은 근대와 반근대 사이에서 끊임없이 길항한 시인이다. 그는 근대 도시의 낯선 이미지와 반근대의 상징인 전통적 자연의 이법 사이에 놓인 팽팽한 긴장을 줄타기하면서 문학적 상상력을 극대화하였다. 이러한 정지용의 갈등과 문제 의식은 하나의 미학적 아이러니를 구축하여 그를 대시인으로 성장시키는 원동력이 되었다.

여러 가지 비유 구조를 동반한다는 점에서 이 시는 신문물에 대한 신지식인의 미학적 전략마저 수행한다. 한편 좀더 미세하게 표현한다면 이 시는 주로 고위 관료나 대부호들이 이용하던 신문물로서의 자동차를 앞에 두고 즐거움과 불편함 사이에서 주저하다가 그것을 바늘로 찔러 죽인다는 상상의 서사를 통하여 복합적인 감정을 객관화하는 한 방법을 모호하고 난해하게 선보이는 '괜찮은' 작품이기도 하다. 이숭원의 지적[7] 처럼

---

7) 이숭원, 앞의 책, 142~143면.

이 시가 "재기와 익살"이 승하기도 하지만 그렇다고 필자는 "기존의 시에 대한 고정된 관념을 변화시키는 의의"가 있다는 그의 주장에는 선뜻 동의 하지 않겠다. 이 시가 주제나 소재면에서 정지용 시 중에서 그리 특이한 것일 수만은 없는 듯하기 때문이다.

十三人의兒孩가道路를疾走하오. (길은막달은골목이適當하오.) 第一의兒孩도무섭다고그리오.

상대적 지식에 대한 욕망의 좌절

第二의兒孩도무섭다고그리오. 第三의兒孩도무섭다고그리오. 第四의兒孩도무섭다고그리오.

第五의兒孩도무섭다고그리오. 第六의兒孩도무섭다고그리오. 第七의兒孩도무섭다고그리오.

_ 이상 〈烏瞰圖 시제1호〉

문 홍 술 | 서울여자대학교
국문학과 교수

第八의兒孩도무섭다고그리오. 第九의兒孩도무섭다고그리오. 第十의兒孩도무섭다고그리오.

第十一의兒孩도무섭다고그리오. 第十二의兒孩도무섭다고그리오. 第十三의兒孩도무섭다고그

리오. 十三人의兒孩는무서운兒孩와무서워하는兒孩와그러케뿐이모혓소. (다른事情은업는것

이차라리나앗소.) 그中에一人의兒孩가무서운兒孩라도좃소. 그中에二人의兒孩가무서운兒孩

라도좃소. 그中에二人의兒孩가무서워하는兒孩라도좃소. 그中에一人의兒孩가무서워하는兒孩

라도좃소. (길은뚤닌골목이라도適當하오.) 十三人의兒孩가道路를疾走하지아니하야도좃소.

烏瞰圖 시제1호

十三人의兒孩가道路를疾走하오.

(길은막달은골목이適當하오.)

第一의兒孩도무섭다고그리오.

第二의兒孩도무섭다고그리오.

第三의兒孩도무섭다고그리오.

第四의兒孩도무섭다고그리오.

第五의兒孩도무섭다고그리오.

第六의兒孩도무섭다고그리오.

第七의兒孩도무섭다고그리오.

第八의兒孩도무섭다고그리오.

第九의兒孩도무섭다고그리오.

第十의兒孩도무섭다고그리오,

第十一의兒孩도무섭다고그리오.

第十二의兒孩도무섭다고그리오.

第十三의兒孩도무섭다고그리오.

十三人의兒孩는무서운兒孩와무서워하는兒孩와그러케뿐이모혓소.

(다른事情은업는것이차라리나앗소.)

그中에一人의兒孩가무서운兒孩라도좃소.

그中에二人의兒孩가무서운兒孩라도좃소.

그中에二人의兒孩가무서워하는兒孩라도좃소.

그中에一人의兒孩가무서워하는兒孩라도좃소.

(길은뚤닌골목이라도適當하오.)

十三人의兒孩가道路를疾走하지아니하야도좃소.

이 시는 "가장 우수한 최후의 모더니스트" 또는 "모더니즘의 초극이라는 심각한 운명을 한몸에 구현한 비극의 담당자"[1]로 평가되는 1930년대 모더니스트 이상이 《조선중앙일보》에 1934년 7월 24일부터 8월 8일까지 '烏瞰圖'라는 제목 하에 연재한 시들 중 하나다. 띄어쓰기의 무시, 생경한 한자, 숫자, 기호, 도표들의 사용으로 인해 난해한 이 시편들은 발표 당시에는 독자들의 항의를 받아 〈시제15호〉에서 중단되기도 하였다. 그러나 〈烏瞰圖〉는 지금까지 이상 문학을 연구함에 있어서 텍스트 분석의 중심 항목에 놓여 있고, 특히 이 〈시제1호〉는 의미의 추상성과 상징성으로 인해 다양한 해석이 제시되고 있다. 이 시에 대한 기존 연구들의 논의는 그 나름의 정합성을 띤 해석을 제시하고 있는데, 대개 "까마귀", "十三",

---

1) 김기림, 〈모더니즘의 역사적 위치〉, 《김기림 전집》, 심설당, 1988, 58면.

"兒孩"가 갖는 의미에 초점을 맞추고 있다. 이들 논의들을 정리하면 다음과 같다.

①제목의 의미 : '조감도(鳥瞰圖)'를 '오감도(烏瞰圖)'로 바꾼 것은 까마귀와 같은 눈으로 인간들의 삶을 굽어본다는 뜻으로, 암울하고 불길한 까마귀가 이미 부정적인 생의 조감을 예시하는 시적 분위기를 나타내고 있다고 본다(이어령).

②"十三人"의 의미 : 최후의 만찬에 합석한 기독 이하 13인(임종국), 해체된 자아의 분신(김교신), 시계 시간의 부정(김용운), 불길한 공포(이영일), 성적 상징(김대규), 원시적 자아로의 분화(정귀영), 기호와 상징의 중간 개념(이승훈).

③"兒孩"의 의미 : "兒孩"의 '孩'를 '해(태양)'와 동일시하여 아해를 태양의 '아들', 곧 유성(流星)으로 해석(김우종), 아이를 "兒孩"로 표기한 것은 일상성과 습관성을 낯설게 만들려는 의도(이승훈).

④"道路를疾走하오"의 의미 : 태초부터 미래를 향해 질주하는 인간의 현실적 상황과 도로라는 역사적 도정을 표시하는 은유(이어령), 불안의 극단적 형태 혹은 성적 흥분(이규동), 현대의 위기의식(정귀영), 공포로부터의 도피(임종국), 도로는 막다른 골목이어도 좋고 뚫린 골목이라도 좋다고 진술함으로써 도로 자체의 의미보다는 질주의 의미가 강조됨(이승훈).

⑤시의 구조에 대해 : 좌우대칭 혹은 전후대칭(symmetry)의 구조로, 좌우대칭이 외부 구조이며, 내부는 병렬과 대립의 구조로 봄(이승훈).

이처럼 이 시를 지탱하는 중요 요소와 장치들에 대한 해석은 다양하게 제시되고 있지만, 이들 대부분이 "十三人의兒孩"가 절망 또는 공포에 질려 있는 것이라는 동일 결론을 내리고 있다. 물론 이 글도 결과적으로는 동일한 결론에 도달하겠지만, 이 글에서는 이 시 해석의 핵심적인 측면으로서 13인의 아해가 '무엇'에 대해 좌절하고 절망하는가, 라는 점에 주목하면서, 이를 밝히기 위해 다음 측면에서 기존 논의들과 접근 방법을 달리하고자 한다.

무엇보다, 기존 논의들이 갖는 문제점은 이상 문학의 전체적인 전개 과정과 관련하여 이 시가 갖는 의미를 탐구하지 못한 채 이 시 자체에 대한 부분적이면서 단편적인 논의에 머물고 있다는 점이다. 곧 이상 문학 전체를 일관되게 설명할 수 있는 틀을 마련하지 못하고, 이 시 한 편만을 문제 삼아 각 요소들에 대한 분분한 해석이 가해지면서, 때로는 상식을 넘어선 비약(특히 정신분석학의 측면) 혹은 시 자체의 의미를 왜곡 축소하면서 단순한 기호놀이의 일종으로 폄하(기호학적 접근)하는 경향을 보이고 있다. 그러나 이상 문학의 전체적인 전개 과정 속에 이 시를 편입시킬 때, 이 시가 이상 문학 전체에서 차지하는 위상과 더불어 이 시의 각 요소들이 갖는 의미가 보다 분명히 드러날 것이며, 나아가 "十三人의兒孩"가 '무엇'에 대해 좌절하고 절망하는가를 밝혀낼 수 있을 것이다.

이 점을 밝히기 위해서는, 한글→일본어→한글로 전개되는 이상 문학의 글쓰기의 원형 또는 무의식적 욕망의 원형[2]을 재구성할 필요가 있다.[3] 이때 주목되는 것이 〈얼마 안되는 辨解〉(1932. 11. 6과 1932. 11. 15의 두 부분)라는 수필과 일본어 시 〈삼차각설계도〉이다. 전자의 글은 이상이 일본어 시를《조선과 건축》에 발표할 당시의 정신적 풍경이 잘 제시되어 있다. 그리고 후자의 글은 이상 문학 중 언술체계가 가장 심하게 파괴된 것인데, 그 이유는 이상 문학의 글쓰기의 원형인 무의식의 욕망이 강하게 분출되고 있기 때문이다. 따라서 이 두 편의 글을 통해 이상 문학의 글쓰기의 원형을 재구성할 수 있다.

먼저 〈얼마 안되는 辨解〉[4]는 세 가지 의미층으로 분석될 수 있다.

① "지식의 첨예각도 0°"로 인식되는 열악한 현실에 절망하는 단계로, 이는 1930년대 식민지 경성의 왜곡된 근대화에 대한 절망과 관련이 있다. 근대적 도시와 그 도시의 비인간화에 대한 절망은 이상의 처녀작인 한글 장편소설《十二月十二日》에도 제시되어 있다.

② 현실에 절망한 나머지 "하나의 수학, 짧은 수자"라는 과학적 지식의 영역으로 도피하는 단계이다. 여기서 새로운 지식의 영역은 "絶對에 모일 것. 에스푸리가 放射性을 포기할 것. 車를 놓친 나는 四次元의 展望車 위에서 눈물을 지으며 餞送의 心境을 보냈다"라는 구절에서 볼 수 있듯이, 20세기 초 과학혁명에 해당되는 아인슈타인의 상대성 원리에 바탕을 둔 '4차원'의 세계이다.

③ 그러한 실험의 결과가 실패로 돌아가는 단계인데, 이를 두고 이상은 "나는 乳母車에 태워진 채로 墜落하였다. 기억의 심연으로"라고 표명하고

---

2) 심층텍스트(sub-text)를 의미한다. 심층텍스트란 작품 자체에는 제시되지 않지만 독자로서의 우리들이 쓸 수 있는 텍스트를 의미한다. 모든 문학 작품은 심층텍스트를 하나 또는 그 이상 갖고 있는데, 이런 심층텍스트의 재구성은 기호 생산의 원형 탐구로 직결된다. T. Eagleton,《문학이론 입문》, 김명환 역, 창작과비평사, 1986, 214~223면.

3) 이에 대한 자세한 논의는 졸고,〈이상 문학에 나타난 주체 분열과 반담론에 관한 연구〉, 서울대 석사논문, 1991, 1~42면 참조.

4)《현대문학》, 1960. 11.

있다.

 이상 스스로 "세상에 다시 없는 아름다운 접목을 실험한 것"으로 명명
한, 상대성 원리로 표상되는 새로운 지식에 대한 욕망이 강하게 표출되고
있는 것이 일본어 텍스트이다. 그 중에서도 〈선에 관한 각서〉라는 제목 아
래 7편이 묶여 있는 〈삼차각설계도〉에 욕망이 가장 강력하게 표출되어 있
다. 이 시편은 뉴턴 물리학과 유클리드 기하학을 비판하고 아인슈타인 물
리학과 비유클리드 기하학으로 표상되는 상대적(relative) 지식을 표출
하고 있다. 〈선에 관한 각서1〉과 〈선에 관한 각서3〉은 아인슈타인 물리학
을, 〈선에 관한 각서2〉와 〈선에 관한 각서4〉는 비유클리드 기하학을 지향
하고 있으며, 〈선에 관한 각서6〉은 이 양자를 종합하고 있다. 여기서, 상
대적 지식은 칸트의 선험적 이성, 뉴턴의 자연과학, 다윈의 진화론으로
압축되는 근대성을 비판하는 탈근대적 지식[5]으로, 20세기 초 예술운동
으로서의 모더니즘의 사상적 기반[6]에 해당된다.

　4 第四世

---

5) 탈근대적 지식은 시간상으로 근대 이후를 지칭하는 것이 아니라, 근대의 이념에 대한 비판적 성찰을 극대
화하는 방법론적 전략이다. 이에 대해 윤평중, 《푸코와 하버마스를 넘어서》, 교보문고, 1990, 225~239면
참조. 그리고 근대성 비판과 모더니즘의 상관관계에 대해서는, 졸고, 〈근대성 비판의 문학적 전개양상〉, 《한
국현대문학의 근대성 탐구》, 문학사와 비평연구회, 새미, 2000, 참조.
6) 모더니즘이 상대적 지식을 기반으로 하는 것에 대해서는, M. K. Spears, 《Dionysus and City》,
Oxford Univ Press, 1970, 21~23면 및 E. Lunn, 《마르크시즘과 모더니즘》, 김병익 역, 문학과지성사,
1986, 61면을 참조.

4 一千九百三十一年九月十二日生.[7]

이처럼, 이상 문학은 스스로를 '4차원에서 새로 태어난 아해'로 명명하고 있는데, 이는 탈근대적 지식인 상대적 지식이 이상 문학의 글쓰기의 원형임을 또렷이 보여주는 대목이다. 이상 문학은 이 상대적 지식의 세계를 욕망하면서 그 무의식적 욕망의 언술을 근대적 지식이 지배하는 언술체계에 분출시킴으로써 언술체계의 분열[8]을 일으키는 것이다. 이러한 무의식의 욕망에 의한 글쓰기를 라캉은 상상적(imaginary) 글쓰기로, 크리스테바는 기호적(le semiotic) 글쓰기로 명명[9]하고 있는 바, 이러한 글쓰기로서의 이상 문학은 1930년대 경성의 근대성에 바탕을 둔 '의식상의 언술'에 상대적 지식에 대한 '무의식의 욕망의 언술'을 표출시킴으로써 30년대 언술체계의 분열을 일으키고 있는 것이다. 이상 문학은 실어증 유형인 일어문(one sentence utterance)과 일문(one word sentence)[10]과 같은 전보문 형태, 띄어쓰기를 무시한 무의식의 자동기술법, 숫자와 어미의 추상화, 패러디 등을 통해 상대적 지식에 대한 무의식의 욕망을

---

7) 〈선에 관한 각서 6〉, 《조선과 건축》, 1931, 10, 30면.
8) 언술체계가 분열됨은 동시대의 다른 언술들과의 동일성이 파괴됨을 의미한다. 언술(énoncé)은 ①언술의 밭(場) 속에서만 언술로 기능하며, ②언술의 동일성은 자기 자신과 동시대적인 다른 언술들의 경계와 한계에서 유지된다. 가령, 코페르니쿠스가 "지구는 둥글다"라고 할 때, 코페르니쿠스 시대의 언술의 밭과 관련하여 이 언술은 동시대의 언술체계를 파괴하고 있는 것이라 할 수 있다. 이에 대한 자세한 논의는, M. Foucault, 《The Archaeology of Knowledge》, Trans. A. M. Sheridan Smith, Tavistock Publication, 1972, 79~105면 참조.
9) J. Lacan, 《Ecrits: A Selection》, Trans. A. Sheridan, Tavistock, 1980 및 J. Kristeva, 《Revolution in Poetic Language》, Columbia Univ. Press, New York, 1984 참조.
10) 일어문과 일문은 언어 단위를 결합, 선택하는 기능에 장애가 발생한 실어증의 형태 중 문맥결합 언어장애(인접성 장애)에 해당된다: R. Jakobson, 《문학 속의 언어학》, 신문수 역, 문학과지성사, 1989, 92~116면.

표출하고 있다. 이로 인해, 이상 문학의 글쓰기는 1930년대 경성의 언술 체계에서 볼 때 지극히 난해하고 이해하기 어려운 것이었으며, 그 결과 독자들의 항의로 연재가 중단[11]될 수밖에 없었던 것이다.

이상 문학의 전개 과정은 '4차원에서 새로 태어난 아해' 가 상대적 지식에 대한 욕망을 충족시키지 못한 채, 정상적인 발육성장을 하지 못하고 점점 '形骸化' 되어가는 과정과 맞물려 있다. 그 과정은 처음에 "충족될 수 없는 동심"(〈선에 관한 각서 5〉)에서 출발하여 "유모차에 태워진 채로 추락한 아해"(〈얼마 안되는 辯解〉)를 거쳐, "十三人의 兒孩"(〈烏瞰圖〉 중 〈시 제1호〉)→"애총이 된 아해"(〈가외가전〉)→"어린아이 해골"(〈童骸〉)→ "形骸"(〈실화〉)→"홍안미소년의 노용화"(〈종생기〉)로 이어진다. 곧 '4차 원' 으로 상징되는 상대적 지식을 욕망하고 태어난 아해가 그 성장발육을 위한 자양분(레몬)을 섭취하지 못하면서, 자신이 추구하는 절대적 욕망 을 포즈화로 감추고 그것을 끝까지 추구함으로써, 결국 형해화되어가는 과정에서 산출된 글쓰기가 이상 문학이라 할 수 있다. 이를 구체적으로 살펴보면 다음과 같다.

한글 소설 〈十二月十二日〉에서 한글 언술체계로 담지되는 근대적 지식 에 절망한 분열된 주체는 일본어로 담지되는 '도서관적 지식' 또는 '실험 실' 의 영역으로 도피한다. 그곳에서 상대적 지식을 인식하고 이를 통해 근대적 지식이 지배하는 일본어 언술체계를 분열케 한다. 일본어 텍스트

---

11) 이상의 〈烏瞰圖〉가 신문에 발표되자 정신병자가 아니냐는 독자들의 항의가 빗발쳤다. 이에 대해 이상은 "왜 미쳤다고들 그러는지. 대체 우리는 남보다 수십 년씩 떨어져도 마음놓고 지낼 작정이냐. 내 재주도 모자라겠지만 게을러빠지게 놀고만 지내던 일도 좀 뉘우쳐보아야 하지 않겠느냐. 깜빡 신문이라는 답답한 조건을 잊어버린 것도 실수지만, 어쨌든 한동안 조용하게 공부나 하면서 정신병이나 고치겠다"라고 말하고 있다.

인 〈異狀ナ可逆反應〉, 〈鳥瞰圖〉, 〈三次角設計圖〉, 〈建築無限六面角體〉 등이 여기에 속한다.

일본어 텍스트에서 근대적 지식을 비판하던 분열된 주체는 상대적 지식에 대한 욕망을 간직한 채 다시 한글 언술의 영역으로 회귀하는데, 그것이 한글 〈鳥瞰圖〉 계열의 텍스트이다. 이들은 거울상에 비친 분열된 주체의 영상을 언술화함으로써 한글 언술체계를 분열케 하고, 이를 통해 그러한 전도성과 욕망의 좌절을 가져오는 근대적 지식을 비판하고 있다. 이때의 분열 방법은 일본어 텍스트의 분열 방법과 동일하다. 더불어 이들 모두가 일본어투로 띄어쓰기를 무시하고 있는데, 이는 동일하게 근대적 지식에 기초하지만 한글로 담지되는 영역이 일본어로 담지되는 영역보다 열악함을 의미한다.

일본어 텍스트 및 한글 〈鳥瞰圖〉 계열의 텍스트는 타자(현실세계)와의 관계가 배제된 '도서관' 또는 '실험실'이라는 밀폐된 공간에서 욕망을 분출하기에 그만큼 욕망 분출이 보다 강력하다. 이 단계를 지나 타자와의 관계를 통해 근대적인 일상의 영역으로 진입한 것이 한글 소설 텍스트이다. 〈지주회시〉, 〈지도의 암실〉, 〈날개〉, 〈동해〉, 〈실화〉, 〈종생기〉 등이 그 대표적인 작품인데, 이들은 띄어쓰기가 지켜지면서 한글 언술체계가 유지되는 것처럼 보이지만, '포즈'화로 위장된 욕망에 의해 언술체계가 분열되고 있다. 그러한 장치가 패러독스, 아이러니, 몽타주, 공간화 등이다.

이처럼, 이상 문학의 글쓰기의 원형과 그 전체적인 전개과정을 염두에 둘 때, 비로소 〈시제1호〉에 대한 정밀하면서도 합당한 해석이 가능해진다. 곧 이 시는 상대적 지식의 세계를 욕망하지만, 그 실현 불가능을 감지한 '4차원에 새로 태어난 아해'가 한글로 표상되는 일상세계(산문의 세계)로 나오기 직전, 일상과는 단절된 실험실의 영역에서 상대적 지식에 대한 욕망을 마지막으로 표출하고 있는 것이다. 이를 바탕으로 기존 연구에서 문제가 되고 있는 시적 요소들이 갖는 의미를 살펴보면 다음과 같다.

첫째, 띄어쓰기의 무시이다. 이것은 일본어 투의 띄어쓰기 무시에 해당되는데, 이는 한글로 담지되는 영역이 일본어로 담지되는 영역보다 근대적 지식의 측면에서 열악하다는 것을 의미하며, 따라서 상대적 지식에 대한 욕망 표출도 일본어 시보다는 약화될 수밖에 없다. 이점은 일본어 시에 나타나는 수리물리학적 공식과 숫자가 이 작품에는 전혀 등장하지 않는 것과 관련이 있다. 그만큼 일본어보다 언술체계의 분열이 약함을 의미한다. 그렇지만 실어증 중 인접성 장애의 형태인 일문과 일어문이 결합되면서 여전히 한글 언술체계의 분열이 일어나고 있다.

둘째, "鳥瞰圖"의 의미이다. 이는 일본어 시 〈鳥瞰圖〉와 관련할 때 그 의미가 분명해진다. '鳥瞰圖'의 사전적 의미는 '위에서 굽어본 모양으로 그린 그림'이라는 뜻이지만, 건축학에서는 건물 설계도를 지칭하는 용어로, 그것은 한 건물을 정면과 측면 등 여러 측면에서 바라본 설계도를 의미한다. 이것은 관찰자의 위치에 따라 그 관점을 달리하는 상대성 원리에 바탕을 둔 상대적 지식과 관련이 있다. 그런데 일본어 텍스트에서 '鳥瞰圖'라는 제목이 한글 텍스트에서 '鳥瞰圖'로 패러디된 이유는 상대적 지식에 대한 욕망과 관련이 있다. 곧 일본어로 담지되는 영역보다는 한글로 담지되는 영역에서 상대적 지식에 대한 욕망 충족이 전혀 불가능하다는 인식과 관련이 있다. '한글'로 담지되는 식민지 경성의 근대세계에서는

'조감도'로 상징되는 상대적 지식은 전무하여, 고작 '조감도'에도 미치지 못하는 '오감도' 따위만 있을 뿐이라는 다소 자조적인 빈정거림 또는 절망적인 유희가 이 제목에 담겨 있는 것이다.

셋째, "兒孩"의 의미이다. 여기서 아해란 이상 스스로 일본어 시에서 언급하였듯이 '4차원에 새로 태어난 아해'를 의미하며, 그 아해가 충족되지 않는 욕망으로 인해 좌절하고 절망하면서 서서히 형해화되어 가고 있음을 보여주고 있다.

넷째, "十三"의 의미이다. 이상 문학에서 근대적 지식과 관련된 숫자는 3, 33, 12이며, 상대적 지식과 관련된 숫자는 4, 3+1, 13으로 제시되고 있다. 따라서 "十三"은 이상 문학이 지향하는 상대적 지식을 상징하는 것으로 '4차원'과 관련이 있는 숫자이다. 다음 인용시를 통해 이를 확인할 수 있다.

나의 방의 時計 별안간 十三을 치다(중략) 12+1=13 이튿날(卽 그때)부터 나의 時計의 침은 三個였다.[12]

넷— 하나둘셋넷이렇게그거추장스러이 굴지말고산뜻이넷만쳤으면여북좋을까생각하여도시계는 그러지않으니 아무리하여도 하나둘셋은 내어버릴것이니까[13]

12) 〈一九三一年(作品第一番)〉, 《현대문학》, 1960. 11.
13) 〈지도의 암실〉, 《이상 소설 전작집1》, 갑인출판사, 1980, 189면.

다섯째, 이 시의 의미 구조를 살펴보고자 할 때, 무엇보다 일본어 시〈선에 관한 각서6〉에 나오는 "수자의 어미활용에 의한 수자의 소멸"이라는 구절에 주목하여야 한다. 숫자의 소멸은 숫자의 추상화에 해당되는데, 이는 숫자의 묘사적 기능을 거부하고 그 반사적 기능을 중시하는 것으로, 근대 과학적 지식의 표현 수단에 대한 비판의 일종인데, 이 비판이 한글 언술에서는 어미 활용의 형태로 나타나고 있다.[14]

이상에서 살펴본 제반 요소들을 바탕으로 하여 이 작품을 종합적으로 분석하면 다음과 같다. 이 작품에서 한글 의미 단위는 "十三人의兒孩", "道路", '질주하다', '무섭다'의 4개이다. 그런데 "道路"는 "막달은골목"과 "뚤닌골목"에 의해, '질주하다'는 "질주하는"과 "질주하지아니하는"에 의해, '무섭다'는 "무서운"과 "무서워하는"에 의해 그 어미가 활용되면서 의미 단위가 해체되고 있다. 결국, 남는 것은 "十三人의兒孩"뿐이다. 여기서 "十三"은 '4차원'으로 상징되는 상대적 지식을 의미하며, "兒孩"는 그런 상대적 지식에 의해 새로 태어난 '4차원의 아해'를 의미한다. '4차원에 새로 태어난 아해'는 공간(도로)도, 운동(질주하다)도, 감정(무섭다)도 없는 아해이다. 더불어 '아해'는 '13'이라는 기하학적인 숫자와 결합함으로써 유기체로서의 생명감이나 생성적이고 역동적인 측면이 거세된 채 무기질화되고 파편화된 상태의 아해로 제시되고 있다. 이러한 의미가 작

---

14) 이상 문학은 '기본적인 형체 혹은 색채는 절대로 우리들의 창조로 태어나지 않는다. (중략) 그렇지만 그들이 조합되는 곳에, 우리들은 창조의 경지를 찾아낸다'(《창조와 감상》, 《문학사상》, 1976. 6)라고 함으로써 예술의 표현 매체에 대한 자율성과 반사적 기능을 중시하고 있다. 한편 모더니즘 문학의 반사적 언어와 현대 물리학에서의 숫자의 추상화와의 관련성에 대해서는, W. Heisenberg, 《철학과 물리학의 만남》, 최종덕 역, 한겨레, 1989, 147~164면 참조.

품 구조 자체로 침투함으로써 "道路"의 의미 해체와 함께 작품 구조의 대칭적 균형감도 해체되어 비대칭의 불안정감을 나타내면서 "十三人의兒孩"의 절망적 고립화를 강화하고 있다. "十三人의兒孩"의 절망적 고립은 일본어 시〈운동〉에 나타나는 역동적 측면과 선명한 대비를 이루고 있다.

①一層우에있는二層우에있는三層우에있는屋上庭園에올라가서南쪽을보아도아무것도없고北쪽을보아도아무것도없고해서屋上庭園밑에있는三層밑에있는 二層밑에있는一層으로내려간즉東쪽에서솟아오른太陽이西쪽에떨어지고東쪽에서솟아올라西쪽에떨어지고東쪽에서솟아올라西쪽에떨어지고東쪽에서솟아올라하늘한복판에와있기때문에②時計를꺼내본즉서기는했으나時間은맞는것이지만時計는나보담도젊지않으냐하는것보담은나는時計보다는늙지아니하였다고아무리해도믿어지는것은필시그럴것임에틀림없는고로③나는 時計를내동댕이쳐버리고말았다.[15)

완전한 일문 형식인 이 글은 ①에서 '3층건물' 이라는 3차원 입체공간 속에서의 상하 운동을 통해 동서남북의 방위학 및 공간과 분리된 시간을 부정하고 있다. ②에서는 그러한 운동을 통해 3차원 절대공간의 물리적, 객관적 시간[16)을 거부하고, ③에서 그러한 시간의 표상인 '시계' 를 거부하는 행위를 통해 4차원 시 · 공 연속체로의 강한 욕망을 드러내고 있다.

---

15) 이어령 교주, 《이상시전작집》, 갑인출판사, 1978, 42면.

요컨대, 일본어 시 〈운동〉은 '4차원에 새로 태어난 아해'가 일본어 언술체계를 분열시키면서 역동적이고 생성적인 운동을 통해 탈근대적 지식인 상대적 지식의 세계를 강하게 욕망함으로써 〈삼차각설계도〉에 이르는 상승곡선의 출발점에 해당된다. 이와 대비되어, 〈시제1호〉는 '사차원에 새로 태어난 아해'가 상대적 지식에 대한 욕망을 충족시키지 못한 채 좌절하고 절망하면서 점차 형해화되어 가는 상태를 제시하고 있으면서, 이후 한글 소설에서 1930년대 경성의 근대적 일상에 대한 소모적인 비판 행위로 연결되는 하강곡선의 출발점에 해당된다.

---

16) 광속도 개념에 의해 3차원 절대공간은 4차원 시·공 연속체로 대체된다. 이것은 운동 개념과 연결된다. 3차원 절대공간에서의 운동은 마치 항아리 속에서 운동하는 것으로, 일종의 정역학적 운동이다. 여기서 시간은 인간 경험을 초월한 선험적인 것으로 설정되며, 그 정해진 시간과는 분리된 절대공간 속에서 운동이 행해지는데, 그 운동은 절대공간의 한계를 벗어날 수 없다. 이 시에서 3층의 닫힌 공간에서의 상하 운동이 여기에 해당된다. 반면, 4차원 시·공 연속체에서는 광속도에 의해 과거—현재—미래라는 객관적 시간단위의 구분이 해체되면서, 시간은 공간과 밀접한 관련을 맺고 있다.

1 나는거울업는室內에잇다.거울속의나는역시外出中이다.나는至今거울속의나를무서워하며

자기 탐구 대상으로서의 육체

떨고잇다.거울속의나는어디가서나를어떠케하라는陰謀를하는中일가. 2 罪를품고식은寢床

에서잣다.確實한내꿈에나는缺席하얏고義足을담은軍用長靴가내꿈의白紙를더럽혀노앗다. 3

_ 이상 〈烏瞰圖 시제15호〉

나는거울잇는室內로몰래들어간다.나를거울에서解放하려고.그러나거울속의나는沈鬱한얼

조 해 옥 │고 려 대 학 교
국문학과 강사

골로同時에꼭들어온다.거울속의나는내게未安한뜻을傳한다.내가그때문에幽囚되어잇듯키

그도나때문에幽囚되어떨고잇다. 4 내가缺席한나의꿈.내僞造가登場하지안는내거울.無能이

라도조흔나의孤獨의渴望者다.나는드듸어거울속의나에게自殺을勸誘하기로決心하얏다.나는

그에게視野도업는들窓을가르치엇다.……

烏瞰圖 시제15호

1

나는거울업는室內에잇다.거울속의나는역시外出中이다.나는至今거울속의나를무서워하며떨고잇다.거울속의나는어디가서나를어떠케하랴는陰謀를하는中일가.

2

罪를품고식은寢床에서잣다.確實한내꿈에나는缺席하얏고義足을담은軍用長靴가내꿈의白紙를더럽혀노앗다.

3

나는거울잇는室內로몰래들어간다.나를거울에서解放하려고.그러나거울속의나는沈鬱한얼골로同時에꼭들어온다.거울속의나는내게未安한뜻을傳한다.내가그때문에圄圉되어잇듯키그도나때문에圄圉되어떨고잇다.

4

내가缺席한나의꿈.내僞造가登場하지안는내거울.無能이라도조흔나의孤獨의渴望者다.나는드듸어거울속의나에게自殺을勸誘하기로決心하얏다.나는그에게視野도업는들窓을가르치엇다.그들窓은自殺만을爲한들窓이다.그러나내가自殺하지아니하면그가自殺할수업슴을그는내게가르친다.거울속의나는不死鳥에갓갑다.

5

내왼편가슴心臟의位置를防彈金屬으로掩蔽하고나는거울속의내왼편가슴을겨
우어拳銃을發射하얏다.彈丸은그의왼편가슴을貫通하얏스나그의心臟은바른편
에잇다.

6

模型心臟에서붉은잉크가업즐러젓다.내가遲刻한내꿈에서나는極刑을바닷다.
내꿈을支配하는者는내가아니다.握手할수조차업는두사람을封鎖한거대한罪가
잇다.[1]

육체는 사유의 기초이며 실존의 토대가 된다. 따라서 육체에 대한 인식
을 살펴보는 것은 삶의 본질을 해석할 수 있는 중요한 접근 방법이다. 이
상이 신체해부도 같은 시를 썼던 것은 그가 근대적인 신체관에 익숙해 있
음을 보여준다. 이상의 시는 정신에 속한 육체, 즉 관념에 의해 형성된 육
체가 아니라, 외부 세계와 능동적인 관계를 맺는 물체적 근거로서의 육체
를 보여준다. 이같은 육체 의식은 이상화된 육체 혹은 정신과 종속 관계
에 있는 육체 개념에서 벗어나 육체를 '그 자체로 바라보려는' 시각이다.
이상에게 사실적인 육체는 자기 발견을 위한 대상물이자 주체가 된다. 이

---

1) 《조선중앙일보》 (1934. 8. 8)에 게재된 시.

상의 시 가운데 '거울' 계열의 시작품들에는 시적 자아가 거울을 통해 육체를 새롭게 발견하고 화해와 일치를 지향하지만 차단되는 의식 현상이 드러난다.

이상은 자기 발견의 도구로써 거울을 설정한다. 이상의 거울은 자기를 발견하고 자기애를 표현하는 사물이다. 〈시제8호 解剖〉에서 시험인이 자기를 객관화하여 관찰할 수 있는 방법으로 피시험인(시험인과 동일인)을 평면경에 영상시켜서 자기를 해부하고 있듯이, 〈烏瞰圖 시제15호〉의 나는 거울에 영상된 나를 대상으로 나를 탐구하고 있다. 나는 거울에 나를 투사한다. 이는 나를 발견하기 위한 것이다. 거울은 하나의 도면이고, 거울 속의 나는 실재의 나, 즉 3차원 공간 속에서 입체로 존재하는 내가 2차원 공간인 도면(평면)에 기하학적으로 재현된 나이다. 거울은 물체를 기하학의 제도 용구(컴퍼스, 자, 트라이앵글)를 사용하여 도면에 정밀하게 그려내는 것보다 더 완벽하게 입체인 나를 평면에 재현한다. 거울 밖의 나는 직립한 평면경인 거울에 사영된 나를 대상으로 탐구하기 시작한다.

나는 거울이라는 도면과 대칭의 조건을 가질 때, 비로소 투사될 수 있다. 그러나 거울에 대칭으로 나타나는 나의 육체는 실재하는 나를 완벽하게 재현한 그림이 아니다. 거울 밖의 나와 거울 속의 나는 평면인 거울을 사이에 두고 대칭되는 물체이다. 면대칭으로 비춰진 거울 속의 나는 실재의 나와는 반대되는 상으로 맺힌다. 거울 밖에 있는 내 신체의 오른쪽은 거울 속의 세계에서는 신체의 왼쪽에 해당된다. 거울은 나를 관찰하고 발견할 수 있는 계기를 준 것이지만, 거울 밖의 세계는 거울 속의 세계에 '그대로 재현' 되지 못하고, 그와는 정반대의 세계를 형성한다. 이처럼 반대로 재현된 나의 신체에 대해 나는 불안의식을 갖는다. 자기의 육체를 대상화하여 자아를 발견하고 그와 일치하고자 하는 〈烏瞰圖 시제15호〉의 화자는 자기와 일치하지 않는 또 다른 자신을 발견하게 된다.

실제의 내가 거울을 보지 않을 때조차 거울에 영상된 나의 분신은 거울 속에 있다. 거울 속의 분신은 그것을 처음 의식했던 본래의 나와는 상관없이 독자적으로 존재한다. 거울 속의 나는 거울 밖에서 실재하는 내가 있음으로써 존재가 가능하다는 점에서, 거울 밖의 나는 거울 속의 나를 창조한 모체(母體)이다. 그러나 나의 분신은 그것을 낳은 나에게 속하지 않는다. 거울 속의 나는 실재의 나와는 무관하게 존재한다. 분신은 본래의 나를 소외시킨다. 자기의 힘을 이탈해 있는 또 다른 자기를 발견함으로써 나는 자기 소외[2]를 체험하게 된다. 거울 속의 나는 거울 밖의 내가 인식할 수 있는 범주를 이탈해 있다. 내가 알 수 없는 나라는 존재는 진정한 나의 모습은 아니다. 실제의 나와 반대로 영상된 나는 동일인이지만, 둘 사이에는 전혀 동질성이 형성되지 않는다.

〈烏瞰圖 시제15호〉는 평면경에 사영시켜 객관적으로 자기를 탐구하려던 이상의 기하학적 사유가 한계에 부딪힌 양상을 보여준다. 거울은 나의 육체를 되비쳐주지만, 그러나 반대로 영상된 나의 육체에서 나는 본래의 나를 찾을 수 없다. 나는 거울을 통해 나와 대칭되는, 일치하지 않는 또 다른 나를 발견함으로써 혼란에 빠진다. 그것에 극도의 두려움을 갖는 나는

---

2) "자기 소외는 하나의 전체인 자아에 동등하게 관계되어 있는 두 개 부분의 단순한 분리가 아니라 그 중의 일부가 전체로서의 자아를 대변함에 있어서 타부분보다 더 많은 권리를 가짐으로써 이 부분에서 소외된 타부분은 결국 자아 전체에 대해서 소외되는 결과가 된다." (재인용. G. Petrovic, Paul Edwards.《The Encyclopedia of Philosophy》, 신오현, 〈소외 이론의 구조와 유형〉,《현상과 인식》, 1982, 가을호, 23면).

깊은 좌절을 체험하게 된다. 이같은 혼란과 두려움에서 벗어나기 위해 나는 거울 속의 나와 분리되기를 갈망한다. 그러나 거울 속의 나는 나의 분신이므로 그에게서 벗어나는 것은 불가능함을 깨닫는다. 거울에 비친 분신은 내가 거울을 보고 있지 않을 때도 나를 가두는 하나의 대상이다. 나에 대해 객체가 되어버린 분신은 오히려 나에게 위협적인 대상으로 존재한다. 〈烏瞰圖 시제1호〉의 서로를 무서워하는 아해들처럼, 나와 나의 분신은 개별적인 존재로서 서로에게 두려움을 느끼며 대립한다.

내가 두려움과 위협을 느끼는 것은, 나의 분신인 거울 속의 내가 실재하는 나에게 속하지 않음을 자각하기 때문이다. 따라서 거울 속의 나는 1인칭인 '나'로 지칭되지 못한다. 나는 거울 속의 나를 3인칭인 '그'로 표현한다. "내가그때문에囹圄되어잇듯키그도나때문에囹圄되어떨고잇다."에서 보이는 바처럼, '그'는 '나'와 무관한 3인칭의 타자이다. 나는 완전히 별개의 개체로 대상화된 나의 모습을 본다. 거울 속에서 실재의 나와는 정반대의 방향으로 비치는 나는 내가 일치감을 가질 수 없는 '위조된 나'이다. 그렇기 때문에 나는 "내僞造가登場하지안는내거울"을 열망한다.

〈烏瞰圖 시제15호〉의 2연에서 "罪를품고식은寢床에서잤다"라고 한 화자의 진술은 거울 속의 나로부터 벗어나려는 화자의 의식적인 행위를 나타낸다. '잠'은 의식의 단절 상태, 즉 잠정적인 의식의 죽음이다. 나는 나를 거울 속에서 해방하려고 잠을 잔다. 위조된 내가 등장하지 않는, 거울 속의 내가 등장하지 않는 잠 속으로 나는 피신한다. 의식이 차단된 잠 속에서 나는 "白紙"의 순결한 꿈을 마련한다. 백지의 꿈은 내가 이질적인 다른 나에게서 벗어나서 일치된 나를 만날 수 있는 공간이다. 그러나 내가 기대했던 꿈은 인공의 다리인 "義足을 담은 軍用長靴"[3]에 의해 짓밟히게 된다. "軍用長靴"는 본래의 나를 위협하는 위조된 나를 상징한다. 의족을 담은 군용장화는 위조된 나, 거울 속의 나와 같은 분신이다. 위조된 나는 내 꿈을 종횡무진으로 짓밟는다. 거울 속에 존재하는 허상의 나는 꿈속에까지 쫓아와 나를 완력으로 지배한다. 꿈속에서도 나의 분신으로부터 나는 자유로워질 수 없다. "내가缺席한나의꿈.내僞造가登場하지안는내거울"처럼 반대의 나, 위조된 나로부터 벗어나기를 열망하던 나는 깊은 좌절감을 체험하게 된다.

나는 내가 개별적인 이체(異體)로 분리되기 이전으로, "握手할수조차업는두사람을封鎖한거대한罪"를 범하기 이전으로 돌아가기를 꿈꾼다. 나는 자아의 해방을 위한 최후의 방법으로 죽음을 선택하고자 한다. 거울 속의 나에게서 벗어나기 위해 나는 거울 속의 나를 죽이려 한다. 그러나 거울 속의 나는 실재하는 나에게서 탄생한 존재이므로 나와 결코 분리될 수 없다. 그러므로 거울 속의 나를 죽인다는 것은 곧 실재하는 나의 죽음을 뜻한다. 그것을 자각하면서도 거울 속의 나에게서 벗어나려는 나의 욕망은 나 자신에게 죽음을 강력히 요구하게 만든다.

장 보드리야르의 《소비의 사회》[4]의 결론 부분에 근대인의 '타자가 되어버린 자기', '자신에게 소외된 자기'에 대한 이야기가 나온다. 여기에서 보드리야르는 1930년대의 무성 영화인 〈프라하의 학생〉을 인용하고

---

3) 여기에서 "軍用長靴"는 폭력성을 상징한다. 이상의 다른 시, 〈街外街傳〉의 "老婆의結婚을거더차는여러아들들의육중한구두/―구두바닥의징이다."와 〈AU MAGASIN DE NOUVEAUTES〉의 "名衒을짓밟는軍用長靴"에서도 자신보다 약한 것을 걷어차거나 짓밟는 신발의 이미지가 나타난다.
4) 장 보드리야르, 《소비의 사회》, 이상률 역, 문예출판사, 1991, 290~296면.

있다. 주인공인 학생은 현실적으로 실현이 불가능한 자신의 야심을 위해 악마에게 거울에 비친 자신의 분신을 팔아넘긴다. 학생은 야망을 이루지만, 어느 순간 자기도 의식하지 못하는 사이에 분신이 자신을 앞지르며 자신을 대신하는 것을 발견한다. 분신은 자기와는 무관하게 대낮의 거리를 활보하고 활동한다. 학생은 이제 거울에 영상되지 않는 자신의 모습에 절망하고 자신의 분신을 죽이고자 한다. 분신이 자신의 거울 앞을 지나갈 때, 그는 분신에게 총을 쏘고, 거울은 깨어진다. 그는 분신을 죽였지만, 결국 자신을 죽인 것이기 때문에 그는 죽는다. 죽어가면서 그는 마침내 거울 조각에서 자신의 모습을 되찾게 된다.

보드리야르는 〈프라하의 학생〉을 인용하면서 다음과 같이 진술하고 있다.

개인과 거울에 비친 그의 충실한 像의 관계는 세계와 우리들의 관계의 투명성을 매우 교묘하게 나타내고 있다. 따라서 상징적으로 말하면, 이 상(像)을 잃어버리는 것은 세계가 불투명하게 되고 또 우리들의 행위가 우리들에게 이해되지 않는다는 표시이다. 그렇게 되면 우리들은 우리 자신에 대한 시각도 없는 것이 된다. 이 시각이 없으면 더 이상 어떠한 자기인식도 불가능하다. 나는 나 자신에게 있어서 하나의 타자가 된다. 즉 소외된다.[5]

---

5) 장 보드리야르, 같은 책, 292면.

여기에서 보드리야르는 거울을 본래적 자아를 인식하는 매개체로 보고 있다. 그렇기 때문에 보드리야르는 거울 속의 나를 잃어버린다는 것은 곧 자기와 세계를 투명하게 인식할 수 있는 기회의 상실을 의미한다고 진술하는 것이다.

이상의 경우에도 거울은 자신을 인식할 수 있는 계기이지만, 동시에 일치할 수 없는 자기를 인지케 한다. 거울은 본래적 자아가 깨어진 상태에 자신이 놓여 있다는 사실을 확인하게 만드는 인식의 매체로 나타난다. 그렇기 때문에 이상은 본래적 자아를 회복하기 위해 거울에 영상되는 자기에 대해 끊임없는 불안감을 가지며, 그로부터 벗어나고자 하는 것이다. 보드리야르가 〈프라하의 학생〉을 통하여 이야기하는 거울과 이상의 거울이 상징하는 바는 각각 다르지만, 이들 모두 근대인의 상실된 주체성을 이야기한다는 점에서 동궤선상에 있다.

〈鳥瞰圖 시제 15호〉에, 거울이라는 대칭면을 사이에 두고 영상되는 또 하나의 나는 시적 자아가 자기를 탐구할 수 있는 계기가 되지만, 거울에 영상되는 육체는 실제의 육체를 반대로 재현하고 있음을 자각하는 화자에게 있어 자아 확인에 대한 갈망은 좌절될 수밖에 없다. 이상의 의식이 대칭으로 물체를 재현하는 거울 도면에 속박되었을 때, 그의 자의식은 거울에 반대로 영상된 자기의 육체에서 정체성을 확인할 수 있는 기회를 얻는 대신 자기 소외만을 체험하게 된다.

家庭

門을암만잡아단여도않열리는것은안에生活이모자라는까닭이다. 밤이사나운꾸즈람으로나

제웅, 무기력한 개인의 운명

를쫓는다. 나는우리집내門牌앞에서여간성가신게아니다. 나는밤속에들어서서제웅처럼작

구만減해간다. 食口야封한窓戶어데라도한구석터노아다고내가收入되여들어가야하지않나.

— 이상 〈家庭〉

집웅에서리가나리고뾰족한데는鐵처럼月光이무덨다. 우리집이알나보다그러고누가힘에겨

하 재 연 고려대학교 대학원
국문학과 박사과정

운도장을찍나보다. 壽命을헐어서典當잡히나보다. 나는그냥門고리에쇠사슬늘어지듯매여달

렸다. 門을열려고않열리는門을열려고.

家庭

門을압만잡아단여도않열리는것은안에生活이모자라는까닭이다. 밤이사나
운꾸즈람으로나를좇른다. 나는우리집내門牌앞에서여간성가신게아니다. 나는
밤속에들어서서제웅처럼작구만減해간다. 食口야封한窓戶어데라도한구석터노
아다고내가收入되여들어가야지않나. 집웅에서리가나리고뽀족한데는鍼처
럼月光이무덨다.우리집이앓나보다그러고누가힘에겨운도장을찍나보다. 壽命
을헐어서典當잡히나보다. 나는그냥門고리에쇠사슬늘어지듯매여달렸다. 門을
열려고않열리는門을열려고.[1)]

이상(李箱)은 경성고등공업학교 건축과를 졸업하고, 조선총독부 내무
국 건축과의 기수(技手)로 근무하였다. 이러한 그의 이력은, 과학과 수학
의 언어를 사용하고 있는 그의 초기 발표작들의 시 세계를 어느 정도 짐작
하게 한다. 이상은 과거의 시적 전통을 부인하는 극단의 언어를 보여주었
다. 그가 사용한 과학과 수학의 언어는 부정과 환멸의 언어다. 그러나 이
상의 시는 논리나 개념 자체를 거부한 적은 거의 없었다. 일문시나 유고
(遺稿)를 텍스트로 확정하는 과정에서, 혹은 초현실주의적 기법과 연관

---

1) 《가톨릭靑年》, 1936. 2.

지어 이상 시를 독해하는 과정에서 이상 시의 난해성은 과장되거나 부풀려져 왔다. 특히《烏瞰圖》이후, 간결한 산문적 리듬을 통해 성공적으로 시적 의미를 구현해 내고 있는 이상의 여러 시편들까지 이상 시의 난해함이라는 소문에 가려 있는 것은 아닌지 되물어야 할 필요가 있다.

〈家庭〉은 1936년 '易斷' 이라는 큰 제목 아래 발표된 다섯 편의 시들 중한 편이다. '역(易)에 의한 길흉화복의 판단'을 뜻하는 '易斷' 이란 제목은 이상의 현재를 침범하는 "피곤한 과거"(〈易斷〉)에 대한 그의 냉소적 태도를 담고 있다. 이 밖에도 다른 〈易斷〉의 시들에는, 결핵으로 소멸되어 가는 자신의 육체에 대한 절망적 시선(〈아츰〉, 〈行路〉)이나 '방'을 파고드는 '극한'으로 상징되는 존재의 침해를 견디는 모습(〈火爐〉) 등이 나타나 있다. 〈家庭〉은 의미 파악이 그다지 어렵지 않은 시이다. 그러나 이상 시에 대한 통념이 이 시의 독해에도 일종의 선입견으로 작용하는데, 한 예로 고등학교 문학 교과서에서는 이 시를 초현실주의 시로 논하면서 '자동기술법'이나 '의식의 흐름' 등의 기법을 소개하고 있다. 이상의 어떤 시들이 보여주는 시적 언어의 극단성으로 인해, 그의 시를 초현실주의와 연관짓는 것은 일반적인 견해가 되어왔다. 이상의 시를 초현실주의와 관련지어 읽는 독법은 종종 이상 시들의 '내적' 의미의 기본적 독해마저 배제하게끔 하는 결과를 가져왔다. 초현실주의와 이상 시를 함께 논하는 이들은 자동기술에 의한 꿈의 메커니즘, 무의식의 언어, 극단의 형태주의, 이성의 통제를 벗어난 사고[2] 등을 이상 시와 연관짓는다. 그러나 〈家庭〉과 같

---

2) 박인기, 〈이상의 자아인식〉, 《한국현대시사 연구》, 일지사, 1983, 304~307면 참조.

은 시에서 무의식적 이미지를 비논리적으로 풀어쓰는 초현실주의적 시의 특징을 찾아보기는 어렵다. 이 시에는 심한 비약이나 단절도 없고 논리나 이성을 거부하는 정신도 없다. 〈家庭〉은 잘 조직된 비유적 언어로 현실과 자아의 불화를 표현해 내고 있는 시라고 볼 수 있다.

이 시를 의미론적으로 분할해 보면, 화자가 식구들에게 건네는 독백 형식의 말을 축으로 해서 앞뒤로 크게 두 개씩의 묶음을 만들 수 있다. 현대어로 표기하면 다음과 같다.

① 門을암만잡아다녀도안열리는것은안에生活이모자라는까닭이다.

② 밤이사나운꾸지람으로나를졸른다. 나는우리집내門牌앞에서여간성가신게아니다. 나는밤속에들어서서제웅처럼자꾸만減해간다.

③ 食口야封한窓戶어데라도한구석터놓아다고내가收入되어들어가야하지않나.

④ 지붕에서리가나리고뾰족한데는鍼처럼月光이묻었다. 우리집이앓나보다그리고누가힘에겨운도장을찍나보다. 壽命을헐어서典當잡히나보다.

⑤ 나는그냥門고리에쇠사슬늘어지듯매여달렸다. 門을열려고않열리는門을열려고.

집 밖에 있는 내가 집 안에 있는 식구에게 말을 건네는 ③을 축으로, 앞과 뒤는 일종의 대응 형식을 띠고 있다고 볼 수 있다.

①과 ⑤에는 문을 열려고 애쓰는 '나'의 모습이 수미쌍관적으로 표현

되어 있다. ③은 식구들에게 건네는 '나'의 말이다. ②에는 밤 속에 들어서 있는 '나'의 모습이, ④에는 밤을 공간적 배경으로 한 집의 모습이 주로 묘사된다.

이 시의 시간적 배경이면서 ②와 ④ 부분의 분위기를 형성하는 데 커다란 역할을 하고 있는 것은 '밤'이다. "月光"으로 표현된 달빛에서, 전통적인 자연 심상으로서의 달의 이미지는 부정된다. 밤의 "꾸즈람"과 "서리", "月光"은 차갑고 냉혹하다는 특성을 함께 갖고 있다. 이들은 뾰족한 "鍼"과도 같이 '나'를 파고드는 고통스러운 이미지이다. 밤은 시간적·공간적으로 나를 압박하는 이미지이다. 밤은 점점 깊어가는데 나는 문 안으로 못 들어가고 있다는 압박감, 그리고 사납게 나를 졸라대는 밤의 꾸지람 속에서 나는 제웅처럼 점점 작아지고 있다는 압박감.

'나'는 왜 집 안으로 들어갈 수 없는가? 집 안에 생활이 모자라기 때문에 문을 잡아다녀도 열리지 않는다는 사실은 인과적으로 그리 밀접하게 연결되지 않는다. 생활이 모자라다는 말은 가족의 생계가 여유롭지 못하거나, 정상적인 가족의 생활이 이루어질 수 없다는 의미를 담고 있다. ①의 느슨한 인과 관계 속에 집 안의 생활이 모자란 것은 '나' 때문이라는 사실이 암시된다. 따라서 ②의 "밤이사나운꾸즈람으로나를졸른다"는 말 이면에는 가족들의 사나운 꾸지람이 겹쳐진다. 나는 밤의 사나운 꾸지람 때문에 안으로 얼른 들어가야 한다는 초조와 불안감을 가지지만, 가족들의 사나운 꾸지람에 대한 걱정 역시 무의식적으로 작용하고 있다. 두 가지 꾸지람은 그의 초조와 불안을 심화시킨다. 화자는 들어가야 한다고 말하고 있지만 무의식적으로는 들어가고 싶지 않은 모순적인 상황에 놓이게 된다. ③의 "食口야封한窓戶어데라도한구석터노아다고내가收入되여 들어가야지않나"는 나의 호소가, 들어갈 수 없음을 이미 감지하고 있는 체념적인 독백처럼 들리는 것은 이 때문이다. 이렇게 볼 때 내가 문에 매달리는 행위를 현실 극복의 의도로 보거나 의지의 소산이라 읽기도 했던 기존 논의들이 지나치게 문면에만 집중한 것이었음은 분명해진다.

"나는우리집내門牌앞에서여간성가신게아니다"는 발화 역시 들어가지 못해 성가시다는 말과, 생활의 책임을 지우는 가족의 존재와 현실적 상황이 성가시다는 심리적 태도가 겹쳐져 있는 형태라 볼 수 있다. "門牌"는 가장으로서의 사회적 · 경제적 책임을 상징한다. 이 시의 "食口"는 다른 시에 많이 등장하는 아내일 수도, 여러 명의 가족일 수도 있다. 전기적 사실을 참고하면, 이상은 큰집에 양자로 갔으므로 실질적 가족 구성원은 되지 못했으면서도 장남으로서의 책임감을 가져야만 했다. 아내와 식구 어느 쪽이든 이들은 이상에게 가장으로서의 사회적 부담을 지우는 존재였을 것이다. '밤'이 의인화되는 것과 내가 제웅에 비유되는 것은 매우 효과적인 대비를 이룬다. 의인화된 '밤'에 비해, 제웅에 비유되는 '나'의 모습에서 의지와 생명을 가진 인간으로서의 느낌은 탈각된다. 사물과 인간이 서로 전도되어 있는 이같은 상태는 내가 처해 있는 냉혹하고 낯선 현실을 매우 구체적으로 전달한다. "제웅"은, 경제적 무능력자를 온전한 인간으로 취급하지 않는 현대 사회 속에서 생명을 박탈당해 가고 있는 주체에 대한 메타포이다. 제웅과도 같이 감해 가는 '나'는 "밤속에들어서서" 있는데, "들어서다"라는 표현에서 점차 밤에 함몰되어 가는 '나'의 처지는 심화된다.

식구들에게 들여놓아 주기를 애원하는 '나'의 말 속에는 어쨌든 밤 속의 공간이 아닌 건너편의 공간으로 들어가고자 하는 욕망이 담겨 있다. 그는 이미 스스로 문을 열 수 있는 힘을 가지고 있지 못하기 때문에 ③과 같이 식구들에게 호소한다. "收入되다"는 표현은 '나'의 수동성에 기인한다. 대개는 돈이나 물건에 쓰이는 이 표현에는 사물과 같이 생명 없는 존재로 되어가는 자신에 대한 화자의 직관적 인식이 스며들어 있다. 그러나 "집웅에서리가나리고뾰족한데는鍼처럼月光이무덨다"고 묘사되는 집의 외양은 내가 들어가고자 하는 집마저 "서리"나 "月光"과 같은 차가운 밤의 기운에 침식되고 있음을 보여준다. ③을 축으로 집 밖과 집 안으로 대별되었던 ②와 ④의 공간은 똑같이 '밤'이라는 압도적인 대상이 그 자리를 차지해 버렸다. 내가 집에 들어갈 수 없음은 여기에서 다시 한 번 확인된다. 화자는 하얗게 서리가 앉고 뾰족한 침을 맞은 듯한 집의 모습에서 "우리집이알나보다"라고 추측한다. "누가힘에겨운도장을찍나보다"에서 정체를 알 수 없는 "누가"라는 지칭은, 내가 가정 안에서 벌어지는 일에 이미 타인과도 같은 존재가 되었음을 나타낸다. "알나보다", "찍나보다", "典當잡히나보다"라는 추측형 어미의 반복은 집안의 일에 개입할 수 없는, 혹은 개입하지 않은 채 방관하는 '나'의 서글픔과 안타까움을 담고 있다. 이 무기력해 보이는 어미의 연쇄는 점점 깊어지는 '나'의 슬픔과 절망을 담담하게 표현함으로써, 그 느낌을 더욱 효과적으로 전달하고 있다.
　　②에서 제웅에 비유되었던 '나'는 ④에서 "門고리에쇠사슬늘어지듯매여달"리게 된다. "제웅"에서 "쇠사슬"로의 전이는 '나'의 물화된 이미지를 강화시킨다. "쇠사슬"에는 구속의 이미지도 함께 있다. 자신을 객관화

하여 묘사하는 이 건조한 진술에는 가족과 완전히 절연할 수도, 그 안에 들어갈 수도 없는 자신에 대한 '나'의 모멸의 감정이 담겨 있다. 문고리에 매달린 채 밤이 깊어갈수록 작아져가는 나의 모습은 자신에게조차 쇠사슬처럼 낯설다. ①의 "門"은 ⑤에서는 아예 "않열리는門"이 되어버린다. 열리지 않는 문의 속성이 고정화되면서 절망감은 깊어진다. "門을열려고 않열리는門을열려고"로 끝나는 이 시의 종결부는 행위의 반복이 끝없이 계속될 듯한 느낌을 주는데 이 느낌은 종결형 어미가 없는 문장 구조의 도움을 받는다. '안 열리는 문'을 열려고 매달리는 행위의 무의미함과 그 무의미함이 가져오는 절망은 고착된다.

이 시의 절망감을 확장시키는 것은 "암만", "여간", "자꾸만", "그냥"과 같은 부사들이다. 주체의 행위나 느낌 앞에 붙은 부사들은, 아무리 해도 열리지 않는("암만") 문 앞에서의 매우 고통스러운 느낌("여간") 속에 점점 작아지는("자꾸만") 화자가 다시 무의미하게 문에 매달릴 수밖에 없음("그냥")을 지시한다. 마지막의 "그냥"이라는 부사는 사태의 절박성을 뜻하기도 하지만, 결과적으로는 문이 열리리라고 기대하지 않는 화자의 내면을 드러냄으로써 행위의 무의미성을 강조한다.

〈家庭〉에서 "壽命을헐어서典當잡히"는 가족의 운명과 제웅처럼 감해가는 '나'의 운명은 동일하다. 교환 가치로 통용되는 근대 이후의 경제적 관계 하에서, 생명을 헐어내어 전당을 잡힌다는 표현은 언어적 비유를 넘어서는 시적 진실이다. 개인에게 경제적 가치로 환원되는 노동력을 요구하거나, 노동력이 없는 개인을 무능한 자로 소외시키거나, 자본주의는 개인의 생명과 돈을 맞바꾸는 일종의 교환 형태이기 때문이다. 〈家庭〉에 "내가 수입되어 식구들 입 속으로 들어가야 하는 어둠의 세계"[3]가 표현되었다고 보는 견해는 시에 나타난 갈등의 양상을 지나치게 단순화한다. 마찬가지로 이 시를 이상 개인의 사업 실패와 관련짓는 독법[4] 역시 시의 이해를 풍요롭게 하는 것은 아니다. 〈家庭〉에 나타나는 '집'을 내면의 집으로 읽는 방법[5]은 의미 있는 해석이기는 하지만 '집'의 현실적 의미를 완전히 무화시킨다는 점에서 온당하지 못하다. 〈家庭〉에는 집에 들어가고자 하는 나와 들어가고 싶어하지 않는 나, 즉 가족에 대한 책임감을 버릴 수 없으면서도 거기에서 벗어나고자 하는 욕망을 동시에 지닌 나의 갈등이 드러난다. 나에게 문패라는 상징으로써 가장의 책임을 요구하는 나와 식구들 사이의 갈등 또한 여기에 참여한다. 그러나 결국 가족과 나는 '밤'으로 환기되는 현실에 동일하게 침식당하면서 그들을 압박하는 사회와 대립한다. 이같은 갈등과 대립의 양상이 이 시의 반복과 비유, 대응의 구조 속에 변주되면서 심화되고 있는 것이다.

이상이 〈家庭〉에서 보여주는 것은, 식민지 조선이라는 역사적 현실을 넘어 현대 사회 속에서 필연적으로 개인이 겪을 수밖에 없는 절망의 본질적 양상이다. 이상의 시가 자의식의 내부로 깊이 파고들어간 것은 사실이지만, 그의 시를 사회적 조건이나 현실이 배제된 무의식의 세계로 규정하는 것은 옳지 못하다. 이상의 시들은 전범이 될 수 없는 역사, 전근대적 윤리가 존재를 침해하는 부자유한 현실, 불화와 소외가 만연한 가운데서 타

---

3) 이영지, 《이상시 연구》, 양문각, 1989, 176~177면.
4) 서준섭, 《한국 모더니즘문학 연구》, 일지사, 1988, 143~144면.
5) 김정란, 〈몽환적 실존―이상 시 다시 읽기〉, 《이상 문학연구 60년》, 문학사상사, 1998, 96~97면.

인과 갈등하는 주체의 의식을 절망스러울 만큼 철저하게 응시하였다. 그리고 이처럼 철저한 부정의 힘이 이상의 시를 지탱하는 하나의 기율이었을 것이다.

絶望

北關에 계집은 튼튼하다 北關에 계집은 아름답다 아름답고 튼튼한 계집은 있어서 흰저고리

근대의 고향 찾기

에 붉은 길동을 달어 검정치마에 받쳐입은 것은 나의 꼭하나 즐거운 꿈이였드니 어늬 아츰

계집은 머리에 무거운 동이를 이고 손에 어린 것의 손을 끌고 가펴러운 언덕길을 숨이 차서

_ 백석 〈絶望〉

올라갔다 나는 한종일 서러웠다.

박 윤 우 | 서경대학교 국문학과 교수

絶望

北關에 계집은 튼튼하다
北關에 계집은 아름답다
아름답고 튼튼한 계집은 있어서
흰저고리에 붉은 길동을 달어
검정치마에 받처입은 것은
나의 꼭하나 즐거운 꿈이였드니
어늬 아츰 계집은
머리에 무거운 동이를 이고
손에 어린 것의 손을 끌고
가파러운 언덕길을
숨이 차서 올라갔다
나는 한종일 서러웠다.

백석의 시 〈絶望〉은 1938년 4월 《삼천리문학》 2호에 발표된 작품으로,
시인이 서울에서의 초기 문단 활동을 중단하고 함흥으로 내려가 교사생
활을 하던 시기에 씌어졌다. 1987년 《창작과비평사》에서 간행된 《백석시
전집》(이동순 편)에서는 표기만 현대어에 맞게 바꾸어 싣고 있는 바 작품

의 전편은 위와 같다.

　백석(1912~?)은 오장환, 이용악 등과 더불어 1930년대 후반 우리 시에서 '고향'에 대한 새로운 시적 질문을 던지고 그 답변의 길을 모색함으로써 우리 근대시사의 위상을 한 단계 높이는 데 중요한 역할을 한 시인이다. 그렇지만 최근 10여 년 간 이루어진 그의 시에 대한 논의들은 아직도 다양한 해석과 가치 평가의 혼란에서 벗어나지 못한 느낌을 지울 수 없다. 즉 그의 시는 민속적 풍물 묘사 또는 방언 위주의 시어 구사를 통해 민중적 세계관 및 정서를 표현하고 있다는 평가로부터, 유년기의 추억과 회상이 공동체적 신화와 유랑의 의미와 현실에 대한 소박한 자의식으로 표출되었다는 관점, 그리고 나아가 객관적 묘사 위주의 표현을 모더니즘 내지 이미지즘에의 경도로 규정하는 데 이르기까지, 광범위한 파장을 불러일으켜 왔던 것이 사실이다. 게다가 시적 표현의 측면에서 서사적 표현을 중시하는 경우 그의 시는 리얼리즘 시에까지 다가서기도 한다.

　이처럼 리얼리즘 시와 모더니즘 시를 넘나드는 평가상의 혼란, 그리고 민족시로서의 가치 여부에 대한 의문점 등은 아직까지도 백석의 시를 해석하고 평가하는 데 장애 요인으로 작용하고 있는 것이다. 백석의 시를 가장 소박한 서정시로서 텍스트의 표면에 나타난 화자의 감정 서술에만 초점을 맞추려는 입장이 나타나는 것도 이러한 문제를 해소하려는 의도가 반영된 결과라 할 수 있다. 그러나 오히려 이 문제는 텍스트 외적이냐 내적이냐, 또는 작가적 관련을 중시하느냐 마느냐의 측면에서보다는 한 작품이 위치한 문학사적 공간상의 문제에서 접근할 때 좀더 객관적인 해결의 실마리를 찾을 수 있다고 본다. 즉 백석의 시가 1930년대 후반 시로서 여타 시와 함께 어떠한 특성을 공유하고 있으며, 그런 의미에서 당대의 현실을 바라보는 시인 고유의 시선과 목소리는 무엇인가를 밝혀낼 필요가 있다는 것이다.

문학사적 관점이란 단순히 당대의 사회 현상에 비추어 결정되는 것은 아니다. 그 시대를 살아가는 작가가 어떤 체험을 했으며, 그 과정에서 당대의 현실에 어떤 반응을 할 수 있었는가를 파악할 때 보다 정밀하고 현실적인 문학적 시대 인식을 밝혀낼 수 있기 때문이다. 특히 일제하 우리 시가 어떻게 근대성을 확보해 나갔는가 하는 문제를 문학사적 인식의 중심에 둔다고 할 때, 백석의 시는 '고향'에 대한 일정한 관점을 보여주면서, 동시에 그 '고향'에 대한 의미 부여를 통해 당대의 사회 변화를 바라보는 시인의 관점을 읽어낼 수 있도록 해준다는 점에서 특징지울 수 있다.

이 시는 일단 무척 단순하게 읽힌다. 화자인 '나'는 어느 날 한 여인네가 머리에 무거운 짐을 이고 어린 자식을 데리고 언덕길을 힘겹게 올라가는 모습을 바라보게 된다. 그 모습과 그것을 본 나의 심정을 서술한 것이 이 시의 내용일 뿐이다. 그리고 그 심정이 "한종일 서러웠다"는 한마디에 집약되어 있음은 물론이다. 하지만 시적인 정서란 상황과 현실에 반응하는 시인의 정신세계의 총체적 발현이며, 그것이 시적 언어로 구조화됨으로써 대상에 대한 고유한 시적 인식을 구현해 낸다는 점에서 볼 때, 이 시에 그려진 정경으로서 여인의 형상에는 몇 가지 인식적 단서가 따라붙어 있다. 우선 화자는 "北關에 계집"에 대해서 말하고자 했고, 그를 "아름답고 튼튼한" 사람으로서 그려보는 것을 "꼭하나 즐거운 꿈"으로 생각하고 있었음을 밝히고 있다는 점이다. 즉 6행까지는 화자의 내면적 상념의 서술이며, 7행부터 화자가 경험한 사실과 그 반응에 대한 기술이라는 점에서 이 시는 전반부와 후반부 사이의 의미상 혹은 구조적 상관관계에 대한 고려가 필요하다는 것이다.

그렇다면 화자가 '北關'을 말하는 이유는 무엇인가? 북관은 곧 관북 지방, 즉 함경도를 가리킨다. 앞에서 백석이 1936년 시집《사슴》을 상재한 이후 1938년까지 함흥에 거주했음을 밝혔듯이, 시인은 이곳에 살면서 그 지방의 여인에 대해 말하고 있는 것이다. 여기서 '그 지방 여인(혹은 사람)'에 대해 말한다는 것은 그 사람들의 생활상에 대한 관찰 또는 관심과 같은 의미로 받아들일 수 있다. 실제로 백석은 〈北關〉, 〈노루〉, 〈古寺〉, 〈膳友辭〉, 〈山谷〉의 다섯 편을《咸州詩抄》라는 이름으로 발표했으며(《조광》, 1937. 10.) 〈東海〉, 〈가재미·나귀〉와 같은 수필도 이 시기에 쓴 것인 바, 이들 작품에서 우리는 북관의 삶에 대한 시인의 관심과 고유한 시선을 엿볼 수 있다. 북관에 대한 시인의 생각을 단적으로 드러낸 다음 구절들을 보자.

明太창난젓에 고추무거리에 막칼질한 무이를 뷔벼 익힌 것을
이 투박한 北關을 한없이 끼밀고 있노라면
쓸쓸하니 무릎은 꿇어진다.

—〈北關〉 1연

내가 이렇게 맥고모자를 쓰고 삐루를 마시고 제주 색시를 생각해도 미역 내음새에 내 마음이 가는 곳이 있읍네. 조개껍질이 나이금을 먹는

물살에 낱낱이 키가 자라는 처녀 하나가 나를 무척 생각하는 일과 그대
가까이 송진 내음새 나는 집에 아내를 잃고 슬피 사는 사람 하나가 있는
것과 그리고 그 영어를 잘하는 총명한 사년생 쫑이가 그대네 홍원군 홍
원면 동상리에서 난 것도 생각하는 것입네.

―〈東海〉 마지막 부분

산문으로 피력된 〈東海〉에서 시인의 관심은 일차적으로 향토색 짙은 삶
의 외경(外景)에 대한 흥취이지만, 아울러 그것을 통해 사람들에 대한 생
각을 떠올리고 있다. 그 내면을 '그리움'의 감정이라 본다면, 이 감정에
는 공동체적 삶에 대한 애정과 그 일상적 가치에 대한 긍정적 가치 부여의
인식과 함께 시인 자신의 고독과 상실감에 대한 반응 또는 보상으로서의
인식이 중첩된 채 녹아 있음을 생각할 필요가 있다. 〈北關〉에서는 이러한
정서를 직접적으로 진술하고 있는 바, 시인이 이 함경도 지방 특유의 맛
깔스런 음식을 대하고, 그것을 북관의 '투박함'으로 가치화하여 형상하
면서 그 투박함의 아름다움이 쓸쓸한 심사를 불러일으킬 수밖에 없음을
말할 때, 우리는 비로소 시인의 인식 속에 포착된 현실적 형상으로서 북
관 지방 사람들의 삶의 실상과 그 현실적 의미에 대해 생각할 수 있게 되
는 것이다.

그러므로 다시 〈絶望〉의 첫행으로 돌아와보면 북관의 여인의 모습을
'튼튼해서 아름답다'고 한 것은 시인이 나름대로 북관 지방의 삶에 대해
가치화한 생각을 보여주고 있는 것이며, 그처럼 투박하면서도 인정 넘치
게 살아갈 수 있는 사람들의 생활 현실이야말로 시인이 꿈꾸는 공동체적

삶의 원형 또는 이상임을 "나의 꼭하나 즐거운 꿈"이라는 말로 표출하고 있는 것이다. 하지만 현실은 어떤가? 시인이 현실에서 보게 되는 북관 여인의 모습은 무거운 발걸음과 삶에 지친 표정에 어두운 그림자가 드리운, 그래서 서러운 심정에 휩싸일 수밖에 없었던, 시인의 꿈과는 배리된 형상이었던 것이다. 따라서 이때 이 시가 보여주는 상실감의 정체란 내적 상실감이요 곧 시적 상실감이 될 터인 바, 그것은 예컨대 '어머니와 아이가 손 잡고 가는 모습'을 가지고 가족 구조의 붕괴에서 오는 식민 치하 유랑민의 참담한 현실을 그려냈느냐 그렇지 않느냐로 문제삼는 일보다 더 근본적인 것이다. 오히려 "흰저고리에 붉은 길동을 달어／검정치마에 받쳐 입은" 우리네 고유한 여인상의 묘사 자체가 중요하다면 더 중요할 것이다. 말하자면 시인이 특정한 상황과 현실로부터 가지게 된 시적 충동과 시를 통해 드러내게 된 시인의 현실적 관심이 무엇인가를 보게 되는 순간, 우리는 그러한 개인적 감정이 유로된 내적인 원인으로서 시인의 내면과 대상에 대한 관점의 실체를 파악할 수 있게 되는 것이다.

이렇게 볼 때 〈絶望〉은 제목 그대로 '절망감'의 노래이며, 왜 절망하는가의 문제는 비로소 절망하게 되는 시인의 내적 동기가 무엇인가, 보다 정확히 말하면 시인으로 하여금 현실적 대상에 대해 절망으로 반응, 혹은 인식하게끔 하는 고유한 정신적 인자가 무엇인가의 문제로 환원될 수 있는 것이다. 그런 의미에서 백석 시의 '상실감'이란 고유한 정신적 인자는 양면적인 의미에서의 고향 상실감으로 발현된다고 볼 수 있다. 즉 백석 자신이 가지고 있는 풍요로운 농촌 공동체의 생활에 대한 강한 애착 및 현실적 동경이라는 내적 측면과, 그가 당대의 삶 속에서 직접 바라보는 현실적 형상으로서 공동체 구성원의 상실된 삶 자체라는 외적 측면을 동시에 포괄하는 것이 '고향'이라는 시적 대상에 대한 사유였으며, '고향'의 문제에 대해 사유하지 않으면 안 되도록 한 것이야말로 1930년대 후반시가 우리 시사의 흐름 속에서 차지하는 고유한 의의인 것이다.

1930년대 후반의 신진 시인들의 시 세계는 1920년대 이후 본격화된 근대시의 과도한 감정주의가 빚어낸 폐쇄된 자아의 구속이나, 서구 모더니즘 문학론의 영향 아래 형성된 주지적 근대 지향성이 결과한 외화된 감각주의의 한계로부터 이탈하여 새로운 의미에서 현실의 서정적 인식을 위한 공간을 모색해 나간 데 그 의의가 있다. 그것은 특히 이 시기 시의 주된 관심사가 되었던 '고향의식'과 상실감의 정서가 추상적이거나 관념적인 데 그치지 않고 일상적 삶의 현실로부터 자연스럽게 취재되고 인식된 한편, 그에 따른 구체적이고 현실적인 정서를 동반하고 있다는 점에서 확인된다.

이런 의미에서 백석의 시가 추구한 평화로운 삶의 복원은 비극적 현실의 부정과 맥이 닿는 것이라 할 수 있다. 즉 유년 화자가 어린 시절을 회상하고 그의 시선과 목소리를 빌어 공동체적 삶의 재현을 꿈꾸었다는 점에서 볼 때, 백석 시에 형상된 고향은 비이성적이고 비합리적인 현실을 대신하여 시인이 의식 속에 창조해 낸 자연적 질서와 이성의 세계에 다름 아니라고 할 수 있다. 반면 백석 시의 밑바탕에 깔린 고향 상실감은 근대화의 진전이라는 일제 강점기 한복판의 시대적 상황 속에서 유로된 것이며, 이것은 경성과 고향 정주를 오가는 식민지 지식인인 시인의 자의식으로서 세계와의 불일치 혹은 단절의식으로 나타난다. 그의 시에 끊임없이 드리워진 '고독'의 이미지가 이를 대변해 준다. 따라서 이상적인 세계의 회복을 희구하는 시인의 의식은 원형적 고향에 대한 기억의 지속을 통하여 끊임없이 현실의 부정성을 부정하고, 그로 인해 현실적 슬픔과 고통을 감내할 수 있는 내면적 공간을 확보할 필요가 있었던 것이다.

이것이야말로 '근대적인 것'에 대한 백석의 고유한 시적 인식이라 할 수 있다. 1930년대 시에서 근대성을 확보한다는 것은 곧 전대의 낭만주의적이고 자아 중심적인 세계 인식으로부터 벗어나 대상에 대한 객관적인 언어적 형상화로써 세계의 이성적 인식을 이루어내는 것이라고 볼 수 있다. 그런 의미에서 이 시기의 모더니즘 시는 '문명'이라는 근대성의 표피만을 그려냄으로써, 식민지하 조선의 현실이라는 구체적 근대성의 실상을 형상화하는 데는 실패한 것이다. 바로 근대화를 지향하는 것이 곧 식민 상태를 공고히 하는 것이며 전통적인 삶의 원형을 상실케 하는 것이라는 역설적 상황이야말로 이 시기 '근대적인 것'에 대한 시적 인식의 토대를 이룬다고 할 때, 백석의 시가 보여주는 고향의 세계는 식민지적 근대의 부정성을 드러내는 동시에, 객관적 화자를 통해 지적 통제를 수반한 대상의 현실적 인식을 가능케 한 것이라고 할 수 있다.

이렇게 볼 때 백석의 시는 근대로부터의 일탈, 즉 전통으로의 복귀를 위한 방편으로서 고향의 원형성을 희구하고 재현한 것이 아니라, 민족 공동체의 본래적 삶을 훼손하고 존재의 근거를 상실케 하는 현실을 끊임없이 회의하는 가운데 상실감을 회복할 수 있는 시적·인식적 공간을 확보하려 한 것이라고 할 수 있다. 이런 의미에서 백석의 시가 지닌 고향의식의 독자성은 고향의 본질의 지속성에 대한 시인의 끈질긴 관심이 자신의 삶의 현실과 민족의 역사적 삶의 현실을 동일시하도록 하는 데까지 이르렀다는 데서 찾아볼 수 있다. 즉 그의 시는 원형적 고향에 대한 그리움과 현실적 상실감의 대립적 정서를 동시에 그려낸 바, 이러한 고향의식이 현실적 삶의 시적 취재 과정에서 체험적 정서를 동반함으로써 대상의 현실성을 획득할 수 있도록 하였고, 그의 시로 하여금 궁극적으로 민족의 비극적 현실에 대한 인식으로까지 확대될 수 있는 공간을 만들어내게 한 것이다.

北方에서 —鄭玄雄에게

아득한 넷날에 나는 떠났다 扶餘를 肅愼을 渤海를 女眞을 遼를 金을, 興安嶺을 陰山을 아무우르

'또 다른 고향'의 환상에서 벗어나기

를 숭가리를. 범과 사슴과 너구리를 배반하고 송어와 메기와 개구리를 속이고 나는 떠났다.

나는 그때 자작나무와 익갈나무의 슬퍼하든것을 기억한다 갈대와 장풍의 붙드든 말도 잊지

_ 백석 〈北方에서〉

않었다 오로촌이 멧돌을 잡어 나를 잔치해 보내든것도 쏠론이 십리길을 딸어나와 울든것도

남기혁 | 서울대학교
국문학과 강사

잊지않었다. 나는 그때 아모 익이지못할 슬픔도 시름도 없이 다만 게을리 먼 앞대로 떠나나

왔다 그리하여 따사한 해ㅅ귀에서 하이얀 옷을 입고 매끄러운 밥을먹고 단샘을 마시고 낮잠

을 잤다 밤에는 먼 개소리에 놀라나고 아츰에는 지나가는 사람마다에게 절을 하면서도 나는

나의 부끄러움을 알지못했다.……

北方에서
  −鄭玄雄에게

아득한 녯날에 나는 떠났다

扶餘를 肅愼을 渤海를 女眞을 遼를 金을,

興安嶺을 陰山을 아무우르를 숭가리를.

범과 사슴과 너구리를 배반하고

송어와 메기와 개구리를 속이고 나는 떠났다.

나는 그때

자작나무와 익갈나무의 슬퍼하든것을 기억한다

갈대와 장풍의 붙드든 말도 잊지않었다

오로촌이 멧돌을 잡어 나를 잔치해 보내든것도

쏠론이 십리길을 딸어나와 울든것도 잊지않었다.

나는 그때

아모 익이지못할 슬픔도 시름도 없이

다만 게을리 먼 앞대로 떠나나왔다

그리하여 따사한 해入귀에서 하이얀 옷을 입고 매끄러운 밥을먹고 단샘을 마

시고 낮잠을 잤다

밤에는 먼 개소리에 놀라나고

아츰에는 지나가는 사람마다에게 절을 하면서도

나는 나의 부끄러움을 알지못했다.

그동안 돌비는 깨어지고 많은 은금보화는 땅에 묻히고 가마귀도 긴 족보를
이루었는데
　　이리하야 또 한 아득한 새 녯날이 비롯하는때
　　이제는 참으로 익이지못할 슬픔과 시름에 쫓겨
　　나는 나의 녯 한울로 땅으로―나의 胎盤으로 돌아왔으나

이미 해는 늙고 달은 파리하고 바람은 미치고 보래구름만 혼자 넋없이 떠도
는데

아, 나의 조상은 형제는 일가친척은 정다운 이웃은 그리운 것은 사랑하는것은
우럴으는것은 나의 자랑은 나의 힘은 없다 바람과 물과 같이 지나가고 없다.[1]

1

　백석의 시는 대체로 세 단계로 변모한다. 초기 시는 이미지즘적 수법을
활용하여 주관적인 정서를 배제하고 대상의 즉물적 이미지를 그려내거
나, 〈여우난곬족〉과 같이 자신의 고향인 평북 정주의 풍속을 재현한 시들

---

1) 《문장》 2권 6호, 1940. 7.

로, 시기적으로는 시집 《사슴》을 간행하기 전후, 즉 1930년대 중반기의 시가 여기에 해당된다. 중기 시는 고향을 등지고 만주로 이주하여 '유랑민' 같은 삶을 살던 시기, 즉 1930년대 말에서 해방기에 이르는 시기의 시들이다. 그의 중기 시는 대체로 객관적 정세가 악화되고 있던 식민지 말기의 현실을 배경으로, 고향 상실감과 그 극복의 문제를 다루고 있다. 한편 후기 시는 해방 이후 북한에서 정착하여 살아가는 가운데 쓴 작품들이다.

"鄭玄雄에게"라는 부제를 달고 있는 백석의 시 〈北方에서〉는 1940년 7월 《문장》지를 통해 발표된 작품이다. 이 작품은 백석 시의 변화 과정에서 중기에 해당되는 작품이다.[2] 백석의 중기 시들은 대체로 고향을 등지고 만주로 이주하여, 유랑민처럼 살아가던 시기의 시인 자신의 체험과 북방 유이민의 삶을 다루고 있다. 〈北方에서〉라는 작품 역시, 고향을 잃고 만주의 광야를 헤매고 있는 시적 자아의 정신적 방황과 위기의식을 적절하게 형상화하고 있다.

〈北方에서〉라는 작품을 해석할 때 부딪히는 문제는 두 가지이다. 하나는 이 작품의 시적 주체이자 시적 화자로 설정된 '나'의 정체성에 대한 해석이며, 다른 하나는 "또 한 아득한 새 옛날이 비롯하는때"라는 표현의 내포적 의미에 대한 해석이다.

---

2) 백석 시의 변모 과정에 대해서는 아래의 연구들을 참고하였다.
　이숭원, 〈백석 시의 화자와 어조 연구〉, 《한국시학연구》 제1호, 한국시학회, 1998.
　박현수, 〈일제강점기 시의 '숭고' 고찰〉, 《한국시학연구》 제1호, 한국시학회, 1998.
　이명찬, 《1930년대 한국시의 근대성》, 소명출판, 2000.
　최두석, 《시와 리얼리즘》, 창작과비평사, 1996.
　이혜원, 〈백석 시의 신화적 의미〉, 《현대시의 욕망과 이미지》, 시와시학사, 1998.
　고형진, 〈백석 시 연구〉, 《한국현대시의 서사지향성 연구》, 시와시학사, 1995.
　정효구, 《백석》, 문학세계사, 1996.

2

우선 이 작품의 시적 화자인 '나'의 정체성을 살펴보기로 하자. 〈北方에서〉에 등장하는 '나'는 개별화된 존재로서의 '나'인가, 아니면 공동체적인 복수 주체로서의 '나'(즉 '우리'의 다른 이름)인가? 우리는 이 문제를 해결해야 〈北方에서〉에 등장하는 유랑의 문제를 온전하게 해석할 수 있다. 만약 '나'가 개별화된 존재라면 이 작품은 시인의 개인사적 체험, 즉 평북 정주 혹은 조선을 떠나 만주로 유랑할 수밖에 없었던 개인적 운명 혹은 방랑벽과 관련지어 해석되어야 한다. 그러나 '나'가 공동체적인 복수 주체로서의 '나'라면, 즉 우리의 민족공동체 전체를 가리킨다면 이 작품은 개인사적인 체험을 배제하고 민족사적 체험을 대입하여 해석되어야 한다.

그런데 〈北方에서〉의 '나'는 이 두 가지 정체성을 모두 가지고 있다. 우선 1~3연의 '나'는 절대적 과거의 시간 속에 있는 '나'이기 때문에, 시적 발화를 행하는 '나'와 동일시될 수 없다. "아득한 넷날" 만주와 시베리아의 근원적 고향을 떠나, 남쪽의 좁은 땅 '한반도'까지 옮겨오면서, 두고 온 고향을 애써 잊고 정착의 삶을 살아가던 '나'란 "하이얀 옷을 입"은 사람들, 즉 우리 민족공동체 전체를 가리키는 것으로 보아야 하기 때문이다. 따라서 1~3연에서 반복적으로 등장하는 "떠났다"라는 서술어는 시인의 개인적 유랑 체험을 반영하는 것이 아니라, 시베리아로부터의 한민족의 집단이동 체험을 반영하는 것으로 보아야 한다.

여기서 "떠났다"라는 서술어가 능동형이라는 사실에 주목할 필요가 있다. 1~3연의 "떠났다"는 행위는 근원적 고향의 상실을 의미하는 것이 아니라, 근원적 고향으로부터의 탈주를 의미한다. 고대의 제 민족을, 시베리아의 원시적 자연을 "배반하고" 떠난 것이지만, 그것은 자발적인 것이었기 때문에 "나는 나의 부끄러움을 알지 못했다"(3연)고 당당히 말할 수 있다. 그것을 부끄러운 것으로 여기는 것은 근원적 고향을 떠난 '나'가 아니라, 근원적 고향으로 되돌아온 '나'(4연 이하의 '나')일 뿐이다.[3]

한편 4연 이하의 '나'는 "넷 한울로 땅으로" 되돌아온 현재적 자아, 즉 시인 자신을 가리킨다. 즉 "나의 胎盤"으로 돌아온 '나'는 만주로 여행하고 있는 시인이며, "胎盤"으로 가는 과정은 시인 자신의 여로인 것이다. '떠났다'는 탈주의 행위가 1~3연의 지배적 모티브를 이룬다면, '돌아왔다'는 회귀의 행위는 4연 이하의 지배적 모티브를 이룬다. 지배적 모티브와 그 행위 주체가 바뀌고 있는 것이다. 이에 따라 1~3연에서 부끄러움을 모르던 자아가 이제 새롭게 자신의 과거적 자아가 부끄러운 것이었음을 느끼게 되고, 돌아온 태반이 그 옛날의 근원적 고향과 다르다는 사실을 발견하면서 허무에 직면하게 되는 것이다.

물론 4연 이하의 '나'의 경험이 꼭 개인사적 체험만을 반영하는 것은 아니다. 1920~1930년대 고향을 등지고 만주와 연해주로 유랑한 것은 민족사적 체험에 해당되기 때문이다. 따라서 4연 이하의 '나'는 개별성 속에서 보편성을 실현하고 있는 자아라고 할 수 있다. 이명찬이 적절하게 지적하고 있는 것과 같이,[4] "전반부의 '나'가 대표 단수로 축소된 집단성

---

3) 즉 이 작품에서 시적 주체는 '부끄러움'을 의식하지 못하는 '나'와, '부끄러움'을 의식하는 나로 이중화되어 있다. 후자가 현재적 자아라면, 전자는 현재적 자아의 또 다른 모습으로서의 '조상'이다.
4) 이명찬,《1930년대 한국시의 근대성》, 소명출판, 2000, 130면 참조.

을 드러낸다면, 후반부의 '나'는 내가 대표하는 우리 민족의 의미로 일반화"되는 것이다. 그러니까 작품 전반부의 '나'는 작품 후반부에 등장하는 '나의 조상'과 동일시될 수 있으며, 작품 후반부에 등장하는 '나'는 시인 자신이면서 동시에 '나의 조상'의 후손들인 현재의 민족공동체 전체가 될 수 있는 것이다.

3

근원적 고향으로부터 탈주하는 '나'와 근원적 고향으로 회귀하는 '나'의 분리는 이 작품의 복합적인 의미구조를 낳는 원천이 된다. 시인의 근원적인 충동은 무엇일까? 탈주인가, 아니면 회귀인가? 그것도 아니면 탈주이면서 회귀인가? 이러한 모순된 충동 사이에 시인의 여정이 놓여 있다. 이 문제를 해결하려면 "또 한 아득한 새 넷날이 비롯하는때"라는 표현이 담고 있는 내포적 의미를 살펴보아야 한다.

이 작품은 시간적으로나 공간적으로 모두 이항 대립적 의미 체계 위에 있다. 우선 시간 층위에서 살펴보면, 1연의 "아득한 넷날"과 4연의 "또 한 아득한 새 넷날이 비롯하는때"가 서로 대립을 이루고 있다. 전자는 '떠났다'라는 탈주 행위가 이루어지는 시간이며, 후자는 '돌아왔다'는 회귀 행위가 이루어지는 시간이다. 이러한 시간 대립은 이제 탈주의 대상이 되는 "넷 한울 땅"과 회귀의 대상이 되는 "나의 胎盤"이라는 공간 대립과 계열체를 이룬다.

이 시의 자아는 옛 하늘 옛 땅, 구체적으로 말하자면 1연의 부여, 숙신, 발해, 여진, 요, 금 등의 고대 국가들, 그리고 홍안령, 음산, 아무우르, 숭

가리와 같은 북방의 지역들로부터 탈주하여 "먼 앞대"(3연, 남쪽을 가리킴, 결국 한반도를 의미하는 것으로 볼 수 있다)로 이동한다. 그것은 우리 민족이 신화의 시대에서 벗어나, 역사의 시대로 접어든 것을 의미한다. 하나의 민족과 이민족들(2연의 오로촌과 쏠론)이 인간과 동물(범, 사슴, 너구리, 송어, 메기, 개구리), 인간과 식물(자작나무, 익갈나무, 갈대, 장풍)이 서로 차이를 의식하지 못하고 공존하는 물활론적이고 유기체적인 세계. '나'는 그 신화적 질서를 버리고 이성적 질서로 옮겨오게 된 것이다. 이는 "한울"을 향한 주술적 언어를 통해 인간과 자연, 인간과 우주가 조화를 이루며 살아가는 삶의 공동체를 버리는 것에 다름 아니다. "아득한 녯날에" 나는 자연을 배반하고, "한울"(4연)을 저버리고 아무런 "슬픔도 시름"도 없이 구석진 한반도로 옮겨와 정착해서, 농경 민족으로 살아가게 되었다. 물론 농경 민족으로서의 삶은 안락하기 그지없는 것이었다. "따사한 해ㅅ귀에서 하이얀 옷을 입고 매끄러운 밥을 먹고 단샘을 마시고 낮잠을"(3연) 잘 수 있기 때문이다. 하지만 이것은 자연 속에서의 원시적 건강성을 잃고, 또 한반도라는 제한된 지리적 공간에 유폐되어 굴욕적인 역사를 살아간 대가로 얻은 일시적인 안위에 불과하다.

우리 민족(즉 1~3연의 '나')의 일차적인 탈주는 한반도에서 농경 민족으로 정주의 삶을 사는 것으로 귀결되었다. 하지만 이것은 우리 민족의 또 다른 비극을 낳았다. 즉 4연에서 "돌비는 깨어지고 많은 은금보화는 땅에 묻히고 가마귀도 긴 족보를 이루"게 된 그 패망의 역사를 맞이하게 된 것이다. 역사의 질서는 냉혹하여, 안주하는 삶을 지향하는 자에게 패배의 굴욕을 안겨준다. '나'가 농경적 생활 질서에 안주하여, 더 이상의 탈주를 꿈꾸지 않았기 때문이다. 이 패망의 역사로 인해 '나'와 '나의 민족'은 더 이상 정주의 삶을 살 수 없어 제2의 다른 탈주가 필요하게 되었다. 여기서 4연 2행의 "또 한 아득한 새 넷날이 비롯하는때"의 의미가 선명하게 드러날 수 있다.

"또 한 아득한 새 넷날이 비롯하는때"란 "아득한 새 넷날" 북방에서 남방으로 삶의 터전을 옮긴 것처럼, 이제 남방에서 북방으로 삶의 터전을 옮기게 된 때를 가리킨다.[5] 시인이 처해 있는 '지금—여기'의 시간을 가리키는 것이다. 그러니까 '새 넷날'이라는 표현은 모순 형용인 셈이다.[6] 이제 '나'는 "또 한 아득한 새 넷날이 비롯하는때", "익이지 못할 슬픔과 시름에 쫓겨" 어쩔 수 없이 북방으로 회귀하게 되었다. 하지만 이 회귀는 탈주로서의 의미를 갖지 못한다. "넷 한울로 땅으로—나의 胎盤으로"의 회귀가 강요된 '쫓김'에서 비롯된 것이기 때문이다.

'북방'으로의 회귀는 농경 민족으로 살아오던 터전을 잃게 되었다는 점에서 보면 실향의 의미를 가진다. 동시에 북방이 '나의 태반'이라는 점에서 보면, 그것은 귀향의 의미를 갖게 된다. 그러나 지리적 공간으로서

---

5) 시인이 잃어버린 고향은 구체적으로 무엇인가? '역사'를 기준으로 말한다면, 시인이 잃어버린 고향은 우리 조상이 "먼 앞대로 떠나나"와 농경 민족의 삶을 살던 "따사한 해ㅅ귀(즉 한반도)"를 가리킨다. 하지만 '신화'를 기준으로 말한다면 시인이 잃어버린 고향은 '나의 옛 한울'과 '땅', 즉 '나의 胎盤'이 된다. 여기서 탈향과 귀향의 역설적 구조가 성립된다. 현재적 자아인 '나'가 태반으로 돌아온 것은. 고향으로부터의 탈주인 동시에 '또 다른 고향(옛 하늘 옛 땅)'으로의 귀향이다. 하지만 또 다른 고향은 진정한 고향으로서의 의의를 상실하였다. 이 작품의 진면목은 진정한 고향은 어느 곳에도 없으며, 탈향과 귀향이 끊임없이 반복될 수밖에 없는 모순된 상황을 통해, '지금—여기'의 현실을 역설적으로 재현하고 있다는 점이다.
6) 1연의 '아득한'과 4연의 '아득한'은 의미가 서로 다르다. 1연의 '아득한'은 절대적 과거와의 극복 불가능한 거리감을 느끼게 하는 것으로서, 시간적 의미를 갖는 시어이다. 하지만 4연의 '아득한'에는 시간적 의미 대신에 공간적 의미가 담겨 있다. "새 넷날이 비롯하는때"는 지금—여기의 시간이기 때문에 '아득한' 시간의 거리를 갖지 않는다. 그런데 새로 시작하는 북방에서의 삶, 즉 "새 넷날이 비롯하는때"의 삶이란 절망과 비탄에 가득한 것이다. 그것은 신화적인 시대로의 복귀도 아니고, 희망찬 미래에 대한 도정도 아니다. 따라서 4연의 '아득한'은 삶의 근거지를 빼앗긴 것에 대한 극단적인 상실감을 표현하는 말로 보아야 한다.

의 '북방'으로 되돌아온다고 해서, 그곳에 그 옛날에 두고 왔던 신화적인 삶의 터전이 그대로 있을 리 만무하다. "아득한 새 넷날이 비롯하는때"에서 "때"는 신화적 시간에 속하는 것이 아니라 역사의 시간에 속한다. 게다가 두고 온 북방은 더 이상 공간적 신성성을 간직하지 못하고 있다. 계몽의 변증법이 작동하게 된 까닭이다. 북방의 이민족과 원시적 자연을 배반하고 역사의 길로 접어들었을 때, 더 이상 근원의 시공간으로 되돌아갈 통로는 마련되지 않는다. 자연을 배반한 인간이 그 자연으로부터 철저히 복수를 당하게 된 것이다.

그 '북방'에는 "이미 해는 늙고 달은 파리하고 바람은 미치고 보래구름만 혼자 넋없이 떠"(5연)돌 뿐이다. 자연이 자연으로서의 위의(威儀)를 상실한 것이다. 이제 시인은 '나'의 조상과 형제와 일가친척과 정다운 이웃, 그리운 것과 사랑하는 것과 우러르는 것, 그리고 나의 자랑과 나의 힘이 "바람과 물과 세월과 같이"(6연) 지나가고 없다는 것을 직시하면서, 자신의 처지를 절망적 어조로 그려내고 있다.

4

이러한 부재와 소멸의 이미지 혹은 절대적인 허무의 이미지는 백석의 중기 시에서 반복적으로 나타난다. 그런데 이 작품에서는 허무주의가 역사적 상상력과 결합되어 있다. 이는 시인이 근원적 시간을 감지하는 방식을 살펴보면 알 수 있다. 백석은 '북방'이라는 잊혀진 지리(地理)를 대하면서, 신화적 질서가 지배하는 절대적 과거의 시간에 대한 기억을 떠올린다. 물론 이 '기억'은 실제의 기억이 아니라 집단무의식으로 전승된 잠재된 기억이거나, 아니면 역사적 지식으로 재구성된 기억에 불과하다. 하지만 어느 누가 아득한 옛날 '북방'에서의 삶을 실제적인 기억으로 간직하고 있겠는가? 비록 그곳에서의 삶이 역사적으로 증명된 사실이라고 하더라도 말이다. 그곳으로 되돌아가 유기체적인 삶을 복원하겠다는 것은 적어도 두 가지의 제한된 방법이 아니고는 불가능한 것이다. 하나는 '한울'의 언어를 매개로, 즉 샤먼의 주술을 매개로 하여 역사의 시대로부터 신화의 시대로 초월하는 것이다. 이것은 종교적 상상력의 몫이다. 다른 하나는 문화적 보수주의의 퇴행적 역사관이다. 기원을 신비화하고, 역사의 진행을 과거로 되돌려 현재의 모순과 위기를 은폐하려는 파시즘의 정치공학 혹은 그것에서 기인하는 심미적 역사인식. 이것은 소위 '파시즘'적 상상력의 몫이다.

〈北方에서〉의 후반부에 나타난 허무주의는 종교적 상상력은 물론 파시즘적 상상력을 모두 부정한다. 그 허무주의는 근원의 시공간이 지닌 신성성 혹은 신화성이란 이미 훼손되어 버린 것이고, 사라져 없어져버린 것이라는 깨달음에서 기인하는 것이다. 따라서 이 시의 허무주의는 기원의 시공간으로 퇴행하는 것을 거부하며, 역사의 심미화에 저항하고, 문화적 보수주의를 부정한다. 그것은 기원을 '차이'로서만 감지하며, 그 차이가 야기하는 자아와 세계의 단절감, 자아와 세계 모두가 처해 있는 곤궁함을 있는 그대로 드러낸다.

작품 후반부의 '나'를 비로소 시인 자신과 동일시해서 읽을 수 있는 이유가 여기에 있다. 작품 후반부에 이르러 시인은 비로소 자신의 목소리를 드러낸다. 물론 그 목소리는 자기 연민의 절망적·체념적 어조를 띠고 있다. 이는 주체가 근원적 시공간을 동경하는 자아와 근원적 시공간으로 되돌아갈 수 없음을 자각하는 자아로 분리되는 주체의 이중화에서 기인하는 것이다. 이 작품에서 시인은 근원적 시공간과 지금—여기의 시공간 사이에 건널 수 없는 시간의 심연이 있음을 인정한다. 이는 동일한 것의 재생과 반복을 믿는 신화적 세계관의 순환론적 시간의식에 대한 부정이며, 과거지향적 유토피아주의에 대한 비판이다.

이 작품에서 근원의 시공간은 반복되지 않는다. "또 한 아득한 새 녯날이 비롯하는", '옛 하늘 옛 땅'은 지금—여기의 시공간을 가리킨다. 그것은 차이를 내포한 반복이며, 이 차이는 건널 수 없는 심연이다. 그러니까 '나'가 찾은 태반은 결코 태반일 수 없으며, 태반으로 받아들여서도 안 되고, 그것을 아쉬워할 필요도 없는 것이다. 이제 근원의 시간이 소멸된 것을 자각하고, 주체가 처한 궁핍함을 직시하는 것. 이런 맥락에서 보면 〈北方에서〉는 식민지적 근대가 야기한 삶의 조건의 변화를 반영하고, 또 그 것을 극복하려는 의지를 담고 있다고 볼 수 있다.

5

마지막 연에서 시인은 궁핍한 시대의 현실을 직시하면서, 운명론·비관론에 빠지고 있다. 이는 백석이 신화적 질서로의 초월을 부정하고 있다는 것을 보여준다.[7] 사실 백석이 내세운 운명론은 근대적 질서를 인식하

---

7) 박현수는 〈北方에서〉에 나타나는 허무를 '대안적 허무'로 규정하고, 이것이 "전체주의로 매몰될 위험성을 지닌 숭고라는 미적 범주를 균형 있고 가치 있게 만들고 있"다고 보았다. 박현수, 〈일제강점기 시의 崇高 고찰〉, 《한국시학연구》 제1호, 한국시학회, 1998, 참조.

지 못하는 운명론이 아니라, 근대적 질서를 부정할 수 없다는 깨달음에서 비롯하는 운명론인 셈이다. 식민지적 근대가 초래한 운명을 직시하면서, 동시에 이 운명을 극복하기 위해 어두운 시대 현실을 감내하겠다는 현실 극복 의지가 담겨 있는 것이다. 필자는 백석이 이러한 논리의 연장선상에서, 〈남신의주유동박시봉방〉이라는 작품을 통해 '정한 갈매나무'의 이미지를 만들어낼 수 있었다고 본다.

식민지적 근대가 강요하는 억압적 현실의 힘을 인식하고, 이를 극복하기 위해 '또 다른 고향'을 찾아 '북방'으로의 또 다른 탈주를 감행하는 것. 이것이 백석의 중기 시가 나아간 방향이었다. 하지만 북방은 결코 안주할 수 있는 고향이 아니었으며, '그 넷날'의 태반도 아니었다. 그렇다고 두고 온 고향(시인 자신의 고향)으로 되돌아갈 수도 없다. 고향을 잃어버린 나그네는 결코 길에서 쉴 수 없다. '북방'으로의 회귀는 영원한 회귀도, 마지막 탈주도 될 수 없었던 셈이다. '또 다른 고향'의 환상을 버리고, 끊임없이 탈주를 시도하는 고독한 아이러니의 정신. 백석의 중기 시에 나타나는 유랑의 모티브는 이러한 아이러니의 정신에 맞닿아 있는 것이다. 이 아이러니의 정신은 시인 백석이 몰근대적 반근대주의의 방법이 아니라, 기원과 중심으로부터 끊임없이 탈주하는, 그리고 근대를 껴안으면서 근대를 뛰어넘는 방법으로 식민지 현실에 대응했음을 보여주는 것이다.

深冬

눈싸힌 수풀에 이상한 山새의 屍體가 묻히고 유리窓이 보다 깨여진 洋館에서는 샴판을 터트

환상에 대한 문화사적 분석,

리는 소리가 들려온다. 언덕아래 저긔 아, 저긔 눈싸힌 시내ㅅ가에는 어린아히가 고기를 잡

현실과 환상의 기로에서

고 눈우에 피인 숫불은 빨―가케 죽엄은 아, 죽엄은 아름다움게 불타오른다.

_ 오장환 〈深冬〉

|박 현 수|재 능 대 학 교|
           문예창작과 교수|

深冬

눈싸힌 수풀에
이상한 山새의
屍體가 묻히고

유리窓이 모다 깨여진
洋館 에서는
솩판을 터트리는 소리가 들려온다.

언덕아래
저긔 아, 저긔 눈싸힌 시내ㅅ가에는
어린아히가 고기를 잡고

눈우에 피인 숫불은
빨—가케
죽엄은 아, 죽엄은 아름다웁게 불타오른다.

1. 죽음과 환상의 조건

오장환의 두 번째 시집《헌사》(남만서방, 1939)에 실린 〈深冬〉은 일견 상황과 문맥이 불투명하여 여러 방향으로 해석의 가능성이 열려 있는, 즉 독자의 능동적이고 창조적 독서가 요구되는 작품 중 하나라 할 수 있다.

이런 특성 때문인지는 몰라도 지금까지 이 작품이 작품론으로 단일하게 다루어진 적은 한 번도 없으며, 다만 작가론 중에 부분적으로 논의된 경우가 더러 있을 뿐이다. 그 중 죽음과 허무를 역설적으로 수용하는 오장환의 절망의식에 입각하여 이 작품을 처절한 자기부정의 결과 오히려 아름다움과 건강성을 지니게 되는 시로 파악하는 논의가 눈에 띤다. 이에 따르면 새의 죽음은 부활의 가능성이 되어 이 작품은 미래에 대한 전망을 지닌 시로 해석된다.[1] 이런 관점의 연장선상에, 이 작품에 등장하는 무덤 —산새의 시체가 묻히는, 매개항으로서의— 을 삶과 죽음을 나누는 기능을 하면서도 죽음의 세계를 긍정함으로써 오히려 부활의 공간 역할을 하는 것으로 파악하는 논의나,[2] '산새'의 죽음을 슬픔이 아니라 새로운 생명으로의 변화를 위한 전환점으로 읽는 논의가 놓인다고 할 수 있다.[3]

이런 미래지향적 논의에서 볼 때 "죽엄은 아, 죽엄은 아름다웁게 불타오른다"는 마지막 구절은 종교적 상상력마저 자극하는 환상적인 아름다움을 지닌 구절이 된다. 사실 이 작품은 이 구절뿐만 아니라 전체적으로 환상적인 요소를 많이 간직하고 있다. 1연의 신비감 속에 싸인 "이상한 山

---

1) 심재휘, 〈오장환 시 연구〉, 고려대 석사논문, 1989, 42~44면.
2) 이상옥, 〈오장환 시 연구 ; 담화체계를 중심으로〉, 홍익대 박사논문, 1994, 125면.
3) 이원규, 〈오장환 시 연구 ; 비판적 인식과 잠재적 인식의 대응관계를 중심으로〉, 성균관대 석사논문, 2000, 66면.

새"의 존재, 2연의 양관에서 들려오는 "샴판을 터트리는 소리",[4] 그리고 3연의 하얀 눈이 쌓인 시냇가에서 고기를 잡는 어린아이의 모습[5] 등은 모두 이국적이거나 낭만적인 요소를 내포하고 있다.

그러나 조금만 더 자세하게 이 시를 들여다본다면 이 환상은 어떤 불균형을 드러내고 만다. 반복해서 나타나는 시체와 죽엄(주검) 등의 부정적 어휘나, 유리창이 모두 깨어진 상태로 볼 때 현재 사람이 살지 않는 것으로 보이는 양관에서 들려오는 샴페인 터트리는 소리 등은 단순한 환상을 넘어선 어떤 비극적인 인식을 기반으로 하고 있는 것이다. 그렇다면 신비적인 비전을 간직한 앞서의 환상은 문맥 그 자체에서 온다기보다는 문맥과 상황의 모호함이 가져다 주는 작품의 불투명성에 기인하는 것이라 할 수 있다.

2. 문화사적 기호로서의 '양관'

본고는 이 작품의 불투명성을 해소하기 위해 문화사적 접근이 도움이 된다고 보는데, 1937년에 발표된 오장환의 반영론적 문학관은 이런 접근의 타당성을 인정해 주는 것으로 읽힌다.

인간의 의무! 즉 자아만을 버린 인간 전체의 복리를 위하여 문학도 존재하는 것이 옳은 일이라고 생각한다. …… "현실―자연과 사회의 모든 현상―은 예술의 제재로서 선택될 가능성을 가지고 있다. 그래서

---

4) "샴판을 터트리는 소리"는 즐겁고 밝은 분위기를 의미하는 것으로 읽히기도 하며(이원규, 앞의 논문, 63면 참조), 왜곡된 현실로 읽히기도 한다(심재휘, 앞의 논문, 43면 참조).
5) 3연은 '순진무구한 어린아이의 세계, 화해로운 세계가 새로운 보편성으로 확보되는' 것으로 읽힌다. 심재휘, 앞의 논문, 43면.

시인이 어떠한 제재를 선택하여 오든가 또는 어떻게 그것을 처리하는가 하는 설혹 무의식이었다 하더라도 그 시인이 현실에 대한 태도에 의하여 결정된다"고 모리야마(森山啓)는 말하였다.[6]

'현실에 대한 태도'에 의해 선택된 소재를 당대적 의미 내에 위치시킴으로써 작품의 타당한 해석에 도달하고자 하는 문학사적 접근 혹은 텍스트주의는, 작품 해석의 활동을 구체적인 차원에 둠으로써 작품론이 공허한 논의가 되는 것을 막아주는 장점을 지닌다. 따라서 작품론은 도서관에서 씌어져야 하는 번거롭고도 까다로운 작업이 될 수밖에 없다. 이런 관점으로 접근할 때 오장환의 〈深冬〉은 지금까지의 해석과는 전혀 다른 차원에서 해석될 수 있다.

먼저 이 작품의 해석에서 가장 중요한 점은 이 작품의 주요 배경이 무엇인가 하는 것이다. 일단 시간적인 배경은 제목에서 드러나듯이 한겨울인데, 이같은 사실은 1, 3, 4연에 반복 등장하는 '눈'으로 강조되고 있다. 그러나 이 시간적인 배경보다 더욱 중요한 것은 공간적인 배경이라 할 수 있으며, 거기에서도 핵심은 바로 "洋館"의 존재다. 여기에 바로 문화사적 개입이 필요한 것이다.

앞에서 밝혔다시피 이 "洋館"은 현재 사람이 살고 있지 않음에도 불구하고 샴페인 터트리는 환청을 가져다 주는 존재다. 그런데 이 "洋館"과 "샴판"이라는 어휘는 김광균의 시에서도 함께 등장하고 있어 논의에 도

---

6) 오장환, 〈문단의 파괴와 참다운 신문학〉, 《조선일보》, 1937. 1. 28〜29면, 《오장환 전집2》, 창작과비평사, 1989, 12〜13면.

움이 된다.

露臺가 바라다보이는 洋館의 집웅우엔
가벼운 바람이 旗幅처럼 나부낀다
(……)

어디서 날러온 피아노의 졸린餘音이
고요헌 물방울이되어 푸른하늘로 스러진다.
(……)

수풀넘어『코―트』쪽에선
『샴펜』이 터지는 소리가 서너번들려오고

계오 물이오른 白樺나무가지엔
코스모쓰의 꽃잎같이 해맑―은 힌구름이 처다보인다.[7]

이 시에는 노대(발코니)가 보이는 양관의 모습이 그려져 있으며, 그 양
관으로부터 피아노 소리와 샴페인 터지는 소리가 들려오고 있다. 제목
"山上町"은 특정한 지명이라기보다는 부르주아적 삶을 나타내는 기표로
보는 것이 타당하다.[8] 이 산상정의 모습은 김광균이 일본의 프롤레타리

---

7) 김광균, 〈山上町〉 부분, 《조선중앙일보》, 1936. 4. 14.
8) 서준섭은 "'산상정'은 군산의 한 지명으로 채만식의 〈탁류〉 서두에 나오고 있다"고 설명하고 있지만, 소설에
서 군산의 산상정은 빈민지역으로 묘사되고 있다. 서준섭, 《한국 모더니즘 문학연구》, 일지사, 1988, 151면.

아 잡지 《戰旗》에 일어로 발표한 글에 보이는 "산 위의 별장"과 유사하다.

식민지에도 봄이 찾아왔다. 벚꽃은 필 것이다. 공원의 잔디 위에서 관청의 공무원과 상인은 착취되는 우리들을 비웃을 것이다. 거리에 식민지의 부르조아를 태우고 시보레는 달린다. 소작인을 ××해 세운, 산 위의 별장(山上の別莊)에 피아노 음이 새어나온다. 마을 아래(町下)에는 오늘도 우리의 노역과 눈물이 계속된다.[9]

물론 김광균의 시에는 이런 계급적 시각이 제거되어 평면의 그림만 남았지만 "洋館"이나 "산 위의 별장"이 여유 있고 평화로운(?) 삶의 상징이 된다는 점은 동일하다. 이 "洋館"은 당대에 유행했던 문화주택의 일종으로 다음의 잡지기사에 잘 묘사되어 있다.

빨간 벽돌집, 파란 세멘집, 노란 석회집—가지각색의 二層洋館이 하늘에나 떠오를듯이 버려있다. (……) 地上樂園—소위 현대문화를 향락할 수 있다는 理想의 주택들이다. (……) 클라식하게 지은 파란 이층 양관에 유리창이 반쯤 열리고 보랏빛 카텐이 버려있는 곳에서 「발비」의 靑春小曲을 어느 아씨가 솜씨좋게 치는 것이다.[10]

여기에서처럼 양관과 피아노 소리—그리고 오장환 · 김광균 시의 샴페

---

9) 김광균, 〈日本の兄弟よ〉, 《戰旗》, 1930. 6.
10) 〈春光春色의 種種相 陽春明暗二重奏―文化住宅村〉, 《조광》, 1937. 4.

인 터트리는 소리—는 '이상의 주택'에서 향락할 수 있는 현대문화의 극점을 나타내는 기호이다. 양관은 서양식 건물을 총칭하는 것이지만, 그 중에서도 오장환의 시에 등장하는 양관은 김광균이 말하는 '산 위의 별장'에 가까운 것으로 '지상낙원'을 향락할 수 있는 자들 중에서도 경제적 사회적 특혜를 누리는 자만이 소유할 수 있는 최상의 기호이다. 이런 양관이 생활로부터 이탈하여 주변의 경관을 조감할 수 있는 그림 같은 곳에 세워지는 것은 당연하다.

3. 환상의 문화사적 의미

이제 이런 문화사적 배경을 바탕으로 오장환의 〈深冬〉에 접근하여 그 의미를 구체적으로 이해하고, 이 작품에 형성되어 있는 환상의 의미를 분석할 필요가 있다.

이 시의 1연에 등장하는 "山새의/屍體"는 구체적으로 뒤에 전개되는 비극적 전망에 대한 전조이다. 구체적으로 산새의 사인(死因)을 알 수는 없지만 조류에게는 눈 쌓이는 겨울이 먹이의 빈곤이 극한에 이르는 시기라는 점을 고려할 때 이를 어느 정도 짐작할 수는 있다. 그러나 그런 유추를 떠나 "이상한" 산새가 극한적인 현실적 조건의 대척점에 놓인다는 점은 강조될 필요가 있다. 현실의 반대편에 놓이는 이상과 자유의 상징으로서의 새의 속성은 "이상한"이라는 형용사를 통해 두 극점의 격차가 배가되며, 따라서 그 죽음은 이상적 삶에 대한 갈망의 좌절을 암시하는 것이다.

그리고 이 격차와 좌절은 2연에 와서 "유리窓이 모다 깨여진 洋館"에서 화자로 하여금 환청을 듣게 만든다. 이미 사용하지 않아 황폐해진 양관에서 들려오는 샴페인 소리는 비극적 현실과는 대조적으로 존재하는 왜곡된 현실의 한 단면이다. 이상한 산새의 죽음에 이어지는 이 환상은 비극적 현실에서 오는 절망과 좌절의 깊이를 보여준다.

3연의 "언덕"은 화자가 서 있는 지점이 '산상의 별장'임을 짐작하게 해주고 또한 현실을 조망할 수 있는 화자의 위치를 알려주는 기호가 된다. 아래를 내려다보는 화자의 시야에 들어오는 것은 눈 쌓인 시냇가에서 고기를 잡는 어린아이이다. 이 풍경과 "아"라는 감탄사는 긍정과 부정이라는 양가적 의미를 지닌 미묘한 시적 요소들이다. 먼저 어린아이의 고기잡이 풍경은 한시적(漢詩的)인 분위기를 자아내는 낭만적인 풍경일 수도 있지만 극단적인 삶의 현장을 드러내는 비극적인 풍경일 수도 있다. 또한 감탄사는 아름다운 풍경에 대한 감탄일 수도, 절망적 현실에 대한 비탄일 수도 있다. 이 네 가지의 의미는 조합을 통해 몇 가지로 해석의 방향을 선택할 수 있다. 그러나 어느 의미도 다른 하나를 완전하게 배제할 수 없다는 데 이 시의 묘미가 있다. 본고에서는 이 풍경의 어린아이를 1연의 산새와 같은 역할을 하는 존재, 즉 현실의 비극성을 강화하는 존재로 보지만, 그러나 모든 전망이 폐쇄된 비극으로는 보지 않는다. "아"라는 양가적인 감탄사가 의미를 확정하지 않은 채 4연에까지 지속되고 있기 때문이다.

마지막 4연은 앞의 장면에 이어지는 풍경으로 보인다. 이 구절은 문법적으로 불완전하여 해석이 불명확한데, 그것은 한 개의 서술어('불타오른다')에 두 개의 주어(숯불, 죽엄)가 존재하기 때문이다. 마치 앞서의 양가적 의미가 하나의 해석을 기다리듯이. 이것을 해독하는 수사학적 행로에 두 갈래의 길이 있을 수 있는데 은유와 환유가 그것이다. 이것을 은유로 읽는다면 '숯불=죽엄(주검)'이 되어 눈 위에 펼쳐지는 비극적 장면 속에 내포된 열린 전망을 말하는 것이 된다. 이런 해석에 따르면 "눈 우에 피운 숯불"은 비극적 현실을 딛고 일어서려는 생의 의지이며, "죽엄"은 실제적인 시체가 아니라 비극적인 삶 자체의 보조관념이 된다. 이는 불꽃으로 승화되어 화자에게 아름다운 전망을 제공하는 것이다. 그러나 환유적인 노선을 따라간다면 화장(火葬) 풍경이라는 현실적 장면 속의 "숯불"에 인접한 실제적인 주검이 될 수 있다. 그러나 이 노선엔 문화사적 가능성에 대한 점검이 더 필요하다. 본고는 잠정적으로(모든 해석은 잠정적이다!) 은유의 노선을 따르기로 한다. 이렇게 하여 "아"라는 감탄사는 비탄(현실에 대한 절망)과 감탄(미래에의 전망의 트임)이라는 양가성을 그대로 지니면서 의미 해석에 기여하게 되는데, 이 점은 3, 4연에 공통되어 일관성을 지니게 된다.

이렇게 볼 때 〈深冬〉은 극한의 눈 속에서 추위를 이기기 위해 피워진 숯불이 아름답게 타오르듯, 제목(한겨울)으로 드러내는 비극적 현실 속에서 아름답게 열리는 전망을 노래한 환상적인 시가 된다. 그러나 이 환상은 불투명성에 기인하는 애초의 환상이 아니라 문화사적 해석을 거친 구체적인 환상이다.

이 작품에는 해석의 지평이 열려 있다. 어떤 의미를 택하는 것은 '현실에 대한 태도'나 문학과 언어를 바라보는 관점에 기인하는 것이겠지만, 어떤 노선을 택하든 해석자가 지향하는 완결된 의미로 모든 해석의 지평이 펼쳐져 있을 것이다. "슬픔으로 통하는 모든 노선이/ (……) 지도처럼 펼쳐 있"(오장환, 〈The Last Train〉)듯이.

日月

나의 가는 곳 어디나 白日이 없을소냐. 머언 未開人적 遺風을 그대로 星辰과 더부러 잠자고 비

白日 아래 애수는 깃들다

와 바람을 더부러 근심하고 나의 生命과 生命에 屬한것을 熱愛하되 삼가 愛憐에 빠지지 않음은

──그는 恥辱임일네라. 나의 원수와 원수에게 아첨하는 者에겐 가장 옳은 憎惡를 예비하였나

_ 유치환 〈日月〉

니 마지막 우르른 太陽이 두 瞳孔에 해바래기처럼 박힌채로 내 어느 不幸에 즘생처럼 무찔리

문 혜 원 | 가톨릭대학교
국문학과 강사

(屠)기로 오오 나의 세상의 거룩한 日月에 또한 무슨 悔恨인들 남길소냐.

日月

나의 가는 곳

어디나 白日이 없을소냐.

머언 未開ㅅ적 遺風을 그대로

星辰과 더부러 잠자고

비와 바람을 더부러 근심하고

나의 生命과

生命에 屬한것을 熱愛하되

삼가 愛憐에 빠지지 않음은

─그는 恥辱임일네라.

나의 원수와

원수에게 아첨하는 者에겐

가장 옳은 憎惡를 예비하였나니

마지막 우르른 太陽이

두 瞳孔에 해바래기처럼 박힌채로

내 어느 不意에 즘생처럼 무찔리(屠)기로

오오 나의 세상의 거룩한 日月에

또한 무슨 悔恨인들 남길소냐.[1]

　유치환의 시는 쉽다. 그의 시가 쉬운 이유는 기교를 부리지 않고 그대로
죽죽 써내려간 진술의 형식을 취하고 있기 때문이다. 그의 시는 별다른
함의를 함축하지 않은 일상의 진술과 별로 다를 것이 없다. 잘 조탁된 언
어의 아름다움이나 시적인 형식은 그다지 중요한 것이 못 된다. "청마의
시는 거의 진술에 의존하고 있다. 그는 시론이나 형태 혹은 기법에 대한
고려가 거의 없다"는 김윤식의 비판[2]이나, "시적인 기교를 따로 가지지
않고도 관점과 직관과 논리만으로써 시를 쓰고 문맥에만 의존하는 점에
있어서 그는 현대 시인으로서는 차라리 희귀한 타입에 속한다고 볼 수 있
다"는 김종길의 글[3]은 이러한 특징을 지적하고 있는 것이다.
　분석의 대상인 〈日月〉 역시 특별하게 어렵거나 모호한 부분을 따로 가
지고 있지는 않다. 아마도 이 시에 논란의 여지가 있다면 그것은 "원수"와
"원수에게 아첨하는 者"들이 누구인가 하는 문제일 것이다.
　구조적으로 볼 때 이 시는 "白日", "未開ㅅ적 遺風", "生命"과 "生命에 屬
한것" 대 "원수", "원수에 아첨하는 者", "不意"라는 대응 구조로 이루어져

---

1) 《청마시초》, 청색지사, 1939.
2) 김윤식, 〈허무주의와 수사학〉, 《현대문학》, 1970. 10.
3) 김종길, 〈非情의 哲學〉, 《시론》, 탐구당, 1985, 63면.

있다. "白日"과 "未開ㅅ적 遺風"이 "生命"에 속하는 것과 동궤에 있는 것이라면, "원수"는 이러한 생명을 해치는 혹은 생명과 반대되는 편에 속하는 것들일 것이다. 그렇다면 생명에게서 생명을 빼앗아가는 혹은 생명의 생명됨을 잃어버리게 하는 요인인 "원수"는 무엇일까? 김윤식은 이 시가 유치환이 만주로 이주하기 전 해에 씌어진 것에 착안하여 "만주 탈출 직전의 정신적 상황을 가장 단적으로 드러낸 것"[4]이라고 해석하고 있다. 유치환의 '정신적 상황'은 원수에 대한 반항의 방편으로 적극적인 저항이 아닌 '한 점 부끄러움이 없기를 日月 속에 맹세하고 살아가는 자세'를 선택하고 만주로 탈출하려는 자의 회한으로 설명된다. 여기서 "원수"는 당연히 '일제'라고 해석된다. 그러나 이러한 해석은 기본적으로 시인 자신의 시 외적인 진술[5]을 바탕으로 하고 있기 때문에, 객관적인 해석이라고 보기에는 미심쩍은 구석이 없지 않다. 시인의 자작시 해설은 시를 이해하는 보조 자료는 될 수 있지만 그것을 전적으로 작품 해석의 근거로 삼을 수는 없다. 왜냐하면 거기에는 시인의 감정이나 변명과 같은 주관적인 요인들이 다분히 내포되어 있기 때문이다. 설령 유치환 자신이 "원수"를 그와 같은 맥락에서 설명했다고 하더라도, 그 설명에 타당성이 있으려면 시 자체에서 정당한 근거를 찾을 수 있어야 한다.

　그러나 유치환의 시에서 '원수'의 존재는 모호하고 불특정한 의미로 사용되고 있다. 그 증거로 〈怨讐〉라는 제목을 가진 시를 보자.

4) 김윤식, 앞의 글.
5) 유치환, 《구름에 그린다》, 신흥출판사, 1959, 21~32면 참고.

내 愛憐에 疲로운 날

차라리 원수를 생각노라.

어디메 나의 원수여 있느뇨

내 오늘 그를 맞나 입마추려 하노니

오직 그의 匕首를 품은 惡意 앞에서만

나는 항상 옳고 强하였거늘.[6]

이 시에서 "원수"는 나를 옳고 강하게 살도록 하는 동기를 부여하는 필요악과 같은 존재다. 나는 애련에 피로해지는 날이면 원수를 생각하며 나의 마음을 다잡는다. 원수는 나에게 비수를 품은 악의를 드러냄으로써, 그에 대항하려는 나의 의지를 불러일으킨다. 그러므로 "원수"는 내가 애련에 빠지지 않도록 나를 깨우치는 일종의 항원 같은 것이다. 그것은 구체적인 어떤 대상이라기보다는 '내가 대항해야 할 어떤 것'이라는 아주 일반적인 의미로 사용되고 있다. 그러므로 이 시는 "원수"가 곧 '일제'라는 등식으로 설명될 수 없음을 증명하는 것이다.

다른 한 가지는 〈日月〉과 내용이나 주제면에서 유사성을 가지고 있는 〈生命의 序(1장)〉에서 발견된다.

나의 知識이 毒한 懷疑를 求하지 못하고

내 또한 삶의 愛憎을 다 짐 지지 못하여

---

6)《청마시초》, 청색지사, 1939.

病 든 나무처럼 生命이 부대낄 때

저 머나먼 亞剌比亞의 沙漠으로 나는 가자.

거기는 한 번 뜬 白日이 不死身같이 灼熱하고

一切가 모래 속에 死滅한 永劫의 虛寂에

오직 아라―의 神만이

밤마다 苦悶하고 彷徨하는 熱沙의 끝.

그 烈烈한 孤獨 가운데

옷자락을 나부끼고 호을로 서면

運命처럼 반드시 「나」와 對面케 될지니.

하여 「나」란 나의 생명이란

그 原始의 本然한 姿態를 다시 배우지 못하거든

차라리 나는 어느 沙丘에 悔恨 없는 白骨을 쪼이리라.[7]

소재와 주제 면에서 이 시는 〈日月〉과 상당히 유사한 내용으로 이루어져 있다. 생명과 백일이라는 소재가 공통적으로 등장하고, 〈日月〉의 "머언 未開人적 遺風", "愛憐", "즘생처럼 무찔리"는 것은 각각 "原始의 本然한 姿態", "삶의 愛憎", "沙丘"에 "白骨을 쪼이"는 것에 대응된다. 〈日月〉에서 "머언 未開人적 遺風을 그대로"하여 '星辰과 더불어 잠자고 비와 바람을

---

7) 《유치환 시선》, 정음사, 1958.

근심하는 것'은 곧 '나'의 원시의 상태를 의미하는 것이고, '어느 불의에 짐승처럼 죽어간다고 해도 무슨 회한이 남겠느냐'는 표현은 '나라는 생명의 원시의 본연한 자태를 배우기만 한다면 죽어도 여한이 없겠다'는 구절과 동일한 표현 방식으로 이루어져 있다. 〈生命의 序〉가 씌어진 것이 1938년이고 〈日月〉이 씌어진 해가 그 다음 해인 1939년이라는 것을 감안할 때 이러한 유사성은 좀더 분명해진다.

〈生命의 序〉에서 '나'는 고정된 지식과 삶의 애증 때문에 생명이 병든 나무처럼 부대끼고 있다. 병든 생명을 구출하기 위해 찾는 곳이 '사막'이며, 그 사막은 모든 것이 사멸해 버리고 뜨거운 태양(백일)만이 작열하는 곳이다. 그곳에서 '나'는 '나'라는 생명의 "原始의 本然한 姿態"를 배운다. 여기서 '나'의 생명을 죽이는 것은 1연에서 제시되는 "삶의 愛憎" 즉 "愛憐"이다. 이로 미루어본다면, 〈日月〉의 "원수"는 "愛憐"과 거의 동일한 의미로 파악될 수 있을 것이다. 즉 지상의 "의리니 애정이니 그 濕하고 거미줄 같은 속"(〈車窓에서〉)에서 초극하려는 시인의 의지를 흔들리게 하는 감정의 자잘한 얽힘 같은 것들이다.

그러나 이렇게 읽으면 〈日月〉의 3, 4연은 '애련에 빠지는 것은 치욕이다. 애련에 빠지는 것에는 증오를 준비했다'는 어색한 내용이 되어버린다. 또한 김윤식이 날카롭게 지적한 것처럼, '증오'는 '애련'과 거의 동질적인 감정이므로 구절 자체에 모순이 발생한다. 그것 자체가 애련의 감정인 '증오'로써 '애련'을 극복한다는 것은 언어 도단이다.

이러한 모순은 유치환의 시가 가지고 있는 관념성에서 비롯된다. 그의 시들은 대부분 지상을 벗어나 하늘을 향하는 수직적인 이미지를 가지고 있다. 하늘(창공, 태양)을 지향하는 의지는 정신의 고결함, 꿋꿋함, 남성적 풍격 등과 같은 것으로 파악되지만, 그 한편으로 시인에게 외로움과 고독, 슬픔을 불러일으키는 원인이 된다. "내 죽으면 한 개 바위가 되리라"(〈바위〉)는 다짐의 이면에는 "진실로 白日이 무슨 의미러뇨/나는 非力하야 앉은뱅이/일력은 헛되이 모가지에 汚辱의 年輪만 끼치고/남은 것은 오직 즘생같은 悲怒이어늘"(〈非力의 詩〉)이라는 자학과 절망이 있는 것이다. 〈旗빨〉에는 이처럼 모순되는 두 가지의 특징이 한데 응집되어 있다.

이것은 소리없는 아우성
저 푸른 海原을 向하야 흔드는
永遠한 노스탈쟈의 손수건
純情은 물결같이 바람에 나부끼고
오로지 맑고 곧은 理念의 標ㅅ대 끝에
哀愁는 白鷺처럼 날개를 펴다.
아아 누구던가
이렇게 슬프고도 애닲은 마음을
맨처음 공중에 달줄을 안 그는.[8]

이 시에서 눈여겨보아야 할 대목은 "맑고 곧은 理念의 標ㅅ대"와 "哀愁"의 조합이다. 왜 '슬프고도 애달픈 마음' 일까? 시의 맥락으로 볼 때 그 이

---

8)《청마시초》, 청색지사, 1939.

유는 "저 푸른 海原"에 대한 향수 때문이다. 그곳으로 가고 싶지만 깃대에 매여 있어 갈 수 없는 마음. '너'에게 갈 수 없는 깃발의 이미지는 "바람 센 오늘은 더욱 너 그리워/진종일 헛되이 나의 마음은/공중의 기ㅅ발처럼 울고만 있나니"(〈그리움〉)에서도 동일하게 나타난다. 바람은 지향하는 곳으로 깃발을 날려주는 보조 역할을 하지만, 깃발은 깃대에 매달려 있으므로 결국에는 그곳에 갈 수 없는 것이다. 깃대가 "맑고 곧은 理念의 標ㅅ대"라면, 나부끼는 깃발은 "哀愁"이다. 시인은 이념을 세워놓고 있지만, 그 이념에는 처음부터 애수가 날개를 펴고 있는 것이다.

이 시에서 주목해야 할 것은 "맑고 곧은 理念의 標ㅅ대"가 아니라 오히려 그에 매달려 나부끼는 "哀愁"이다. 이념(의지)의 깃대를 세웠으나 끊임없이 해원(너)을 향해 나부끼며, 가지 못하는 슬픔과 애수에 잠기는 것. 그것이 유치환 시의 자리이다. 그의 시가 의지적인 듯하면서도 동시에 감상적인 측면을 드러내는 것은 의지와 감정 사이의 불일치 때문이다. 그는 처음부터 지상의 것을 초월한 높고 고결한 것을 지향하고 있지만, 그것은 관념적이고 자기 최면적이다. 그의 시에서 초월을 향한 의지는 구체화되지 못하고 시적인 해결책 또한 발견되지 않는다. 남성적이고 직설적인 어조는 그의 시를 힘차고 지사적인 것으로 느끼게 하지만, 그 안에 응축된 의지를 결집시키지 못함으로써 공허한 자기 암시의 차원으로 떨어지게 한다.

〈日月〉이 표면상 강인한 의지를 표출하고 있음에도 불구하고 공허하게 느껴지는 것 또한 이런 이유 때문이다. "원수"가 구체적으로 무엇을 뜻하는 것인지 밝혀지려면, 먼저 그에 대응되는 "生命"과 "未開ㅅ적 遺風"이 무엇인지 밝혀져야 한다. 그러나 유치환의 시에서 '생명'은 그것 자체가 '원시적인 본연의 어떤 것'이라는 막연하고 일반적인 의미로 사용되고 있다. 생명이나 원시적인 어떤 것은 추상화된 관념에 지나지 않는다. 그가 혼신을 기울여 추구한 '생명'이 그처럼 추상적인 것이라면, 그에 반대되는 '원수' 역시 '생명에 반하는 어떤 것'이라는 막연한 의미로 설명될 수밖에 없다. 그것이 일제이든 애런이든, 공통적인 것은 그것 역시 또 하나의 관념에 지나지 않는다는 점이다.

自畵像

에비는 종이었다 밤이기퍼도 오지않었다. 파뿌리같이 늙은할머니와 대추꽃이 한주 서 있을

서정주의 〈自畵像〉을

뿐이었다. 어매는 달을두고 풋살구가 꼭하나만 먹고싶다하였으나…… 흙으로 바람벽한 호

새롭게 읽는다는 것의 의미

롱불밑에 손톱이 깜한 에미의아들. 甲午年이라든가 바다에 나거서는 도라오지않는다하는 外

_ 서정주 〈自畵像〉

할아버지의 숯많은 머리털과 그 크다란눈이 나는 닮었다한다. 스물세햇동안 나를 키운건 八

| 송 희 복 | 진주교육대학교 국어교육과 교수

헬이 바람이다. 세상은 가도가도 부끄럽기만하드라 어떤이는 내눈에서 罪人을 읽고가고 어

떤이는 내입에서 天痴를 읽고가나 나는 아무것도 뉘우치진 않을란다. 찰란히 티워오는 어느

아침에도 이마우에 언친 詩의 이슬에는 몇방울의 피가 언제나 서껴있어 볓이거나 그늘이거

나 혓바닥 느러트린 병든 수캐만양 헐덕어리며 나는 왔다.

自畵像

애비는 종이었다 밤이기퍼도 오지않었다.

파뿌리같이 늙은할머니와 대추꽃이 한주 서 있을뿐이었다.

어매는 달을두고 풋살구가 꼭하나만 먹고싶다하였으나…… 흙으로 바람벽

한 호롱불밑에

　손톱이 깜한 에미의아들.

甲午年이라든가 바다에 나거서는 도라오지않는다하는 外할아버지의 숯많은

머리털과

　그 크다란눈이 나는 닮었다한다.

스물세햇동안 나를 키운건 八割이 바람이다.

세상은 가도가도 부끄럽기만하드라

어떤이는 내눈에서 罪人을 읽고가고

어떤이는 내입에서 天痴를 읽고가나

나는 아무것도 뉘우치진 않을란다.

찰란히 티워오는 어느아침에도

이마우에 언친 詩의 이슬에는

멫방울의 피가 언제나 서껴있어

볓이거나 그늘이거나 혓바닥 느러트린

병든 수캐만양 헐덕어리며 나는 왔다.[1]

주지하듯이, 서정주의 〈自畵像〉은 그 자신의 처녀작이 아니다. 처녀작이란, 최초의 발표작이라고 할 수 있고 공인된 문단 등용의 첫번째 작품일 수 있다. 한 작가의 문학적인 생애를 논의할 때, 처녀작은 최초, 첫번째 그 이상의 의미를 지니고 있다. 일반적인 관점에서 볼 때, 서정주의 처녀작으로 인정되는 것은, 본인의 의사와 상관없이—투고작이 응모작으로 오인되어—1936년《동아일보》신춘문예 당선작이 된 〈벽〉이다.

엄밀하게 따지자면, 이 역시도 처녀작이 아니다. 〈벽〉이전에, 그는 적어도 네 편의 투고작들을《동아일보》지면에 발표했다. 가장 시기적으로 오래된 투고작은 〈그 어머니의 부탁〉(동아일보, 1933. 12. 24)이다. 이 작품은 최초의 발표작이란 점에서 처녀작이라고 할 수 있다.

그러나 진정한 의미의 처녀작이 〈自畵像〉이라는 데 이론의 여지가 있을 수 없다. 이 작품은 1939년에 발표된 것으로, 서정주가 첫번째 시집《花蛇集》(1941)을 상자할 때 이 작품을 모두(冒頭)에 제시했다. 이 작품 이전에 발표된 십 수 편의 시를, 그는 습작의 수준으로 치부하여 시집에 수록하지 않았다. 더욱이 〈自畵像〉은 서정주가 60여 년 간 이룩했던 바 거대한 축조물과도 같은 그의 시 세계를 감안할 때 상당히 드라마틱한 서곡(序

---

1) 인용시는 서정주의 《화사집》(남만서고 제3회 간행서, 1941)을 전거로 삼았다. 맞춤법과 띄어쓰기와 문장부호는 원전을 그대로 따랐으며, 다만 들여쓰기(indention)의 형태에 알맞은 구성법에 맞추어 표기했다.

曲)의 인상을 주기에 충분하다. 전반적인 인상의 서시적(序詩的)인 작품이라고 할까?

어쨌든 이 작품은 본문 비평의 입장에서도 중요한 의미를 지닌 작품이라고 할 수 있다. 낱말, 어구, 문장 하나하나가 전체적인 의미 형성에 큰 영향을 줄 뿐더러, 조연현 이래 수많은 평론가와 국문학자들에 의해 해설과 해석이 가해졌을 만큼 다의성이 농후한 것이 서정주의 〈自畵像〉이다.

그런데 이 시를 이해하는 데 기본적인 텍스트 관련 양상을 소홀히 처리하는 감이 없지 않다. 필자는 이 점에 관해 몇 가지의 의견을 제시할 것이거니와, 우선 이 시가 해석상의 논란이 되었던 사례를 인용해 보겠다.

먼저 "대추꽃"에 대해서. 이를 대추나무로 번역해야 하느냐 대추꽃으로 해야 하느냐에 대한 시비가 있었다. 대추꽃이 핀 대추나무인지 아직 꽃도 안 핀 대추나무인지 분간하기 어렵다. 이학수 교수는 이를 꽃 핀 대추나무 "a blossoming date tree"로 번역한 바 있고, 멕켄 교수도 "one flowering date tree"라 함으로써 지금 대추꽃이 피어 있는 것으로 파악한다. 그 다음 문제점은 "달을 두고……"이다. 달마다이냐, 몇 달 간이냐, 한 달 내내이냐를 두고 멕켄 · 마샬 필 · 이학수 교수 사이에 논란이 일고 있음을 보았다. 브리검영대학(유타주)에서 열린 한국 문학 세미나(1985. 10. 11~13)에 내가 참석한 바 있었는데, 멕켄의 문제 제기는 이러하였다.

"Mother, unmooned, longed for green apricots", "unmooned"란 달이 없다는 뜻의 조어이다. 그로서는 이 방법밖에 없다는 것이다.

입덧이란 일 년 내내 있는 것도 아니며 그렇다고 몇 달 계속되는 것도 아니다. 이 두 가지 사실을 전달하기 위해서는 조어가 요청되지 않을 수 없었다.[2]

이 인용문은 1985년 미국의 한 세미나장에서 있었던 상황을 잘 설명하고 있다. 여기에 참석한 바 있는 김윤식 교수의 저서에서 따왔다. 〈자화상〉에 표현된 '대추꽃'과 '달을 두고'를 영문으로 어떻게 표현해야 되느냐 하는 문제를 놓고 논란이 오갔던 모양이다.

김윤식 교수는 "달을 두고"를 'unmooned'란 신조어로 번역한 이가 멕켄 교수라고 했는데, 유종호 교수의 〈시인과 모국어〉라는 논문에서는 피터 리(Piter H. Lee)라고 소개하고 있다. 피터 리는 '이학수'라는 한국명을 가진 재미 학자이다. 서정주의 〈自畵像〉을 영문으로 번역한 같은 시를 두고, 김윤식 교수는 코넬대학교에 재직하는 멕켄이라고 했고, 유종호 교수는 피터 리라고 소개한 바 있다. 김윤식과 유종호, 두 분 중에서 누군가가 착각하고 있음이 분명하다.[3] 어쨌거나, "달을 두고"라는 난해한 표현이 어떻게 풀이되어 왔는지를 살펴보자면 다음과 같이 요약될 수 있다.

① 1980년, 피터 리(혹은 멕켄)는 생리정지 현상을 뜻하는 '월경을 그만두고'의 조어 'unmooned'로 번역했다.

---

2) 김윤식, 〈예술 기행〉, 《풍경과 계시》, 동아출판사, 1995, 95면.
3) 김윤식의 앞의 책, 249~250면과 유종호의 《사회역사적 상상력》, 민음사, 1987, 147~148면을 대조하여 참고.

②1980년, 이남호는 '해산달을 (앞)두고' 로 보았다.

③1982년, 일본인 학자 고노 에이지(鴻農映二)는 '달을 처다보고(月を仰ぎ)' 로 번역했다. 이는 오역이라고 할 수 있다.

④1984년, 유종호는 '임신한 기간 중 한 달을 두고' 로 해석했다.

⑤1995년, 김윤식은 '달마다', '한 달 내내', '몇 달' 등으로 해석될 수 있다고 했다.[4]

이 다섯 가지 해석을 볼 때, 가장 합당하게 풀이한 경우는 네 번째 유종호의 사례이다. 그도 그럴 것이, "달을 두고" 바로 뒤에 이어서 등장하는 시어 "풋살구"가 여성의 임신 초기의 입덧과 관련될 만한 단어이기 때문이다. 동생을 임신한 어머니가 먹고 싶어하는 풋살구조차 구해 주지 못할 만큼 바쁜 아버지의 부재라는 가족사적 상황을 화자는 말하고 있는 것이다.

서정주의 〈自畵像〉을 정확하고 세밀하게 읽기 위해서는, 그것이 시집 《花蛇集》에서 개작되기 이전의 본디 텍스트 상태, 즉 원전(archetext)을 주의 깊게 되짚어보아야 한다. 굳이 〈自畵像〉이 아니라 해도, 우리는 그것을 너무 쉽사리 간과해 버리고는 한다. 필자가 아는 한, 아무도 〈自畵像〉 원전의 본문을 대조한 적이 없었다. 김용직의 〈직정미학의 충격파고—서정주론〉(1992)에서는 〈自畵像〉을 원전인 《시건설》과 개작본이 실린 《花

---

4) 김윤식, 앞의 책, 250면 참고.

蛇集》에서 동시에 인용하고 있음을 밝히고 있으나 인용시와 해설 중에서 어느 하나 대조한 흔적이 보이지 않는다.[5] 《시건설》 제7집(1938. 10)에 발표된 원본 〈自畫像〉은 이와 같다.

애비는 종이었다. 밤이 깊어도 오지를 않았다. 파뿌리같이 늙은 할머니와 대추꽃이 한주 서있을뿐이었다. 어머니는 달을두고 풋살구가 꼭 하나만 먹고싶다고 하였으나…… 흙으로 바람벽 한 호로불밑에 손톱이 깜한 에미의 아들. 甲戌年이라든가 바다에 나가서는 오지 않는다는 外할아버니의 숱많은 머리턱과 그커다란 눈이 나는닮었다 한다.

스물세해동안 나를 키운건 八割이 바람이다. 세상은 가도가도 부즈럽기만 하드라. 어떤이는 내 눈에서 罪人을 읽고 가고 어떤이는 내입에서 天痴를 일고 가나 나는 아무것도 뉘우치진 않으란다.

찬란히 티워오는 어느 아침에도
이마우에 얹힌 詩의 이슬에는
몇방울의피가 언제나 맺혀있어─
볕이거나 그늘이거나 혓바닥 느러트린 病든 수캐만양 헐덕어리며 나는 왔다.

---

5) 《현대시》, 1992. 2, 202~204면 참고.

원본(1939)과 개작본(1941)의 차이는 다소 분명히 드러나고 있다. 정서법에 있어서는 큰 차이가 없으나, 오히려 원본이 개작본보다 현대 표기법에 가깝다. 시 형태론적인 측면에서 볼 때, 전자에 비해 후자가 형식적인 안정감을 얻고 있다. 전자가 3연시의 산문적인 배열로 이루어져 있다면, 후자는 16행시의 정연한 행갈이로 질서 있게 재배열되어 있다.[6]

무엇보다도, 개작의 흔적은 시어 선택에서 두드러지게 나타나는데, 이를테면 ① 어머니〉어매, ② 호로불〉호롱불, ③ 甲戌年〉甲午年, ④ 부즈럽기만〉부끄럽기만, ⑤ 맺혀있어〉서껴있어 등이 바로 그것이다. ①은 표준어에서 방언으로의 역행 현상을 보이고 있지만 자연 언어가 갖는 생동감을 잘 살렸다. ②는 석유를 담는 호롱과, 술·약을 담는 전통 용기로서의 호로병(→호리병)이 갖는 형태상의 유사성에서 기인된 약간의 착오를 교정한 듯하다. ⑤는 맺힘과 섞임 사이에 존재하는 원형상징으로서의 어감과 어의의 차이가 있는 것으로 판단된다.

문제는 ③과 ④에 있다.

유종호는 앞의 논문에서 "甲午年"의 영문 번역이 'the year of reforms' 즉 갑오경장이기보다는 'the year of revolts' 즉 동학혁명이 더 적절하다고 말한다. 또 그는 말한다. 외조부가 어업에 종사하다가 실종되었을 가능성과 함께, 바다에 간다고 나섰다가 혁명의 소용돌이 속에 휘말려 행방이 묘연해진 가능성도 배제할 수 없다[7]고……. 시인의 고향이 동학혁

---

6) 대부분의 사람들은 개작본 〈自畵像〉을 2연시로 오인하고 있다. 시집의 면수가 넘어가면서 연갈이의 휴지 부분을 인식하지 못하기 때문이다. 시집 《화사집》을 자세히 보면 이 시는 3연시로 이루어져 있음이 명백하다.

7) 유종호, 앞의 책, 151면.

명의 영향권에 속해 있는 것이 사실이지만, 시인의 전기적 생애에서 동학
또는 동학혁명의 개념적 단서를 아무리 찾으려고 해도 찾을 수 없는 것도
엄연한 사실이다. 원본에 "甲戌年"으로 표기돼 있다는 것은, 시인이 갑오
년을 갑술년으로 잘못 기억하고 있을 만큼 이 시가 갑오년 동학혁명과 전
혀 무관하게 씌어졌다는 사실을 반증하는 것이다. 문학 비평 및 연구에
있어서 사회문화적인 의미의 부여는 엄밀한 텍스트 비판이 선행되어야
한다는 것은 두말할 나위가 없다.

서정주의 〈自畵像〉 개작 과정에서 가장 핵심적인 현안으로 제기되는 것
은 "부즈럽기만"에서 "부끄럽기만"으로의 전이에 대한 적절한 설명이라
고 할 수 있다. 단순한 오식(誤植)의 교정이라고 치부해 버린다면 문제는
단순해진다. 하지만 문제는 이것이 결코 단순하지 않다는 데 있다.

'부즈럽다'는 〈自畵像〉이 발표된 동시대에 최초의 국어사전으로 간행
된 문세영(文世榮)의 《조선어사전》(박문서관, 1938)에 의하면, '부질없
다'의 동의어에 해당된다. 즉, 이 낱말은 "긴할 것이 없다, 쓸데 없다"(같
은 사전, 654면)로 풀이된다. 국립국어연구원에서 최근에 간행한 《표준
국어대사전》은 '부즈럽다'가 '부질없다'의 잘못된 말이라고 설명하고 있
으며, '부질없다'를 '대수롭지 아니하거나 쓸모가 없다'라고 풀이하고 있
다. '부질없다'의 뜻이 예나 지금이나 별 차이가 없다는 사실이 확인된다.

서정주의 초기 시 세계에 관심을 기울여온 많은 사람들은, 개작본에 표
현된 이 '부끄러움'은 온전히 적절한 표현이 되지 못하며, 여기에서 '부
끄러움'의 감정은 '수줍음'의 감정으로 대체되어야 한다고 말한다. 부끄
러움이 잘못되거나 나쁜 일을 전제로 한다면, 수줍음은 숫기가 없어 다른

사람 앞에 당당히 나서지 못하는 것을 뜻한다. 〈自畵像〉의 시적 화자는, 잘 못되거나 나쁜 일을 저지른 데 따른 결과라기보다, 자기의 태도와 상관없는 남의 태도, 즉 자기를 대하는 세상의 시선에 의해 생성된 자기 감정의 결과를 드러내고 있을 뿐이다.[8] 그렇기 때문에, 그에겐 아무것도 뉘우칠 것이 없다.

원본의 '부질없음'이 단순한 오식의 차원에 머무는 것이 아니라면, 이 말에는 약간의 허무의식이 수반되어 있다고 봐야 할 것이다. 허무의식을 수반하는 시어로 예상된다면, 그 어감의 강·중·약에 따라 '덧없다'와 '속절없다'와 '부질없다'로 분류될 수도 있을 것이다. 시적 화자가 존재로서의 생성 환경이 열악한 조건에서 성장했던 것은 시인의 전기적인 자료에서도 확인된다.[9] 그의 성장 과정이 순탄하지 않았기 때문에 세상에 대한 소외감과 허무감을 갖게 되는 것은 필지의 사실이다. 그리하여 그는 필생의 업인 시쓰기로써 자신의 삶을 설계하겠다는 결의를 보여주기에 이른다.

"스물세햇동안 나를 키운건 八割이 바람이다." 이 말은 한국시사 가운데, 아름다운 빛을 발하고 독특한 느낌을 환기하는 명구·명언 중의 하나이다. 많은 사람들은 이 말을 통해 세간의 어려움에 대한 위안을 얻었으리라. 바람은 생명의 활성과, 영혼의 일깨움, 고취, 역동성, 그리고 사람과 사람을 이어주면서 사회적인 존재로 확장되는 것 등이 될 것이다.

---

8) 임홍빈 편저, 《뉘앙스 풀이를 겸한 우리말 사전》, 아카데미하우스, 1993, 347면 참고.
9) 서정주, 〈속 나의 방랑기〉, 인문평론, 1940. 4. 참고.

"이슬"은 일종의 정화수이리라. 시인의 부질없는 감정에서 부끄러운 생각으로의 전이 양상에서 생겨난 모든 것을 정결하게 맑히는 것, 그것은 또 세상의 어둠마저 밝히려 한다. 따라서, 그것은 가장 미시적인 세계의 축도로 상징된다. 반면에, "피"는 P. 휠라이트에 의하면 사회적 금기 또는 죽음의 이미지를 동반한다. 그렇지만 시인에게 그 피는 시라고 일컬어지는 새로운 생명의 잉태를 위해 몸부림치는 시인의 창조적인 혼돈이면서 그 창조력의 기율(紀律)로서 작용하는 것이다. 시인으로서 자신의 장래를 예감하고, 또한 시인으로서 "찰란히 티워오는" 아침을 예언하면서 말이다.

기존에 보편적으로 이해되어 온 시작품, 특히 문학 교육을 통해 습득한 고정관념으로부터 벗어나 새로운 시각으로 바라본다는 것의 의미는 도대체 무엇일까? 그것은 취미의 교정이며, 감수성의 쇄신이며, 비평의식을 한 단계 승격시키는 일이다. 서정주의 〈自畵像〉을 새롭게 읽는다는 것의 의미도 여기에 있을 것이리라.

바다

귀기우려도 있는것은 역시 바다와 나뿐. 밀려왔다 밀려가는 무수한 물결우에 무수한 밤이 往

진취적인 기백의 정서

來하나 길은 恒時 있고. 길은 결국 아무데도 없다. 아―반딧불만한 등불 하나도 없이 울음에

젖은얼굴을 온전한 어둠 속에 숨기어가지고…… 너는, 無言의 海心에 홀로 타오르는 한낫 꽃

_ 서정주 〈바다〉

같은 心臟으로 沈沒하라. 아―스스로히 푸르른 情熱에 넘쳐 둥그란 하눌을 이고 웅얼거리는

| 이승하 | 중앙대학교 문예창작과 교수 |

바다, 바다의깊이우에 네 구멍 뚫린 피리를 불고…… 청년아. 애비를 잊어버려, 에미를 잊어

버려, 兄弟와 親戚 어데나과 동모를 잊어버려, 마지막 네 게집을 잊어버려, 아라스카로 가라,

아니 아라비아로 가라, 아니 아메리카로 가라, 아니 아푸리카로 가라 아니 沈沒하라. 沈沒하

라, 沈沒하라! 오―어지러운 心臟의 무게우에 풀닢처럼 훗날리는 머리칼을 달고 이리도 괴로

운나는 어찌 끝끝내 바다에 그득해야 하는가. 눈뜨라. 사랑하는 눈을뜨라…… 청년아. 산 바

다의 어느 東西南北으로도 밤과 피에젖은 國土가있다. 아라스카로 가라! 아라비아로 가라!

아메리카로 가라! 아푸리카로 가라!

바다

귀기우려도 있는것은 역시 바다와 나뿐.

밀려왔다 밀려가는 무수한 물결우에 무수한 밤이 往來하나

길은 恒時 있고, 길은 결국 아무데도 없다.

아―반딧불만한 등불 하나도 없이

울음에 젖은얼굴을 온전한 어둠 속에 숨기어가지고…… 너는,

無言의 海心에 홀로 타오르는

한낫 꽃같은 心臟으로 沈沒하라.

아―스스로히 푸르른 情熱에 넘쳐

둥그란 하눌을 이고 웅얼거리는 바다,

바다의깊이우에

네 구멍 뚫린 피리를 불고…… 청년아.

애비를 잊어버려,

에미를 잊어버려,

兄弟와 親戚 어데나과 동모를 잊어버려,

마지막 네 게집을 잊어버려,

아라스카로 가라, 아니 아라비아로 가라,

아니 아메리카로 가라, 아니 아푸리카로

가라 아니 沈沒하라. 沈沒하라. 沈沒하라!

오―어지러운 心臟의 무게우에 풀닢처럼 홋날리는 머리칼을 달고

이리도 괴로운나는 어찌 끝끝내 바다에 그득해야 하는가.

눈뜨라. 사랑하는 눈을뜨라…… 청년아,

산 바다의 어느 東西南北으로도

밤과 피에젖은 國土가있다.

아라스카로 가라!

아라비아로 가라!

아메리카로 가라!

아푸리카로 가라![1]

1

《花蛇集》은 미당(未堂) 서정주가 시인 오장환이 발행인으로 있던 '남만서고'를 통해 1941년에 펴낸 첫 시집이다. 이 시집에는 그의 대표작으로 지금까지 거론되고 있는 〈自畵像〉, 〈문둥이〉, 〈花蛇〉, 〈水帶洞詩〉, 〈壁〉, 〈西風賦〉, 〈復活〉 등 주옥 같은 시 24편이 실려 있다. 이 시집 제5부에 실려 있

---

1) 《화사집》, 남만서고, 1941.

는 〈바다〉는 그의 초기 대표작으로 좀처럼 거론되지 않았던 작품이다. 아니, 다음과 같이 비판의 대상이 되곤 했던 작품이다.

따라서 우리는 불완전한 미화작용을 의심케 하는 이런 구절(제2연 3~4행—필자)에서 의미를 파악할 수 있는 것은 "沈沒하라"는 네 글자뿐이 아닌가 하고 느끼게 된다.[2]

이와 같이 이 시인의 내면적인 허무의식은 "海心에 홀로 타오르는" 정열에 넘쳐 "바다에 그득한" 심장의 고통을 안고 부모 · 형제 · 처자 · 친구 · 친척 · 이웃 등 그 모든 것과 결별하고 "길은 항시 어데나 있고/ 길은 결국 아무데도 없었던", "등불 하나도 없는" 검은 공허를 방황하게 된 것이다.[3]

송욱이 〈바다〉를 무척 난해한 시로 매도한 것도 그렇지만 김학동이 허무의식에 사로잡힌 시인의 "검은 공허"의 시로 치부한 것은 납득하기가 어렵다. 김시태도 〈바다〉의 제4연을 인용한 뒤 "이 시인 특유의 저항과 반역과 통곡과 절규의 목소리"라고 했을 뿐 작품에 대한 논의는 한 마디도 하지 않고 넘어가버렸다. 심지어 김학동은 미당이 이 시에서 외국 지명을 나열한 데 대해 "서구적인 하늘" 운운하면서 이국취미로 몰아붙이는 발언을 하고 있다. 〈바다〉에 대해 가장 온당하게 평가한 이는 천이두이다.

---

2) 송욱, 〈서정주론〉, 《문예》, 1949.
3) 김학동, 〈서정주 시인론〉, 《동양문고》, 1966. 6.

《花蛇集》전편 가운데서도 특히 백미로 꼽을 수 있는 〈바다〉에 이르러 서정주의 자의식은 한 극단에 이른다. (……) 1930년대의 그 암담한 상황 속에서 앞뒤가 꽉 막혀버린 한국 지식인의 절망적인 정신풍경을 이 작품에서처럼 뼈저리게 느낄 수 있는 작품은 거의 없으리라고 필자는 생각한다. (……) 사실 이 작품에서 우리는 하나의 '죽음'을 목격하게 되는 것이다. 애비와 에미와 형제와 친척과 동무와 그리고 마지막으로 자기 계집까지도 잊어버려야 하는 철두철미한 고독에 도달하는 것, 그것은 하나의 죽음에 해당하는 행위이기 때문이다.[4]

천이두 정도가 〈바다〉의 가치를 인정해 준 평론가이지만 그의 평가는 미당 개인의 절망적인 내면 세계와 죽음의식에 국한되어 있기에 많은 아쉬움이 남는다. 아무튼 나는 〈바다〉가 미당의 초기 대표작일 뿐만 아니라 그 당시 우리 시문학을 대표하는 최고 작품으로 꼽아도 별 손색이 없다고 생각한다. 개인적인 얘기를 좀 한다.

내가 이 시를 처음 접한 것은 고교 시절을 2개월 재학으로 접고 검정고시를 준비할 때였다. 일일계획표를 짜놓고 참고서를 선생님삼아 고등학교 교과서에 실려 있는 시들을 공부하면서 나도 언젠가는 이런 감동적인 시를 써보리라 다짐도 했었지만 약간의 의아심도 생겨나는 것이었다. 우리 시인들은 왜 여성 화자를 이렇게 많이 등장시켰을까. 왜 시에 이다지 이별과 눈물과 기다림이 많을까. 왜 우리나라 서정시는 유약하고 단아하

---

4) 천이두, 〈지옥과 열반〉, 《시문학》, 1972. 7.

기만 할까. 소월의 〈진달래꽃〉은 애이불비를, 영랑의 〈모란이 피기까지는〉은 일편단심을, 만해의 〈님의 침묵〉은 회자정리를 노래한 시라고 참고서에 설명이 되어 있었는데, 내가 보건대 이들 시에 스며 있는 감상(感傷)과 회한은 1920~1930년대 우리 시의 가장 흔한 정서였다. 애상과 비애의 정서를 지닌 시가 일제시대 내내 참으로 많이 쓰어진 것이 이해는 되었지만 아쉬움도 느껴졌다. 일제에 의해 목숨을 잃었으며, 저항의 의지가 뚜렷한 시를 남긴 이육사와 윤동주의 시에도 감상과 회한은 조금씩이나마 배어 있었고, 상화의 〈빼앗긴 들에도 봄은 오는가〉나 소월의 〈招魂〉, 영랑의 〈毒을 차고〉 같은 절창도 그의 전 작품들을 통해서 볼 때는 예외적인 작품에 속했다.

유치환의 〈生命의 書〉와 김춘수의 〈부다페스트에서의 소녀의 죽음〉을 줄줄 외울 수 있었던 나는 그런 힘찬 시가 마음에 들었다. 그러니 자연히 〈국화 옆에서〉, 〈春香遺文〉, 〈歸蜀道〉 등 서정주의 여러 시를 애송하면서도 이들 작품이 지나치게 고색창연하거나 유약하게 느껴져 그다지 만족스럽게 생각되지 않는 것이었다. 일제시대 시인들의 나라 잃은 슬픔이 오죽했으랴만 때때로 고구려 사람들의 웅혼한 기백의 정서, 백제 사람들의 진취적 기상의 정서를 보여줄 수는 없었던 것일까. 향가의 박진감, 사설시조와 판소리의 비판 정신, 민요의 민중 정서, 무가의 상상력, 한시의 선비 정신, 선시의 불교 정신 중 우리 현대시는 한 가지도 배울 수 없었단 말인가. 도대체 시에서 강인함이란 것을 찾아보기 어려웠으니, 서구 낭만주의를 우리는 완전히 왜곡해서 받아들였던 셈이었다.

그러나 〈바다〉는 그렇지 않았다. 성장기 소년이었던 내게 언어가 갖고 있는 역동성, 그 힘찬 기운에 전율케 한 시가 바로 〈바다〉이다. 이러한 남성 화자의 힘이 넘쳐나는 시, '웅혼한 기백의 정서'와 '진취적 기상의 정서'를 노래한 시를 발견하기란 우리 문학사에서 얼마나 드문 것인가. 여성 화자가 등장하여 애상의 정서를 노래한 시가 일제하 우리 시의 한 정점을 이루고 있음을 나는 부정하지 않는다. 그러나 우리 인생에서 젊은 시절은 그 어느 때보다 많은 고뇌와 방황의 나날을 보내는 시기가 아닌가. 〈바다〉가 10대 후반의 내게 준 용기를 이 자리에서 다 말할 수는 없다.

2

일제 치하 36년 동안 우리 민족은 조국에서는 도저히 살아갈 방도가 없어 이국 땅으로 남부여대하여 줄줄이 이주한다. 징용과 징병, 식량 공출과 놋그릇 공출, 독립운동가 고문과 제암리 학살…… . 특히 이 시가 씌어졌을 1930년대 말부터 1940년대 초에 걸쳐 신사참배와 일본어 상용과 창씨개명이 차례차례 강압적으로 이루어지기 시작해 한국인으로서의 기본적인 권리를 거의 전부 박탈당하는 암담한 시대를 맞이하게 된다.

귀기우려도 있는것은 역시 바다와 나뿐.
밀려왔다 밀려가는 무수한 물결우에 무수한 밤이 往來하나
길은 恒時 어데나 있고, 길은 결국 아무데도 없다.

무수한 밤이 왕래하는 바다는 어둡기만 한 나라의 운명을 말해 주고 있다. 태풍인지 장마인지 해가 뜨지 않는데 시인은 바다를 떠나지 못한다.

밀려왔다 밀려가는 물결 소리만 들리는 바다, 반딧불만한 등불 하나 보이지 않는 바다, 둥그런 하늘을 이고 웅얼거리는 바다. 미당은 캄캄한, 아니 암담한 바다를 보며 탄식한다. 길은 항시 어디로나 나 있는데 길은 결국 아무 데도 없다고 하면서. 발길을 옮기면 다 길이건만 발길을 옮길 수가 없으니 길은 없는 것이나 마찬가지라는 뜻이다. 저 바다 너머 어디로든 가고 싶어도 갈 수 없는 상황, 바로 식민지 원주민의 한계 상황에 대한 처절한 인식이 아니고 무엇이랴.

> 아 — 반딧불만한 등불 하나도 없이
> 울음에 젖은얼굴을 온전한 어둠 속에 숨기어가지고…… 너는,
> 無言의 海心에 홀로 타오르는
> 한낮 꽃같은 心臟으로 沈沒하라.

제2연은 상징주의의 영향이 짙게 배어 있어 이 시의 무게중심을 흔들리게 하는데, 〈바다〉가 지닌 가장 큰 약점이라고 생각한다. 인용한 부분의 뒤 2행은 보들레르의 영향을 받지 않았다면 탄생키 어려운 표현이 아니었을까. 그렇다고 하여 윤리와 도덕과 죄의식의 제약을 뿌리치고 욕정과 부정과 생명력의 기치를 내건 보들레르의 시 정신까지 본받아 이 시가 씌어졌다고는 여겨지지 않는다. 보들레르의 고뇌가 내면세계에 국한된 것이라면 〈바다〉에 표출된 미당의 고뇌는 우리 민족의 고뇌를 대변한 것이라고 생각한다.

'海心'은 바다 한가운데이다. 그러니까 "無言의 海心"은 파도가 잠자는

고요한 바다 한가운데가 아니면, 침묵으로 일관하는 무심한 바다 한가운데이다. "無言의 海心에 홀로 타오르는/한낮 꽃같은 心臟으로 沈沒하라"는 모험의 길을 일단 떠나는 것이 중요함을 강조한 부분으로 이해된다. 항해 도중 어떤 천재지변을 만나 죽게 되면 죽을 수밖에 없는 것. 한창때, 펄떡거리는 심장으로 죽는 것이야말로 얼마나 아름다운 일인가.

> 아—스스로히 푸르른 情熱에 넘쳐
> 둥그란 하눌을 이고 웅얼거리는 바다,
> 바다의 깊이 우에
> 네 구멍 뚫린 피리를 불고…… 청년아.

바다도 젊다. 푸르른 정열에 넘쳐 둥그런 하늘을 이고 웅얼거리는 바다는 청년과 동격이다. 그리고 바다의 기상은 곧 청년의 기상이다. 바다의 깊이 위에 네 구멍 뚫린 피리를 불고 있다는 것은 이제 청년이 배를 탔음을 뜻한다. 배를 탄 이상 눈물 글썽이며 감상에 젖거나 뭍을 돌아보며 회한에 젖지 말아야 한다. 눈 떠라, 사랑하는 눈을 떠라…… 지혜의 눈을 떠라, 희망의 눈을 떠라…… 너희들은 등불 하나 보이지 않는 이 밤에 새벽을, 밝은 미래를 꿈꾸어야 할 젊은 세대이다.

"길은 恒時 어데나 있고,/길은 결국 아무데도 없다"와 "이리도 괴로운 나는 어찌 끝끝내 바다에 그득해야 하는가"를 나는 제국주의 지배 체제의 절망적인 상황과 결부시키지 않을 수 없다. 무수히 많은 나, 나와 같은 고민을 하고 있는 이 땅의 무수히 많은 청년들. 이 시는 계속해서 '청년'에게 말을 건네는 식으로 전개된다. 식민지 원주민의 질곡에서 벗어날 길이 없던 그 시대의 청년들에게 시인은 조국을 등지는 용기가 필요함을 역설하고자 이런 시를 썼다고 나는 생각한다.

> 애비를 잊어버려,
> 에미를 잊어버려,
> 兄弟와 親戚과 동모를 잊어버려,
> 마지막 네 게집을 잊어버려,

　떠나는 마당에 잊어버릴 것은 몽땅 잊어버려라. 혈혈단신으로 떠나는 거다. 그래, 너희들의 괴로움을 내 조금은 알지. 이 조국을 등지고 어디론가 떠나려는 너희들의 불안한 심사도 내 다 알아. 심사숙고해서 네가 정말 옳다고 생각한다면 너의 길을 가는 거야. 떳떳하다고 생각되면 언제나 당당해야 된다. 너는 젊기 때문에 시행착오도 할 수 있겠지만, 기왕 떠나려거든 젊음의 힘을 온 세계를 향해 뻗쳐라. 네 젊은 기상을 불사를 곳은 이 비좁은 한반도가 아니다. 노예의 삶을 살아갈 수밖에 없는 조선 땅이 아니다. 삼면 바다를 넘어 펼쳐져 있는 저 먼 세계의 곳곳, 알래스카와 아라비아와 아메리카와 아프리카이다. 가는 도중에 침몰할지언정 너는 안주할 생각을 버리고 이제 정말 떠나야 한다. 밤과 피에 젖은 국토, 빼앗긴 조국이 등뒤에 있다는 것만은 잊지 말아다오.
　이처럼 미당은 1930년대의 지식인 청년들에게 식민지 원주민으로서의 절망감을 어쩌지 못해 어둠 속에 숨어서 고뇌하지만 말고 어디론가 떠나라고 충동질하고 있다. 또한 세속적인 인연의 끈을 끊고서라도 대의를 위해 살아가야 한다고 충고하고 있다. 특히 "마지막 네 계집을 잊어버"리라는 구절은 왜 그렇게 매력적으로 여겨지던지. 페미니즘 관점에서 보면 문제가 될 수도 있는 구절이겠지만.

3

나의 이런 해석은 지나치게 자의적인 것인지도 모른다. 당시의 미당은 〈松井伍長 頌歌〉 등의 친일시 외에도 〈崔遞夫의 軍屬志望〉 같은 소설(2편이나 썼다)도 쓰는 등 친일 행위를 했는데 때아니게 조국애가 발동해 이런 시를 썼겠는가 하고 반론을 제기할 수도 있다. 그러나 나는 미당이 이 시를 쓴 1938년경에는 조국의 앞날을 걱정하는 우국지사의 마음에 사로잡혀 있었을 거라고 믿고 싶다.

해석이야 어쨌거나 입시에 대한 중압감, 자아실현의 어려움, 사춘기적인 고민 등으로 내면 세계에만 침잠할 수밖에 없는 지금 이 땅의 청소년들이 이 시를 읽는다면 바다 건너의 세계로 눈길을 돌릴 법도 하다. 그런 의미에서도 이 시는 한 세기를 넘어 21세기에도 널리 읽혀져야 할 미당의 대표작 중 하나임에 틀림없다.

格浦雨中

여름 海水浴이면 쏘내기 퍼붓는 해 어스럼, 떠돌이 娼女詩人 黃眞伊의 슬픈 사타구니 같은 邊

'떠돌이'들의 이야기를 담은

山 格浦로나 한번 와 보게. 자네는 불가불 水墨으로 쓴 詩줄이라야겠지. 바다의 짠 소금물결만

"한줄 굵직한 水墨글씨의 詩줄"

으로는 도저히 안되어 벼락 우는 쏘내기도 맞아야 하는 자네는 아무래도 굵직한 먹글씨로 쓴

_ 서정주 〈格浦雨中〉

詩줄이라야겠지. 그렇지만 자네 流浪의 길가에서 만난 邪戀 男女의 두어雙, 또 그런 素質의 손

유성호 | 한국교원대학교
국문학과 교수

톱의 반달 좋은 處女 하나쯤을 붉은 채송화떼 데불듯 거느리고 와 이 雷聲 驟雨의 바다에 흠뿌

리는 것은 더욱 좋겠네. 한줄 굵직한 水墨글씨의 詩줄이라야 한다는 것을 짓니기어겨 짓니기

어져 사람들은 결국 쏘내기 오는 바다에 이 세상의 모든 채송화들에게 豫行練習 시켜야지. 그

런 龍宮 냄새 나는 든든한 웃음소리가 제 배 창자에서 터져 나오게 해 주어야지.

格浦雨中

여름 海水浴이면
쏘내기 퍼붓는 해 어스럼,
떠돌이 娼女詩人 黃眞伊의 슬픈 사타구니 같은
邊山 格浦로나 한번 와 보게.

자네는 불가불
水墨으로 쓴 詩줄이라야겠지.
바다의 짠 소금물결만으로는 도저히 안되어
벼락 우는 쏘내기도 맞어야 하는
자네는 아무래도 굵직한 먹글씨로 쓴
詩줄이라야겠지.

그렇지만 자네 流浪의 길가에서 만난
邪戀 男女의 두어雙,
또 그런 素質의 손톱의 반달 좋은 處女 하나쯤을
붉은 채송화떼 데불듯 거느리고 와
이 雷聲 驟雨의 바다에 흩뿌리는 것은
더욱 좋겠네.

한줄 굵직한 水墨글씨의 詩줄이라야 한다는 것을

짓니기어져 짓니기어져 사람들은 결국

쏘내기 오는 바다에

이 세상의 모든 채송화들에게

豫行練習 시켜야지.

그런 龍墨 냄새 나는 든든한 웃음소리가

제 배 창자에서

터져 나오게 해 주어야지.[1]

1

　미당(未堂) 서정주(徐廷柱, 1915~2000)의 후기 시집 가운데 하나인
《떠돌이의 詩》(1976)에 수록되어 있는 〈格浦雨中〉은, 미당의 작품 중에서
도 그리 대중들에게 친숙한 시편은 아니다. 초기작인 〈自畵像〉을 비롯하
여 〈花蛇〉, 〈歸蜀道〉, 〈菊花 옆에서〉, 〈春香遺文〉, 〈鞦韆詞〉, 〈푸르른 날〉, 〈冬
天〉 등, 근대적인 제도 교육을 통해서건 독자들의 자발적 독서 체험을 통
해서건 많은 이들의 뇌리 속에 깊이 각인되어 있는 숱한 명편들과는 달
리, 이 시편은 상당히 외지고 의외로운 곳에서 자신만의 음역을 거느린

1) 《떠돌이의 詩》, 민음사, 1976.

채 존재하고 있는 이채로운 작품이다. 더구나 이 작품은 미당 스스로 자신의 후기 시 세계를 암시하고 있다는 점에서, 우리의 주목을 요하는 시편이라고 할 수 있다.

따라서 우리가 이 작품을 이해하고 해석하는 것은 작품 자체의 완결성과 심미성을 탐색하는 일도 되겠지만, 이 작품이 미당 시 세계 전체에서 차지하고 있는 맥락을 살피는 일과도 깊이 연관된다. 말하자면 〈格浦雨中〉에 담긴 시적 전언이 미당의 시적 편력 전체에서 어떠한 의미를 갖는가 역시 우리의 중요한 탐구 대상이 되는 것이다.

먼저 우리가 이 작품을 이해하고자 할 때, 우선적으로 할 일은 이 작품이 수록된 시집《떠돌이의 詩》를 떠올리는 일이다. 이 시집을 간행한 후미당이 말년에 이르러 지속적으로 발간한 바 있는《늙은 떠돌이의 시》(1993),《80소년 떠돌이의 시》(1996) 등을 새겨볼 때, 후기의 미당에게 '떠돌이'라는 상징은 매우 중요한 것이었다고 할 수 있다. '떠돌이'는 미당에게 자신의 생의 형식을 고스란히 암시하고 있는 실존적 명명임은 물론, 그 자체로 '시인'의 운명을 깊이 암시하고 있는 상징이기 때문이다. 곧 후기의 미당에게 '떠돌이'는 매우 중요한 자기 인식의 화두이자 자신이 그리고 있는 '시인'의 초상이기도 하였던 셈이다.

2

〈格浦雨中〉의 실질적인 주인공들 역시 '떠돌이'라고 부름 직한 존재들이다. 이 작품의 화자는 물론 "자네"라고 지칭되는 청자, 그리고 시 안에 등장하는 인물들 모두가 하나같이 '떠돌이'로서의 형상과 생리를 취하고 있기 때문이다. 이들은 비 내리는 격포에서 모두 제각각의 형상을 지니면서도 '떠돌이' 라는 상징으로 수렴되고 있는 존재들이다.

작품의 배경은 비 내리는 '격포 해수욕장' 이다. '邊山 格浦' 는 미당의 고향인 고창에서 지근의 거리에 있는 곳인데, 낭만과 추억이 어울릴 것 같은 이 '해수욕장' 을 두고 미당은 "떠돌이 娼女詩人" 인 황진이의 사타구니에 비유하고 있다. '해수욕장' 이 여인의 '사타구니' 라니?

그러나 이와 같은 파격적 표현 속에서 미당이 의도하고 있는 것은 무엇일까? 그것은 '슬픈' 이라는 어구에 담겨 있다. 여기서 '슬픈' 이라는 형용사는 두 가지 뜻을 함께 내포하고 있다. 하나는 황진이가 '娼女詩人' 이고 '떠돌이' 이기 때문에 황진이 스스로 슬픈 생을 살아간 여인이라는 뜻을 담고 있고, 다른 하나는 창녀의 사타구니야말로 온갖 '떠돌이' 들이 잠시 머물다 간 '슬픈' 곳이므로 황진이와 자신을 포함한 이 세상 온갖 '떠돌이' 들의 생의 형식이 그러하다는 뜻을 함의하고 있는 것이다.

특히 '해수욕장' 이라는 곳이 장삼이사들의 욕망이 넘실대다 한순간에 사라지곤 하는 곳이므로 이런 떠돌이들의 '슬픔' 이 거기서 연상되는 것은 논리적으로 보아 자연스럽다. 미당은 이 점에서 황진이와 자신을 연결하고 있는 것이다. '슬픔' 이야말로 그들이 공유하고 있는 속성이고, '떠돌이' 로서의 생의 형식이야말로 그들을 '시인' 으로 묶어주는 동류항이니까 말이다. "시인이란 슬픈 天命인 줄 알면서도 한 줄 시를 적어볼까" (《쉽게 씌어진 詩》)라고 노래했던 청년 시인 윤동주의 고백이, 시의 경향에서 대조적이기 짝이 없는 미당의 발언과 그대로 만나는 순간이 여기서 이루어진다. 바로 그 "슬픈" 곳으로 시인은 "쏘내기 퍼붓는 해 어스름" 에

와보라고 하는 것이다.

 그렇다면 왜 비 내리는 "어스럼"인가? 그것도 "벼락 우는 쏘내기"가 내리는 때 말이다. 그것은 이 뇌성치는 바닷가의 해 저물녘이야말로 시인이 행하고자 하는 상징적 제의(祭儀)와 썩 잘 어울리는 시공간이기 때문이다. 그 제의의 구체적 양상은 3연에 나오는데, 그것은 다름 아니라 온갖 '떠돌이'들의 삶을 꽃 뿌리듯 뿌리는 시인의 행위로 나타난다.

 이때 시인은 "자네는 불가불/水墨으로 쓴 詩줄이라야겠지"라는 말을 청자에게 건네는데, '비'와 '꽃'이 뇌성 속에서 섞이고 있는 것이나 '水墨'이 종이 위에서 새록새록 번져나가는 것이나 모두 '떠돌이'들의 삶이 '詩줄'에 담기는 과정에 대한 은유이기 때문에, 시인은 그것을 "불가불"이라고 표현하고 있는 것이다. 그래서 "바다의 짠 소금물결만으로는 도저히 안되어/벼락 우는 쏘내기도 맞어야 하는" 시인이라는 존재는 "굵직한 먹글씨로 쓴/詩줄이라야"만 되는 것이다. 그것만이 시인으로서의 존재 이유를 충당해 주기 때문이다.

 여기서 미당이 말하고 있는 "水墨으로 쓴 詩줄"이나 "굵직한 먹글씨로 쓴 詩줄"은 모두 비 내리는 격포에서 미당이 제시하고 있는 자신의 시관(詩觀)에 다름 아니다. 말하자면 미당은 여기에서 세상의 온갖 '떠돌이'들의 이야기를 담는 '굵직한 먹글씨'야말로 자신의 시가 다다라야 할 가장 궁극적인 경지임을 말하고 있는 것이다. 물론 이때 '水墨'으로 쓴 시는 그가 다른 작품에서 "햇빛보다 더 먼데로/쑤욱 들어가버리고"(《슬픈 여우》) 마는 사람의 가치를 말한 바 있듯이, 자신이 추구하는 진정한 시의 경지를 말하고 있는 것이다.

그래서 그에게 시는 바로 "자네 流浪의 길가에서 만난/邪戀 男女의 두어 雙,/또 그런 素質의 손톱의 반달 좋은 處女 하나쯤을/붉은 채송화떼 데불듯 거느리고 와/이 雷聲 驟雨의 바다에 흩뿌리는" 행위에 비유된다. 이때 '流浪의 길가'라는 것은 '떠돌이'들의 유랑적 '삶' 자체에 대한 은유이고, 거기서 마주치는 '邪戀'에 빠진 남녀들이나 어여쁜 처녀 같은 '떠돌이'들을 마치 채송화 흩뿌리듯 이 뇌성치는 바닷가에 던져넣는 행위야말로 미당이 '떠돌이'들의 이야기를 은은히 번져나가는 수묵으로 채록한 '시'와 등가를 이루는 것이다. 시인은 이들을 모두 격포로 이끌어들이면서 그들의 삶을 낱낱이 흩뿌리고 그것을 "굵직한 먹글씨로 쓴 詩줄"로 남기는 것이 결국 '시'가 추구해야 하는 본령임을 말하고 있는 것이다.

이렇게 미당 자신의 시작 행위를 암시하는 "한줄 굵직한 水墨글씨의 詩줄"은 "짓니기어져 짓니기어"지면서 사람들로 하여금 "결국/쏘내기 오는 바다"에서 "豫行練習"시키는 데 활용된다. 이때 "이 세상의 모든 채송화"들에게 시키는 "豫行練習"은 그들로 하여금 '떠돌이'로서의 불가피한 운명을 그대로 승인케 하고, 다음 세대에게도 그같은 불가항력적 운명을 전달하려는 미당의 시인으로서의 전언이 담겨 있는 표현이다. 그 다음에 들려오는 "龍墨 냄새 나는 든든한 웃음소리"는 그러한 운명의 "豫行練習"을 마친 시인의 궁극적 자부심과 연결되는 것이다.

따라서 여기서 "자네(청자)"라고 지칭되는 사람은 자연스럽게 '나'라는 화자와 한몸을 이룬다. 비록 이 작품이 전적으로 타자에게 건네는 다짐과 권면의 형식으로 짜여져 있기는 하지만, 이러한 표현은 결국 미당 스스로의 자기 확인 욕망에 지나지 않는 것이 된다. 곧 '邊山 格浦'에서 상징적 제의를 행하면서 '떠돌이' 들의 삶을 '水墨글씨' 로 수습하고 있는 것은 미당 자신인 것이다.

결국 이 작품은 후기의 미당이 바라보고 있는 시에 대한 관념을 잘 드러내주는 시이다. 특히 같은 시집에 수록된 〈詩論〉이라는 작품과 견주어볼 때, 우리는 미당이 일생을 통해 추구하려 했던 시적 의식과 지향을 암시받을 수 있다. 님이 오실 날을 위해서 제일 좋은 전복만은 따지 않는 제주 해녀들의 심정과, 수묵으로 한 줄 굵게 '떠돌이' 들의 삶을 남기려는 시인의 지향성이 미당의 시학을 양 축에서 떠받치고 있기 때문이다.

> 바다속에서 전복따파는 濟州海女도
> 제일좋은건 님오시는날 따다주려고
> 물속바위에 붙은그대로 남겨둔단다.
> 詩의전복도 제일좋은건 거기두어라.
> 다캐어놓고 허전하여서 헤매이리요?
> 바다에두고 바다바래여 詩人인 것을……

《떠돌이의 詩》 맨 앞에 수록되어 있는 이 〈詩論〉이라는 작품은 미당의 시적 욕망이 궁극적으로 '유예' 와 '감춤' 의 무의식을 표현하는 데 있다는 것을 적극적으로 암시하고 있다. 이 '유예' 와 '감춤' 의 연쇄 체계는 미당의 전체 시 세계를 관통하면서 그의 시로 하여금 설화나 상징에 탐닉케 하고, 구체성보다는 '영원성' 그리고 자신의 사사로운 개인사보다는 보편성과 정신주의의 시학으로 나아가게끔 한 원동력이었던 것이다.

이와 같이 미당이 〈詩論〉에서 가장 좋은 시는 완성되지 않고 끝없는 미완성의 과정에 놓여 있는 것이며, 끝끝내 그것은 언어화되지 않고 감추어지는 것이라는 점을 암시하고 있다면, 〈格浦雨中〉에서는 '시' 야말로 형이상학적인 그 무엇이 아니라 '떠돌이'들의 삶을 암시하고 그것을 다른 이들에게도 '豫行練習' 시키는 행위라는 점을 말하고 있다.

또한 앞의 시에서 미당이 "詩의전복도 제일좋은건 거기두어라"에서처럼 자신을 드러내지 않고 자신의 언어 뒷면에 감추어두려는 '유예'와 '감춤'의 시적 욕망을 보인 반면, 뒤의 것에서는 수묵으로 굵직하게 남기려는 '드러냄'의 욕망을 보이고 있는 것이다. 이같은 '감춤'과 '드러냄'의 변증법, 곧 이 둘 사이의 모순과 길항의 힘이 미당의 시를 구축한 근본적 힘이었던 것이다.

3

초기 시에서 강렬한 관능과 체험적 구체성을 선보였던 미당은 후기로 갈수록 초월과 달관의 시학으로 가파르게 경사된다. 그것을 일러 구체성의 상실을 대가로 치른 '무갈등의 시학'의 완성이라고 보는 시각 또한 존재한다. 그러나 미당은 후기에 이르러 '떠돌이'들의 삶이라는 또 다른 지표를 자신의 시적 성채 안에서 새롭게 구축하려고 하였다. 〈格浦雨中〉을 필두로 하는 '떠돌이' 계열의 시집에 담긴 시편들은 이와 같은 미당의 새로운 시적 욕망을 구현한 세계라고 할 수 있을 것이다.

결국 〈格浦雨中〉은 중년의 문턱을 넘어서 노경에 이르기 시작한 미당의 시론으로 읽을 만한 작품이다. 여기서 우리는 "곧장 가자하면 갈 수 없는 벼랑길도/굽어서 돌아가자면 갈 수 있는 이치"(《曲》)를 깨달은 미당이 연치(年齒)를 더해 감에 따라, 시의 본령에 구체적으로 육박해 간 흔적을 읽을 수 있다. 그것은 "떠돌이 娼女詩人", "邪戀 男女의 두어雙", "이 세상의 모든 채송화들"의 이야기를 "水墨글씨"로 쓴 "詩줄"이라는 표현에 귀속되고 있는데, 이 "水墨글씨"야말로 미당이 남기려던 근본적인 시적 욕망, 곧 '떠돌이' 들의 이야기를 남기는 것을 함의하는 것이다.

이처럼 미당에게 '시'는 '떠돌이' 들의 삶과 운명을 담은 "한줄 굵직한 水墨글씨의 詩줄"이었던 것이다. 이 점에서 시집《떠돌이의 詩》는 미당 스스로의 '떠돌이' 로서의 자기 인식과 그 인식을 담는 과정으로서의 '시'의 방법론적 고찰이라는 이중의 전언을 담고 있는 세계인 셈이다.

絶頂

매운 季節의 챗죽에 갈겨 마츰내 北方으로 휩쓸려오다 하늘도 그만 지처 끝난 高原 서리빨 칼

절망의 절정에서 생각하는

날진 그우에서다 어데다 무릎을 꾸러야하나? 한발 재겨디딜 곳조차 없다 이러매 눈감아 생

지지 않는 무지개

각해볼밖에 겨울은 강철로된 무지갠가보다

_ 이육사 〈絶頂〉

한 명 희 │서울시립대학교 국문학과 강사│

絶頂

매운 季節의 챗죽에 갈겨

마츰내 北方으로 휩쓸려오다

하늘도 그만 지쳐 끝난 高原

서리빨 칼날진 그우에서다

어데다 무릎을 꾸러야하나?

한발 재겨디딜 곳조차 없다

이러매 눈감아 생각해볼밖에

겨울은 강철로된 무지갠가보다[1]

1

참으로 아이러니하게도 한국의 시 문학사에서 중요한 위치를 차지하
는 인물들 중에는 생전에 시인으로 적극적으로 활동을 하지 않았던 사람

---

1) 《문장》, 1940. 1월호.

들이 많다. 시집《님의 침묵》을 출간하긴 하였으나 시인으로 알려지기보다는 독립투사로 더 먼저 주목받았던 한용운의 경우가 그렇고, 살아생전 시집 한 권도 내지 못했던 윤동주의 경우가 그렇다.

이육사 역시 우리 시 문학사에서 빠지지 않고 거론되는 시인이지만 그의 시인으로서의 문단 경력은 이렇다 할 것이 못 된다. 1930년 1월,《조선일보》에 〈말〉을 발표하면서 시작 활동을 시작하였지만 그가 생전에 남긴 시는 40편을 넘지 않는다. 똑같이 사후에 시집을 내었던 윤동주의 경우와 비교하더라도 그가 남긴 시 작품은 그의 명성에 비해 적은 숫자라고 할 수 있다. 이 몇 편 안 되는 시 중에서도 초기시들이 "정서적 여과를 거친 세련된 이미지와, 관념의 배제가 요구되는"[2] 시들이며, 후기에 와서야 그의 대표작들인 〈靑葡萄〉, 〈絶頂〉, 〈曠野〉, 〈꽃〉 등이 씌어졌다고 할 때, 이육사는 그야말로 시 몇 편으로 한국 문학사에 우뚝 선 시인이라고 하지 않을 수 없다.

특히 그가 1940년에 발표한 〈絶頂〉은 검인정《문학》교과서 8종 중 7종에 실려 있다는 화려한 이력이 말해 주는 것처럼 그의 대표작은 물론 한국 대표시의 역할을 하고 있다. 〈絶頂〉은 4연 8행의 짧은 시이며, 특별히 어려운 시어를 구사하고 있지 않음에도 불구하고 많은 연구자들은 끊임없이 새로운 해석을 시도하고 있다. 이것은 〈絶頂〉이 지니는 정신적 깊이에도 기인하겠지만, "어데다 무릎을 꾸러야하나?"와 "겨울은 강철로된 무지갠가보다" 두 구절이 지니는 애매성에도 그 원인이 있다고 생각한다.

---

2) 조창환, 〈이육사와 초극의지〉, 《한국현대시사연구》, 일지사, 1983, 352면.

사실 〈絶頂〉을 꼼꼼히 읽어가다 보면 이 시의 다른 행들 역시 만만치 않은 무게를 지니고 있음을 알게 된다. 시를 하나하나 분석해 보기로 하자.

2

시를 분석하는 데 내재적인 접근법이 유용함을 잘 알고 있는 연구자라고 할지라도, 이육사의 경우처럼 시를 알기 전에 그 사람의 경력, 그러니까 독립투사로서의 경력, 특히 헌병대에 압송되어 북경에서 취조를 받다가 사망했다는 사실을 시보다 먼저 알아버린 경우에도 시의 내재적 연구가 가능할까? 이것이 그리 쉬울 것 같지는 않다. 이러한 까닭에 위의 시 〈絶頂〉을 포함한 육사의 많은 시들이 그의 독립운동 행적과 관련지어 해석되어 왔을 것이다. "어린 시절 육사가 가정과 향리에서 체득한 유교적 이념 및 거기에 바탕을 둔 삶의 양식"[3]과 관련지어 〈絶頂〉을 분석한 연구 역시 이 시가 당대의 정치적 상황과 관련이 있다는 사실을 거부하지 않는다.

사정이 이러함에도 불구하고 우리는 〈絶頂〉을 시에서 언표하고 있는 것에서부터 읽어내지 않을 수 없다. 이 시는 1연에서부터 해석이 쉽지 않다. 화자는 "매운 季節의 챗죽에 갈겨/마츰내 北方으로 휩쓸려오다"라고 말한다. "매운 季節의 챗죽"은 이중의 의미를 지니고 있다. 수식관계 때문이다. "매운"이라는 형용사가 "季節"을 수식할 수도 있고 "채찍"을 수식할 수도 있다. "매운"이 "季節"을 수식한다고 보고, "매운 季節"이 "겨울"을 상징한다고 할 때 "겨울에 쫓겨서 추운 지방 '북방'으로 간다는 아이러

---

3) 이동하, 〈유자의 정신과 객관적 절제〉, 《한국대표시평설》, 정한모 외, 문학세계사, 1983, 228면.

니"[4]가 생기게 된다. 그러나 "매운"이 "챗죽"을 수식한다고 보면 "季節의 챗죽"이 맵다는 의미가 된다. 이때 "季節의 챗죽에 갈"긴다는 것은 계절의 변화에 쫓긴다는 것이 될 것이다. 어느 쪽으로 해석하든 이것이 "겨울"과 관련이 있는 것임에는 틀림이 없다. "北方으로 휩쓸려오다"라고 했을 때 "北方"은 원형적으로 "겨울"과 관련되고, 또 계절의 끝은 "겨울"로 생각되는 것이 일반적이기 때문이다.

우리는 화자가 북방으로 휩쓸려오게 된 상황을 비극적인 것으로 인식하고 있음을 알 수 있다. 1연에 쓰인 많은 시어들, 이를테면 "매운", "챗죽", "갈겨", "北方", "휩쓸려오다" 등이 부정적인 느낌을 환기하고 있기 때문이다. 화자는 채찍에 갈겨 북방으로 오게 되었다는 점을 시의 제일 앞에 내세움으로써 그것이 자신으로서는 받아들일 수 없는 것임을 강조하고 있다.

그러면 화자가 "휩쓸려왔다"고 말하고 있는 '북방'은 어떤 곳일까? '북방'을 육사의 만주 체험과 관련지어 '북만주'로 해석하는 경우도 있으나, 육사의 산문에 나타나는 '남방'이 우리나라 남쪽 지방 어딘가를 지칭한 것으로 판단되며 시 〈꽃〉에서의 '동방'이라는 표현도 막연히 동쪽 지방을 가리키는 것으로 추정되므로 여기서의 북방도 굳이 '북만주'라고 이해할 필요는 없을 것 같다. 화자가 현재 있는 곳에서 최대한의 북쪽, 가장 추운 곳이라고 생각하면 될 것이다.

이 시 〈絶頂〉의 이해를 위해 가장 주의를 기울여야 할 부분이 바로 2연

---

4) 이숭원, 〈이육사 시와 극기의 정신〉, 《한국현대시 감상론》, 집문당, 1996, 175면.

이다. 이 연에서 화자는 자신이 휩쓸려간 곳 '북방'에서도 범위를 좁혀 자신이 처하고 있는 곳(상황)에 대해 얘기하고 있다. "하늘도 그만 지쳐 끝난 高原", 그것도 "서리빨 칼날진" 곳에 화자는 위치한다. 일반적으로 '하늘'은 해와 달과 별이 있는 무한대의 공간을 나타낼 때, 하느님이 사는 세계를 가리킬 때 쓰인다. 때로 '하늘'은 하느님과 같은 말로 쓰이며 '운명'이나 '법'과 같은 말로 쓰이기도 한다. 따라서 "하늘도 그만 지쳐 끝난 高原"은 더 이상은 휩쓸려 올라갈 수 없을 만치 높은 곳, 절대자조차도 지칠 수밖에 없는 상황, 믿고 따라야 할 절대적인 법마저 제대로 서 있지 않은 상황 등의 의미를 갖는다고 하겠다. 이 고원이라는 공간을 더욱더 절망적으로 만드는 것은 그 고원이 "서리빨 칼날진" 상태라는 것이다. "서리빨"은 차고 날카로운 느낌을 환기하는데 여기에 다시 그것을 "칼날진" 모양으로 형상화함으로써 화자가 서 있는 곳의 척박한 상황을 강조하고 있다. 사실 이 시가 지니는 서정성은 "서리빨 칼날진" 같은 비유의 뛰어남에서 말미암은 바 큰데, 우리는 여기서 화자가 처한 정신적 정황이나 현실적 상황이 절망적임을 알 수 있다.

이러한 절망의 상태에서 화자가 꾀하는 것은 '무릎 꿇음'이다. 3연에서 화자는 "어데다 무릎을 꾸러야하나?"라고 말하고 있는데, 이 무릎을 꿇는 것의 의미의 모호성은 여러 사람에 의해 지적된 바 있다. 일반적으로 무릎을 꿇는다는 것은 항복, 굴복하는 것을 의미하는데 이렇게 볼 경우 이육사의 다른 시들이 보여주는 의지적인 면과 부합되지 않기 때문에 이런 해석을 유보하는 대신 무릎 꿇음을 '기원'의 의미로 파악한다. 무릎을 꿇는 것을 '기원'이라고 보든 '굴복'이라고 보든 화자보다 더 높은 존재를 상정한 후에야 가능한 것이라는 점에는 변함이 없다.

그러나 "어데다 무릎을 꾸러야하나?"라는 문장의 의문형 종결어미가 말해 주는 것처럼 화자는 무릎을 꿇을 곳조차 찾지 못한다. 1, 2연이 화자의 의지와는 상관없이 처하게 된 상황이라면, 3연은 화자가 자발적으로 택하고자 하는 행동이다. 즉 무릎을 꿇고 싶다는 것에는 화자의 의지가 반영되어 있다. 화자가 절망의 상태에서 택한 것은 절대적인 존재에의 기원 혹은 굴복이지만 화자에게는 그것조차 허락되지 않는다. 2연을 분석하면서 설명한 것처럼 이미 "하늘도 그만 지쳐 끝난" 상태이기 때문이다. 무릎 꿇고 싶지만 무릎조차 꿇을 수 없는 절대 절망의 상태가 바로 이 시의 화자가 처한 상황인 것이다. 이러한 사실은 다음 행의 "한발 재겨디딜 곳조차 없다"라는 표현에 의해 보완된다. 물리적인 공간 개념으로 볼 때, 무릎을 꿇는 것은 발을 재겨 디디는 것보다 많은 공간을 차지하게 될 것이다. 그러나 화자는 "한발 재겨 디딜 곳조차 없"는 상황이므로 감히 무릎을 꿇을 수조차 없게 된 것이다. 이렇게 절망적 상황을 공간 개념으로 바꾸어 얘기했다는 점에서 다시 한 번 〈絶頂〉의 시적 매력이 확인된다.

1, 2, 3연을 통해 화자의 절망은 극도의 상승선을 그리고 있는 셈인데, 4연에 이르면 화자의 절망적 상황에 대한 토로는 비유법과 종결어미의 처리 방식에 힘입어 한결 부드러워진다. 4연의 첫 단어 "이러매"는 4연이 이 시의 앞부분 즉, 1~3연과의 연관 속에서만 의미 파악이 가능함을 말해 준다. 그러니까 1~3연을 충분히 고려하지 않고 4연을 해석하려는 시도는 무의미하다고 할 것이다. 조창환에 의해 "이 한 구로써 육사는 시의 완성과 함께 생의 완성을 이룩하고, 탐미적 쾌락과 비극적 운명의 초극을

동시에 구현하는 것"이라고 고평된 바 있는 "강철로된 무지개" 역시 1~3
연의 의미망 속에서 이해되어야 할 것이다.

　화자는 "이러매 눈깜아 생각해볼밖에"라고 표현하고 있거니와, "이러
매"의 서술적 상황을 짧게 요약하자면, '매운 채찍에 갈겨 하늘도 끝난 곳
에 이르렀으나 무릎을 꿇을 곳은 고사하고 한발 재겨디딜 곳도 없으매'가
될 것이다. 그래서 화자는 "눈깜아 생각해"보는 것을 택한다. 눈을 감고
생각하는 것은 무릎이라도 꿇고 싶다는 화자의 소망이 이루어질 수 없는
상태에서 화자가 할 수 있는 유일한 행동이라고 할 수 있겠는데, 이것은
일종의 체념의 상태 혹은 무기력의 상태를 표현한 것으로 보아야 할 것이
다. 그리고 끊임없이 새로운 해석이 시도되어 온 "겨울은 강철로된 무지
갠가보다"가 등장한다. 이 구절이 모호하게 느껴지는 것은 원관념 '겨울'
과 보조관념 '무지개'의 결합이 쉽게 이해되지 않을 뿐 아니라, '강철'과
'무지개'의 결합 역시 선명한 이미지로 다가오지 않기 때문이다. 시에 나
타나 있는 시어들에 대한 이해는 한 편의 시 속에서 자족적으로 이루어질
수 있어야 한다고 믿는 사람들에게 이 구절에 대한 이해는 무척이나 어려
운 것이 되고 만다. 이 시의 1~3연에서 이 구절을 이해할 만한 정보를 발
견하기가 쉽지 않기 때문이다.

　다시 4연을 들여다보자. "이러매"는 순접의 기능을 하는 접속사이므로
1~3연과 4연은 같은 맥락으로 이해하는 것이 바람직할 것이다. 특히 화
자가 "겨울은"이라고 하여 '겨울'을 4연의 명제로 삼고 있음을 볼 때 이
러한 사실은 더욱 분명해진다. 화자는 1연에서 '겨울'이라는 절망적 상
황을 제시한 후 2, 3연에서 절망을 더욱더 극대화하는 방식을 택하고 있

기 때문이다. 필자는 앞에서 "매운 季節의 채찍"을 계절의 변화가 맵다는 의미로 읽을 수 있으며(물론 이때 계절은 상징성을 띤 것으로 이해되어야 한다), 그 계절 변화의 끝이 겨울이라고 한 바 있는데 이러한 해석은 4연에서 '겨울은 ~ 인가보다'라는 정의적 명제가 나타나게 된 이유를 설명하기에 매우 유용하다고 생각된다.

　물론 여기서 더 중요한 것은 "겨울은 강철로된 무지개"가 가지는 의미를 해명하는 것이다. 이 구절은 '내가 지금 처해 있는'이라는 말을 문두에 끼워넣어 읽는 편이 좋다. 화자는 일반적인 '겨울'을 문제삼고 있는 것이 아니라 자신이 지금 처한 '겨울'에 대해 얘기하고 있는 것이기 때문이다. 화자는 자신이 처한 겨울이 "강철로된 무지개" 같다고 말한다. 널리 알려진 것처럼 무지개는 희망의 상징이며 일시적으로 나타났다가 사라지는 것을 그 주요한 속성으로 한다. 그러나 강철로 된 무지개는 무엇인가? 강철은 굳센 것, 강한 것의 상징이므로 "강철로된 무지개"라면 금세 사라지지 않는 무지개를 의미한다고 볼 수 있을 것이다. 여기서 다시 3연까지의 상황을 환기해 볼 필요가 있다. 화자는 지금 절대 절망의 상황에 처해 있다. 너무나 절망적인 상태에 처해 있으므로 무릎을 꿇고 항복하고자 하지만 그것조차 불가능하다. 마치 희망을 버리려고 해도 도저히 그럴 수 없는 것처럼. 그래서 화자는 쉽게 사라지지 않는 무지개의 이미지를 떠올리게 되는 것이다.

　우리는 여기서 화자가 자신이 생각해 본 바 "겨울은 강철로된 무지개"를 지극히 유보적으로 말하고 있음에 주목해야만 한다. 화자는 '무지갠가보다'라고 하여 서법적 양상에 있어 '추측'의 기능을 하는 종결성을 사용하고 있는 것이다. 이것은 '불확실'을 전제로 하고 있는 표현이라고 할 수 있겠는데, 이 말은 "겨울은 강철로된 무지갠가보다"라는 표현 속에 화자의 신념이 들어 있지 않음을 암시한다고 하겠다. 따라서 '강철'이 육사의 의지를 나타낸다고 보기는 어렵다. 절망의 극한을 경험한 사람이 이러한 불확실한 추정적인 어미를 사용하여 자신의 강철 같은 의지를 드러낸다는 것은 어울리지 않기 때문이다.

3

특히 〈絶頂〉의 4연에 대해서 필자는 지금까지의 연구들과는 조금 색다른 견해를 제시해 본 셈인데, 이와 더불어 이 시의 마지막 행 "겨울은 강철로된 무지갠가보다"가 세간의 평처럼 뛰어난 구절은 못 된다는 판단을 덧붙이고 싶다. 유종호가 그의 글에서 자주 강조하는 것처럼 "모호한 부분이 사실은 가장 허약한 부분"이 아닐까?[5] (유종호가 이 부분을 그런 식으로 해석했다는 말은 아니다. 나는 유종호의 시론이 이러한 것이라고 믿고 있으며, "겨울은 강철로된 무지개"라는 표현이야말로 이 말이 가장 잘 적용될 수 있는 곳이라고 생각한다.) 한 번 더 대가의 말을 빌려본다면 강력한 선배 시인의 시는 후배 시인들에게 영향력을 미치게 마련이다. 거꾸로 후배 시인은 강한 선배 시인에 대한 선택, 계약, 경쟁, 육화의 과정을 거쳐 새로운 창조에 이르게 된다.[6] 이육사의 시 〈絶頂〉이 그 명성에 합당할 만큼의 영향력을 미치고 있지 못한 것, 즉 후배 시인들에 의해 재창조된 모

---

5) 유종호, 《문학이란 무엇인가》, 민음사, 1995, 144면.
6) H. Bloom, 《Peotry and Repression》, New Heaven, Yale University Press, 1976, 27면.

습이 거의 발견되지 않는다는 것은 혹 이 부분이 허약한 부분임을 반증하는 것은 아닐까? "겨울은 강철로된 무지갠가보다"는 〈絶頂〉에서는 허약한 부분이지만 이 시의 1~3연처럼 절망의 극한을 호소력 있게, 그리고 서정적으로 보여준 시도 드물다는 점은 강조해 두고 싶다.

꽃

동방은 하늘도 다 끝나고 비 한방울 나리잖는 그때에도 오히려 꽃은 빨갛게 피지 않는가 내

현재 속에 내포된 미래, 이육사의

목숨을 꾸며 쉬임 없는 날이여 北쪽 쓴드라에도 찬 새벽은 눈속 깊이 꽃 맹아리가 옴자거려

〈꽃〉에 나타난 우리 시의 새로운 시제

제비떼 까맣게 날라오길 기다리나니 마침내 저바리지 못할 約束이여 한 바다복판 용솟음 치

_ 이육사 〈꽃〉

는 곳 바람결 따라 타오르는 꽃城에는 나비처럼 醉하는 回想의 무리들아 오늘 내 여기서 너를

권 혁 웅 | 고려대학교 국문학과 강사 |

불러보노라

꽃

동방은 하늘도 다 끝나고

비 한방울 나리잖는 그때에도

오히려 꽃은 빨갛게 피지 않는가

내 목숨을 꾸며 쉬임 없는 날이여

北쪽 쓴드라에도 찬 새벽은

눈속 깊이 꽃 맹아리가 옴자거려

제비떼 까맣게 날라오길 기다리나니

마침내 저바리지 못할 約束이여

한 바다복판 용솟음 치는 곳

바람결 따라 타오르는 꽃城에는

나비처럼 醉하는 回想의 무리들아

오늘 내 여기서 너를 불러보노라[1]

〈꽃〉은 〈靑葡萄〉, 〈絶頂〉, 〈喬木〉, 〈曠野〉 등과 함께 널리 알려진 육사의 대표작이다. 이 글에서는 〈꽃〉에 나타난 시제를 다른 시와의 관련 아래 검토해 보기로 한다. 이 과정에서 육사의 시간의식이 자연스레 도출되길 기대한다. 순차적으로 살펴보자.

1연 첫 행에 제시된 "동방"은 '동방(東方)'이면서 '동방(東邦)'이다. 육사는 한자어들을 노출하여 시를 지었는데, 유일하게 이 시어만 한글로 적었다. 이 시어로 방위와 나라를 동시에 지칭하기 위해서였을 것이다. 〈絶頂〉에 나오는 "北方"이, 방위로만 쓰였을 때 한자로 표기된 것과 다른 점이다. 1, 2연의 점층적인 한계 상황은 〈絶頂〉을 연상시킨다. 〈絶頂〉이 수직적으로 전개되면서 극한의 지경까지 시인을 밀어붙인다면, 〈꽃〉은 수평적인 한계 지점으로 시인을 몰아간다. 그 극한의 표상이 끝나버린 "하늘"이다. "하늘도 그만 지쳐 끝난"(〈絶頂〉)이나 "하늘도 다 끝나고"와 같이 거듭되는 시인의 언명은 하나의 세계, 하나의 공동체가 훼손되었음을 보여준다. 하늘은 지상의 삶을 반영하고 지상의 이미지를 완성한다. 천상의 방위가 공동체의 경계를 획정하며, 천상의 중심이 삶의 중심을 잡아주는 것이다. 그러므로 하늘이 끝난다는 표현은 '하늘이 무너지다'와 같은 관용어의 변용이기도 하다.

1연 1, 2행의 상황은 몇 가지 수식어들에 의해 강조된다. 일종의 강조사라 할 이 표현들 때문에, 극단적인 시련의 상황이 더욱 도드라진다. "하늘도 다 끝나고"에서 조사 "도"와 부사 "다"가 그렇고, "비 한방울 나리잖는 그때에도"에서 명사 모음인 "한방울"이 그렇다. "하늘도" 끝났으므로 지상의 삶은 이미 훼손되었을 것이며, 하늘이 "다" 끝났으므로 조금의 희

---

1) 《陸史詩集》, 서울출판사, 1946, 67면.

망도 걷기가 어려울 것이다. 비가 "한방울"도 내리지 않으니 새로운 소생을 기대하기도 어려울 것이다. 그러나 "그때에도", 그런 어려움 속에서도 꽃은 피어날 것이다. "오히려 꽃은 빨갛게 피지 않는가." 2행에서 3행으로의 진행은, 정상적인 시제의 운용에서 보면, 어떤 비약을 내장하고 있다. 하늘도 끝나고 비 한 방울도 내리지 않는 때에, 꽃은 피어날 수 없다. 그때에도 꽃은 피지 않는가 하고 묻는 일은 시제의 착란처럼 보인다. 서로 접속되기 어려운 현재적 상황과 미래적 예기를 인과 판단으로 묶어놓은 까닭이다. 하지만 육사에게, 3행은 미래적 기대나 예감이 아니다. 3행의 현재 시제가 그것을 보여준다. "오히려"란 시어가 미래를 현재로 바꾸어내는 지표를 이룬다. 이 역접을 통해, 육사는 현재 속에 기입된 미래 시제를 읽어냈다. 아무리 극단적인 상황에서도, 꽃은 때가 되면 피어난다. 그러니 "오히려"는 고통스런 현실을 미래적 희망으로 되돌리려는 시인의 힘겨운 노력이 아니다. 차라리 미래적 희망이 이미 현재 안에 숨어 있음을 알고 있는 시인의 반문이다. 꽃은 이 힘든 상황에서도 피어난다. 그것은 현재를 초월한 자의 기대 수준을 반영한 말이 아니라, 미래를 선취(先取)한 자의 기대 지평 안에 이미 놓인 말이다.

　하늘도 끝나고 비도 오지 않는 이 불모의 나날은 꽃들이 만개한 풍요의 나날로 변해 간다. 지금은 그 변화와 생성의 과정 속에 있는 날, 곧 "쉬임없는 날"(1연 4행)이다. 한 시절이 끝나고, 그와 무관한 새로운 한 시절이 시작되는 것이 아니다. 더욱이 이 진술 속에는 실천적 함의가 내포되어 있다. 4행의 "내 목숨을 꾸며"와 같은 말이 그렇다. 이 구절은 주체에 따라 두 가지 뜻을 갖는다. 주체가 '나'라면, 4행은 '그날의 도래를 위해 내 자신을 희생하겠다'는 의지의 표출로 읽힌다. 주체가 '날'이라면, 4행은 '이 시절의 변화는 내 삶을 아름답게 꾸며준다'는 감탄의 표현으로 읽힌다. 이것이 의지이든 감탄이든 나는 그날의 아름다움을 위해 헌신할 것이고, 그날은 내 헌신의 가치를 보증하는 날이 될 것이다. "빨갛게" 피어난 꽃, 그 선혈(鮮血)의 꽃은 내 목숨의 꾸밈을 받아 피어났던 것이다.

조창환은 "육사의 시는 자아 확인의 고백이다. 그것은 두려움 없는 모험과 투쟁에의 의지를 바탕으로 생의 이상을 추구하는 자의 단호한 결단과 선택을 지향하고 있다. ……이육사는 '비 한방울 내리잖는 동방의 하늘' 끝에 피는 빨간 꽃 한 점으로 그의 '목숨'을 승화시키려 했던 것이다"라고 말했다.[2] 이 꽃을 시인 내면의 상징적 승화라고 보는 것은 제한된 독법이다. 이런 독법은 시를 육사의 개인사에 대한 보조자료로 읽게 만든다. 육사의 시를 단호하고 강건한 자의 자기 고백으로 읽는 것은 충분히 가능한 일이지만, 그렇다고 해서 그의 시가 자아의 틀에 한정되는 것은 아니다. 차라리 육사의 시가 가진 '단호한 결단과 선택'은 역사적 지평에 놓인 자의 필연적인 행동 양식이라고 보아야 한다. 꽃은 목숨의 승화가 아니라, 새로운 미래를 함축하고 있는 잠재태이며, 그것도 필연적으로 발현될 잠재태이다. 게다가 이 잠재태는 시인의 사회 역사적 시선 아래서 이미 현실태로 드러났다. 시인은 다만 이 잠재태가 현실태로 전화하는 일에 헌신하려고, 다시 말해 자신의 목숨을 꾸미려고 생각했던 것이다.

2연은 1연과 병행적이다. 2연의 구절들은 1연의 구절들과 대응을 이룬

---

2) 김용직, 〈이육사 시의 구조〉, 《이육사》, 서강대학교 출판부, 1995, 260면.

다. "찬 새벽", "눈속 깊이"가 "하늘도 다 끝나고" "비 한방울 내리잖는 그 때"를 다르게 보여준다. 그렇다면 "北쪽 쓴드라"는 '동방' 곧 우리나라의 상징적 현실일 것이다. 툰드라 지역, 차가운 새벽, 깊은 눈속—이처럼 거듭된 불모의 상황에서도 "꽃 맹아리가 옴자거"린다. 시인이 현재에 계측한 것은 겨우 꽃눈의 움직임뿐이었으나, 그것은 필연적으로 도래할 미래적 전변의 시작이었다. "꽃 맹아리의 옴자"거림만으로 꽃은 빨갛게 피어나고 제비떼는 까맣게 날아오른다. 꽃눈은 이미 그 안에 화려한 미래의 나날을 내장하고 있는 것이다. "꽃 맹아리"에서 "빨갛에 피"는 꽃으로, 다시 그 꽃이 "타오르는 꽃城"으로 이행하는 일은 필연적 과정이다. 그러므로 꽃눈은, 이 과정의 시작을 이룬다는 점에서, '빨갛게 피어난 꽃'들과 "타오르는 꽃城"을 상징적으로 함축한다고 말할 수 있다. 김윤식은 "비 한 방울 없는 이 절명지(絶命地)에서도 꽃이 빨갛게 피었다는 것은 역설이다. 필 수 없는 꽃이 핀다는 것은 의지이며, 피어야 할 꽃이 피지 못한다는 의미일 것이다. 절대의 진리 앞에서는 역설로밖에 표현할 수가 없다. (……) 이미 여기에까지 이르면 시와 비시(非詩) 그리고 시와 무시(無詩)의 경계선에까지 이르고 만다. 그 갈림길에 피어 있는 꽃—그것이 이미 절명지의 사물화(事物化)이다. 이 경우 사물화란 이미 상징적일 수는 없다. 그것은 미 자체인 것이다"라고 지적했다.[3] 하지만 이 꽃은 역설이 아니다. 시인은 필 수 없는 꽃이 핀 것을 보는 게 아니라, 미래적 지평 안에 피어난 꽃을 현재에서 보고 있을 뿐이다. "오히려"란 반문이 그걸 보여준

---

3) 〈절명지의 꽃〉, 앞의 책, 55면.

다. '불모의 땅이라고? 이상하다, 그래도 꽃은 피지 않느냐?' 라고 시인이 묻는 듯하다. 그러므로 꽃은 미의 사물화가 아니라, 새로운 미래의 풍경을 제유적으로 보여주는 상징이다.

2연에서 토로된 화자의 믿음은 계절의 필연적 변화에 의해 지지를 받는다. 역사는 인간의 기대와 예측대로 전개되지 않으나, 자연은 인간의 기대와 예측을 저버린 일이 없다. 역사는 상대화될 수 있으나, 자연은 그럴 수 없다. 역사 앞에서 미래적 시간은 불확정과 불가지(不可知)의 요소를 품고 있어서 우연의 영역에 놓일 뿐이지만, 자연 앞에서 미래적 시간은 확정적이고 가시적이어서, 필연의 영역에 놓인다. 그것은 "마침내 저바리지 못할 約束"이다. "마침내"는 1, 2연의 모든 상황을 아우르고 결정짓는 단호함을 보여준다. 이 말은 그 음절 속에 숨은 내포와 같이, 지금까지 진행된 상황에 마침표를 찍고, 3연의 장려한 환상으로 시적 상상을 이동시킨다. 김홍규는 "'마침내'는 단순한 수사가 아니다. 그것은 예상을 초월한 시간이며, 시계가 가리키는 시간이 아니라 스스로를 확신하는 의지가 움켜쥔 시간이다. 언제 실현될 것이라는 예측에 근거한 것이 아니기 때문에 그의 기다림은 초조하지 않고, 불안한 의구심으로 스스로를 갉아먹지 않는다. 또한 좌절하거나 절망하지 않는다"라고 말했다.[4] 그러나 이 시간은 예상을 초월한 시간이라 말할 수 없다. 육사의 시간이 확신의 시간이어서, 초조와 의구심, 좌절과 절망과 같은 감정이 끼여들 염려가 없는 것은 사실이다. 하지만 그의 확신을, 외부와 절연된 채 내부적으로만

---

4) 김홍규, 《문학과 역사적 인간》, 창작과비평사, 1980, 108면.

이루어지는 자기 확신이라 볼 수만은 없다. 그의 확신은 미래적 목록을 현재에서 읽어내는 필연성으로서의 확신이다. 그에게, 반드시 성취될 시간은 이미 현재 속에 내재해 있는 시간, 다시 말해 모든 미래 시제를 내포한 현재 시제로서의 시간인 것이다.

3연이 이 점을 좀더 확실하게 보여준다. 이제 툰드라 지역과 대립되는 "한 바다복판"이 시적 공간으로 제시되었다. 이 변화는 극단적이고 격렬해서 1, 2연까지의(꽃이 빨갛게 피고 제비떼가 까맣게 날아오르는 등의) 모든 상상을 왜소하게 만들 정도이다. '상전벽해'란 용어를 떠올려도 좋겠다. 툰드라의 눈들이 바닷물로 녹아버린 셈이다. "옴자거"림이라는 미세한 움직임이 "용솟음치는", '타오르는"과 같은 역동성을 낳았다. 그곳의 무리들은 "나비처럼 취하는 회상의 무리들"이다. 꽃과 나비라는 전통적인 도상(icon)이, 살 만한 세상을 사는 이들이 누리는 기쁨을 말해 준다. 이들의 도취는 시인 자신의 기쁨이기도 하다. 시제의 혼성(混成)을 통해, 시인은 미래적 상황을 과거적 상황으로 바꾸어내었다. 미래적 지평에 놓인 이들을 "회상의 무리들"이라 지칭하는 것은, 미래의 일을 과거의 상황으로 역전시키는 것이다. 회상은 과거에 있었던 일, 곧 이미 이루어진 일을 돌이켜 생각하는 일이다. 미래의 상황(꽃성의 무리들)이 현재 상황 속에 들어와 있으므로, 그때에 현재를 돌이켜보는 일을 회상이라 부를 수밖에 없다. 〈曠野〉의 마지막 구절도 이런 혼성과 관련되어 있다.

　　다시 千古의 뒤에
　　白馬 타고 오는 超人이 있어

이 曠野에서 목놓아 부르게 하리라

　시인은 "가난한 노래의 씨를 뿌려라"고 말했다. 감탄과 명령을 동시에 품고 있는 이 구절이 "목놓아 부르"는 기쁨을 가능하게 했다. "千古"는 오랜 세월을 뜻하는 말이지만, 원래는 아주 오랜 옛날을 뜻하는 말이었다. 이 말에 본래부터 시간 개념이 숨어 있었던 셈이다. 더욱이 시인은 이 말을 "뒤"라는 말로 한정하였다. 그러므로 "千古의 뒤"는 정확히 말해서, 지금을 오랜 옛날로 상정할 만한 시간이 흐른 뒤라는 말이다. 오랜 세월 후에도 "목놓아 부르게 하리라"는 사동형이 가능했던 까닭이 여기에 있다. 현재 상황("지금 눈 나리고/梅花香氣 홀로 아득하니") 안에, 나의 의지적인 행위("노래의 씨를 뿌려라") 안에 이미 미래적 상황이 놓여 있었던 것이다.

　미래에서 현재를 회상하는 〈꽃〉의 방식이 꼭 그와 같다. 현재에서 미래를 내다보는 것이 아니라, 미래에서 현재를 돌이켜본다는 것은 확실히 놀라운 일임에 틀림이 없다. 툰드라 안에 바다 복판이 놓였고, 꽃눈 속에서 꽃성이 솟아올랐다. 그러면서도 시인은 "내 오늘 여기서"란 말을 통해, 주체와 공간과 시간이 현재적이고 역사적인 것임을 분명히 한다. 섣부른 희망과 도취는 거짓 초월, 거짓 화해에 이르는 일이다. "오늘 여기"에서 전 미래적 지평에까지 시선을 넓히는 일, 그것은 역사적 전망에 대한 믿음이 없이는 불가능한 일이다. 그러므로 육사에게 있어, 시제의 혼성은 현재와 미래의 삼투를 가능하게 하는 일이었다. 미래에 일어날 일을 현재적 상황으로 표현하고, 미래적 시점으로 현재를 돌아보는 일이 그렇다.

이로써 미래는 시인의 자기 확신 안에 놓인 것이 아니라, 현재적 상황 안에 이미 배태되어 있는 것이 된다. 이러한 확신의 근거는 시인 자신에게만 놓인 것이 아니다. 반대로 시인의 자기 확신은 이 필연적 상황에 대한 추인의 성격을 띤 것이었다.

시간을 분할 가능한 단위로 계량화하면 과거와 현재와 미래는 분리된다. 시대적 · 역사적 전망은 시간을 분할할 수 없는 연속체로 간주할 때에만 성립 가능한 것이다. 육사에게 미래는 여러 개의 선택지(選擇肢) 가운데 하나가 아니었다. 미래는 현재의 필연적 전개 안에 이미 내재되어 있는 현실태였다. 육사는 그것을 보았을 뿐이며, 그로써 우리 시에 새로운 시제를 소개했던 것이다.

또 다른 故鄉

故鄕에 돌아온 날 밤에 내 白骨이 따라와 한방에 누웠다. 어둔 房은 宇宙로 通하고 하늘에선가

白骨을 두고 또 다른 고향으로 가는 길

소리처럼 바람이 불어온다. 어둠 속에서 곱게 風化作用하는 白骨을 들여다 보며 눈물 짓는 것

이 내가 우는 것이냐 白骨이 우는 것이냐 아름다운 魂이 우는 것이냐 志操 높은 개는 밤을 새

— 윤동주 〈또 다른 故鄕〉

위 어둠을 짖는다. 어둠을 짖는 개는 나를 쫓는 것일게다. 가자 가자 쫓기우는 사람처럼 가자

| 문 혜 원 | 가톨릭대학교
국문학과 강사 |

白骨 몰래 아름다운 또 다른 故鄕에 가자.

또 다른 故鄕

故鄕에 돌아온 날 밤에

내 白骨이 따라와 한방에 누었다.

어둔 房은 宇宙로 通하고

하늘에선가 소리처럼 바람이 불어온다.

어둠 속에서 곱게 風化作用하는

白骨을 들여다 보며

눈물 짓는 것이 내가 우는 것이냐

白骨이 우는 것이냐

아름다운 魂이 우는 것이냐

志操 높은 개는

밤을 새워 어둠을 짖는다.

어둠을 짖는 개는

나를 쫓는 것일게다.

가자 가자

쫓기우는 사람처럼 가자

白骨 몰래

아름다운 또 다른 故鄕에 가자.[1]

윤동주의 시는 단순한 내용을 동어 반복하는 것처럼 보이지만, 그 중에는 불명료한 단어 선택이나 내용의 비약으로 인해 뚜렷한 의미가 파악되지 않는 시도 있다. 〈또 다른 故鄕〉은 그 대표적인 경우이다. 이 시를 해석하고자 할 때 중요한 키포인트는 "白骨"과 "아름다운 魂"이다. "나"와 "白骨"과 "아름다운 魂"의 관계. 그 한편에 "故鄕"과 "아름다운 또 다른 故鄕"의 대비가 놓여 있다. 이것들은 각각 무엇을 상징하며 어떠한 관계에 놓여 있을까? 이에 대해서는 적지 않은 해석들이 나와 있고, 각각의 해석들은 이 시의 주제를 어떻게 보는가 하는 문제와 연결되어 있다.

이 시를 '저항'이라는 주제로 해석할 때 "아름다운 또 다른 故鄕"은 어두운 현실과 대비되는 정치적인 암유로 읽힌다. 유종호는 이런 맥락에서 "白骨"을 일상적 자아에 대립되는 이상적 자아라고 보고 이 시가 "시대의 어둠에 대하여 무기력한 상태로 남아 있는 일상적 자아의 자괴감이나 반성을 피력한 것"[2]이라고 해석한다. 김용직은 "白骨"이 자아의식을 객관적 상관물화한 것이라고 보고, "어둠 속에 곱게 풍화작용하는 백골을 들

---

1) 《하늘과 사람과 별과 시》, 정음사, 1948.
2) 유종호, 〈청순성의 시, 윤동주의 시〉, 《윤동주》, 김학동 편, 서강대학교 출판부, 1997, 37면.

여다보며 눈물짓는 것"을 "그 백골이 어둔 밤에 풍화·잠식되어 간다고 아쉬워하는 것"이라고 해석하고 있다. 또한 "어둠을 짖는 개"는 "어둠에 항거하는 자아의식의 화신"으로서 백골로 상징되는 화자의 풍화를 막아준다고 설명한다.[3] 김학동 역시 이 시를 '아침'과 '어둠'의 대립 구조로 파악하고, 당시 우리 민족의 역사적 현실을 상징하는 것으로 보고 있다. 화자는 그의 아름다운 혼이 깃들 이상의 세계인 "또 다른 故鄕"을 지향함으로써 현실의 억압을 탈출한다는 것이다.[4]

이 시를 저항이 아닌 다른 각도에서 해석하고 있는 대표적인 견해는 고석규의 글이다. 그는 윤동주의 시를 "부재자에 대한 혼약적 시종"이라는 주제로 파악하고, 시인의 실존적인 상황과 연결하여 해석하고 있다. 이때 "또 다른 故鄕"은 부재자에 대한 지향과 헌신을 상징하게 된다.[5] 김윤식은 이러한 고석규의 견해를 받아들이면서 '혼의 나'와 '육신의 나'의 관계를, 윤동주의 지적인 체험과 현실적인 고향인 북간도 사이의 정신적인 거리로 읽어내고 있다. 릴케와 프란시스 잠, 키에르케고르에 심취해 있던 윤동주의 서구적인 교양 체험은 현실적인 고향인 북간도와는 잘 어울리지 않는 것이었으며, 그 사이에서 갈등하는 자아를 바라보는 자리가 "어둔 房"이라는 것이다.[6] 김현자는 이러한 인간 실존의 보편적인 상황과 함께 "어둠이 내포하고 있는 고립이나 죽음, 그리고 폐쇄적인 시간적 배경 속에서 스스로의 내면적 고통과의 치열한 투쟁"을 읽어낸다.[7] 그런가 하

3) 김응직, 〈어두운 시대의 시인과 십자가〉, 《윤동주 연구》, 권영민 편, 문학사상사, 1995, 134면.
4) 김학동, 〈자기 내면의 성찰과 역사적 소명의식〉, 《윤동주》, 김학동 편, 194~195면.
5) 고석규, 〈윤동주의 정신적 소묘〉, 《여백의 존재성》, 지평, 1990 참고.
6) 김윤식, 〈어둠 속에 익은 사상〉, 《윤동주 연구》, 권영민 편, 192~196면.
7) 김현자, 〈대립의 초극과 화해의 시작〉, 《윤동주 연구》, 권영민 편, 257~258면.

면 오양호는 이 시를 "안주하지 못하는 시대의 유랑의식"이라는 보다 일반적인 주제로 해석하고 있다. 자신의 고향에 돌아와서도 쉴 곳을 찾지 못하고 다시 떠나야 한다는 긴박감에 싸인 화자는, 유랑의식을 상징적으로 보여준다는 것이다.[8]

그렇다면 "白骨"과 "나"와 "아름다운 魂"의 관계는 무엇일까. 이 시는 그 자체만으로는 뚜렷한 해결의 실마리를 보여주지 않는다. 따라서 이를 해석하기 위해서는 이 시를 둘러싸고 있는 외적인 요소들을 참고하지 않을 수 없다. 우선 당시 윤동주의 일상적인 삶의 현실을 고려해 볼 수 있다. 이 시가 씌어진 1941년에 윤동주는 연희전문학교 4학년이었으며, 여름 방학을 맞아 고향인 북간도에 갔던 것으로 되어 있다. 이 시가 씌어진 것이 9월이라고 보면, 이 시에는 방학을 맞아 집에 갔던 체험이 자연스럽게 포함되었을 것이라고 짐작된다. 1연의 "고향에 돌아온 날 밤"은 이같은 실제적인 경험을 바탕으로 씌어졌을 가능성이 크다.

그러면 백골과 나란히 누운 "어둔 房"은 어떨까. 윤동주의 시들은 동일한 소재나 이미지가 자주 반복되는 특징을 가지고 있기 때문에, 유사한 이미지들을 검토하는 것은 이 시를 이해하는 단서가 되어줄 수 있을 것이다.[9] "어둔 房"의 이미지는 같은 해에 씌어진 〈돌아와 보는 밤〉에서도 동일하게 나타난다.

---

8) 오양호, 〈북간도, 그 별빛 속에 묻힌 고향〉,《윤동주 연구》, 권영민 편, 398~399면.
9) 〈또 다른 고향〉이 씌어진 1941년은 〈序詩〉, 〈눈오는 地圖〉, 〈돌아와 보는 밤〉, 〈看板 없는 거리〉, 〈太初의 아침〉, 〈또 太初의 아침〉, 〈새벽이 올 때까지〉, 〈무서운 時間〉, 〈十字架〉, 〈바람이 불어〉, 〈눈 감고 간다〉, 〈길〉, 〈별 헤는 밤〉, 〈肝〉 등 윤동주 대부분의 대표작들이 씌어진 해이기도 하다. 이 시들은 당시 윤동주의 개인적이고 정서적인 환경을 파악하는 데 참고자료 역할을 함으로써, 시 이해에 도움을 줄 수 있다.

．

　세상으로부터 돌아오듯이 이제 내 좁은 방에 돌아와 불을 끄옵니다. 불을 켜 두는 것은 너무나 피로롭은 일이옵니다. 그것은 낮의 延長이옵기에—

　이제 窓을 열어 空氣를 바꾸어 들여야 할텐데 밖을 가만히 내다 보아야 房안과같이 어두어 꼭 세상 같은데 비를 맞고 오든 길이 그대로 비속에 젖어 있사옵니다.

　하로의 울분을 씻을바 없어 가만히 눈을 감으면 마음 속으로 흐르는 소리, 이제, 思想이 능금처럼 저절로 익어 가옵니다.

—〈돌아와 보는 밤〉 전문

　이 시에서 "방"은 "세상"에서 울분을 느낀 "나"가 돌아오는 곳으로서 "피로롭은" 세상과 구별되는 나만의 공간이다. 그곳에서 "나"는 마음속에 흐르는 소리를 듣고, 사상이 익어감을 느낀다. 현실에서 지친 "나"가 돌아와 쉬는 곳이 "방"이며 이 방에서 나올 때 "나"는 "길"에 있다. "방"은 내가 나를 돌아다보고 반성하는 곳이며, 우주와의 교감을 통해 새로운 힘을 얻고 재충전하는 곳이다.
　〈또 다른 故鄕〉에서 "어둔 房"이 "우주로 통"한다는 것은 이러한 맥락에서 설명될 수 있다. 고향에 돌아와 누운 방은 나에게 성찰과 반성의 기회를 제공하며, 현실적인 '나'의 일상적인 갈등을 넘어서 다른 세계를 지향하게 한다. "하늘에선가 소리처럼 바람이 불어온다"는 것은 일상적인 자아에 매몰된 "나"를 깨우는 자각의 순간인 셈이다. 고향에 돌아온 1연과 백골을 들여다보는 3연 사이에는 이러한 자각의 순간이 개입된다. 즉 3연에서 "나"가 백골을 들여다보며 눈물짓는 것은 이러한 반성과 성찰의 다음에 오는 행위인 것이다.

그러면 "白骨"과 "아름다운 魂"은 무엇일까. 단어의 표면적인 의미를 그대로 따라 읽는다면, 나를 따라와 한방에 누운 "白骨"은 "나"의 신체의 일부로서의 '머리', 즉 죽은 후에 한 줌 흙으로 돌아가는 육신의 일부를 뜻하며 그런 의미에서 "魂"과 대비된다. "白骨"이 머리의 육체로서의 면을 강조한 것이라면, "魂"은 머리의 정신적인 면을 강조한 것이다. 즉 "白骨"이 육신을 거느린 일상적인 자아를 상징하는 데 반해 "魂"은 정신적인 측면을 가진 자아로서, "아름다운"이라는 형용사와 결합되어 이상적인 자아를 상징한다. "나"는 이 일상적인 자아(백골)와 이상적인 자아(아름다운 혼)를 동시에 가지고 있는 현실의 실재하는 '나'이다. "어둠 속에서 곱게 風化作用하는 白骨"은 시간의 흐름에 따라 쇠락해 가는 육신을 통해 일상적인 자아의 덧없음을 보여주는 구절이다. 그 백골을 들여다보며 눈물짓는 것은 "나"일까, "白骨"일까, "아름다운 魂"일까? 물론 세 가지 모두이다. "나"는 곧 "白骨"이며 또한 "아름다운 魂"이기 때문이다. 이 세 가지는 결국 "나"의 복합적인 자아를 보여주는 것이다.

이런 의미에서 3연의 "눈물"은 단순한 슬픔이 아니라 또 다른 고향을 찾아가려는 화자의 마지막 인사이며 의지의 표현이라고 해석할 수 있다. 4연에 나오는 "志操 높은 개"가 짖는 소리 역시 마찬가지다. "쫓기우는 사람처럼" 간다는 것은 수동적으로 쫓겨가는 것이 아니라, 길을 떠나려는

"나"의 의지를 달리 표현한 것일 뿐이다. 이때 "志操 높은 개"는 저항의 상징이라기보다는 '志操가 높다고 알려져 있는 개' 라는 일반적인 수사로 읽힌다. 이 부분을 "志操 높은 개"에 비교해서 자신을 부끄러워한다고 해석하는 것은 지나친 과장이다. 평범한 개 짖는 소리를 반성의 계기로 삼는다는 것은, 화자가 깨어 있다는 것을 의미하며 그만큼 자신의 의지를 다지고 있다는 것으로 해석되기 때문이다.

6연에서 화자가 일상적 자아를 내려놓고 가겠다고 다짐하는 그 길은 "아름다운 또 다른 故鄕"으로 가는 길이다. "또 다른 故鄕"은 "아름다운 魂"이 있는 곳이며, 백골이 있는 세계가 아닌, "나"가 지향하는 어떤 곳이다. 그러나 윤동주의 시에서 그곳은 뚜렷한 이미지로 나타나지는 않는다. 그의 시들은 대부분 어딘가를 향하고 있는 길 위에 있지만, 그 길의 목적지가 뚜렷하게 드러나지 않기 때문이다.

잃어 버렸습니다.
무얼 어디다 잃었는지 몰라
두 손이 주머니를 더듬어
길게 나아갑니다.

(중략)

풀 한포기 없는 이 길을 걷는 것은
담 저쪽에 내가 남어 있는 까닭이고,

내가 사는 것은, 다만,

잃은 것을 찾는 까닭입니다.

—〈길〉 부분

"나"는 무언가를 잃어버리고, 그것이 무엇인지, 어디다 잃어버렸는지 몰라서 돌담을 끼고 계속 길을 걸어간다. 아침에서 저녁까지, 또 저녁에서 다음 아침까지. 계속되는 이 길은 언제 끝이 날지 모르고, "나"는 눈물 지으며 다시 길을 간다. 무언가를 찾아나선 길은 고통스럽지만 내가 사는 유일한 이유이다.

이 시에서 알 수 있는 것은 길을 걷는 행위가 뚜렷한 방향이나 목적이 정해져 있는 것이 아니라, 살아감 자체와 동일시되고 있다는 점이다. 중요한 것은 무엇을 잃어버렸는가 하는 대상이 아니라 잃은 것을 찾는 행위이고, 그것을 찾아가는 "길"인 것이다. 길을 걷는 것은 "잃은 것을 찾는 것"이고 그것만이 오직 살아가는 이유이며 삶 자체이다. 그러므로 "또 다른 故鄕"이 어디이며 무엇인지를 묻는 것은 중요한 일이 아니다. 그것이 조국 광복이든, 이상세계이든, 부재자의 품안이든, 상관없이 분명한 것은 화자가 그 "故鄕"을 지향하고 있다는 사실인 것이다.

그러면 하필 그곳을 "故鄕"이라는 말로 표현했을까? 〈길〉에서 "나"로 하여금 고통스런 이 길을 가게 하는 것은 "담 저쪽에 내가 남아 있"기 때문이라고 되어 있다. '담 저쪽에 있는 나'는 곧 다음 연의 "잃은 것"이고, 〈또 다른 故鄕〉의 "아름다운 魂"이다. "아름다운 또 다른 故鄕"은 "담 저쪽"의 세계이고, "잃은 것"이 있는 세계인 것이다. 다시 말하면 그곳은

'잃어버리기 이전의 세계', '잃어버린 낙원과 같은 세계' 이다. "故鄕"이 육체가 태어나 자란 현실적인 공간이라면, "또 다른 故鄕"은 상실되기 이전의 정신적인 고향인 것이다.

이렇게 볼 때 〈또 다른 故鄕〉은 시인의 일상적인 자아와 이상적인 자아의 분열과 갈등을 보여주면서, 그 갈등을 해결하고 다시 길을 떠나는 모양을 보여주고 있다. 이 시에서 강조되는 것은 '또 다른 고향'의 의미가 아니라 그것을 찾아 떠나는 행위 그 자체이다. 윤동주의 시에 자주 나타나는 '거리', '길', '떠남', '가다' 등의 소재들은 모두 무언가를 지향한다는 공통점을 가지고 있다. 그러나 실질적으로 시에 드러나는 것은 길에 서겠다는 의지이거나 혹은 길에 있다는 고백일 뿐, 그 길이 어디로 향하는 것인지는 드러나 있지 않다. 이같은 모호성이 그의 시에 대한 상반된 해석을 가능하게 하는 요인이다. 윤동주의 시에서 중요한 것은 그가 어딘가를 지향하는 행위 자체에 의미를 두고 있다는 사실이다. 그 길이 어떤 길이며 어디로 향해 있는 길인지에 대한 해석은 다양하게 열려 있다. 〈또 다른 故鄕〉은 이러한 특징을 잘 보여주는 대표적인 시라고 할 것이다.

肝

바닷가 햇빛 바른 바위우에 습한 肝을 펴서 말리우자. 코카사쓰 山中에서 도망해온 토끼처럼

저항과 희생의 복합적 구조

둘러리를 빙빙 돌며 肝을 지키자, 내가 오래 기르든 여윈 독수리야! 와서 뜯어 먹어라, 시름

없이 너는 살지고 나는 여위여야지. 그러나, 거북이야! 다시는 龍宮의 誘惑에 안떨어진다. 푸

_ 윤동주 〈肝〉

로메디어쓰 불쌍한 푸로메디어쓰 불 도적한 죄로 목에 맷돌을 달고 끝없이 沈澱하는 푸로메

박 호 영 | 한성대학교 국문학과 교수

디어쓰.

肝

바닷가 햇빛 바른 바위우에
습한 肝을 펴서 말리우자,

코카사쓰 山中에서 도망해온 토끼처럼
둘러리를 빙빙 돌며 肝을 지키자,

내가 오래 기르든 여윈 독수리야!
와서 뜯어 먹어라, 시름없이

너는 살지고
나는 여위여야지, 그러나,

거북이야!
다시는 龍宮의 誘惑에 안떨어진다.

푸로메디어쓰 불쌍한 푸로메디어쓰
불 도적한 죄로 목에 맷돌을 달고
끝없이 沈澱하는 푸로메디어쓰.[1]

1. '간'을 말리는 행위의 의미

1941년 11월 29일에 씌어진 것으로 알려진 윤동주의 작품 〈肝〉은 윤동주의 시라는 사실과, 당시가 식민지였다는 사실 등을 제쳐놓고서라도 동서양의 두 고전—〈토끼전〉과 〈프로메테우스 신화〉—을 혼합하여 썼다는 데서 우선 특이성을 가진다. 더구나 그 당시 씌어진 시들 중 그 소재로 고전을 차용한 예가 극히 드물었음을 감안할 때, '간'을 중심으로 두 고전을 차용하여 시인 나름의 의식을 나타냈다는 것은 시로서의 성공 여부를 떠나 그 수법의 탁월함을 인정하지 않을 수 없다. 이 시의 소재 '간'은 첫 연부터 등장한다.

바닷가 햇빛 바른 바위우에
습한 肝을 펴서 말리우자,

이 부분은 우리가 잘 알고 있듯이 〈토끼전〉 중 토끼가 그의 기지를 살려 구사일생으로 용궁을 빠져나오는 장면이다. 여기서 잠시 토끼가 용궁에 가게 된 것을 생각해 보기로 하자. 이야기의 줄거리는 자라의 유혹에 넘어간 것으로 되어 있다. 하지만 그것은 토끼에게도 현실에 대한 회의와 부정이 있었기 때문이다. 오히려 다음과 같이 토끼가 자의적으로 갔다는 적극적인 견해도 있다.

---

1) 정병욱 외, 《하늘과 바람과 별과 시》, 정음사, 1948.

토끼의 용궁행은 자라의 능란한 구변에 의한 타의에서라기보다는 오히려 살기 어려운 세상에 대한 염증과 좀더 나은 세상으로 도피하고자 하는 스스로의 소망에 의한 자의로 파악되어야 한다.[2]

토끼는 본래 존재론적 고뇌를 나타내는 전형적 동물이다. 이집트 상형문자에서는 토끼가 존재의 개념을 정의하는 결정적 기호로 쓰이기도 했다. 그러므로 존재론적 고뇌를 지닌 토끼는 그가 처한 현실에 대해 회의를 품고 현실 세계가 아닌 다른 세계를 절실히 갈망하고 있었다. 그 계기를 마련해 준 것이 자라인데, 자라에 의한 용궁의 제시는 토끼에겐 매력적인 것이었다. 그래서 용궁으로 가게 되었던 것이다. 그러나 용궁으로 간 결과는 어떠한가? 자신들의 무병장수와 안일을 위해선 수단 방법을 가리지 않는 탐욕과 부패와 권모술수의 세계가 용궁이었으며, 토끼는 그들로부터 간을 내놓으라는, 곧 죽음을 강요받는다. 여기서 토끼는 자기가 살던 곳이 지상낙원이라는 중요한 사실을 깨닫는다. 자기 도피로 택한 용궁이란 곳은 결코 바람직한 장소가 되지 못한다. 그러므로 그는 육지로 돌아온 이후 용궁에 가기 전보다 더욱 자세를 가다듬어 그가 마음먹은 바를 행하게 된다. 그는 '발전적 인물'이 된 것이다.

그 '발전된 인물'이 된 토끼가 육지로 돌아와 우선적으로 행한 일이 습한 간을 펴서 바닷가 바위 위에 말리는 행위였다. 이 행위는 빼앗길 뻔했던 간의 소중함에 대한 재인식과, 간이 있어야만 힘을 지녀 그가 사는 곳

---

2) 임권환, 《〈토끼전〉의 서민의식과 풍자성》, 《판소리의 이해》, 창작과비평사, 1978, 251면.

을 지키며 그들에 대처할 수 있다는 생각에서 비롯된다. 그러면 습한 간을 펴서 말리는 행위는 무슨 의미를 지니는 것일까?

간은 원래 뇌나 심장과 더불어 인체 중의 가장 중요한 부분이다. 그것은 영혼과 깊은 관련이 있으며 힘과 용기의 수용체이기도 하다. 민속학적으로 보면, 북미 믹맥(Micmac) 인디언들은 그들이 죽인 적들의 힘과 용기를 흡수하기 위해 그들의 간을 먹었으며 나이 어린 베추아나(Bechuana) 소년들은 용기와 지혜를 더하려고 소의 간을 먹었다. 그런가 하면 중앙아프리카 민족은 악어의 간을 먹으면 영혼이 확장된다고 믿었다. 오마하(Omaha) 인디언도 좋은 목소리를 내거나 용기를 얻기 위해 간을 먹었다.

그러므로 간은 주로 용기와 힘, 또 영혼과 관련된다. "습한 간"은 그 용기와 힘이 침윤당한 것이다. 어쩌면 빼앗겼을지도 모르는 간. 그 간을 잘 지켜내긴 했으나 바닷물에 젖어버렸다. 젖은 간은 원래 상태가 아니기에 제구실을 하지 못한다. 힘을 쓸 수가 없다. 말려야만 간은 그전대로 제 기능을 한다. 그래서 육지로 나오자마자 간부터 말린다. 그것도 물기 하나 없이 하려고 볕이 바른 바위를 택해 말리는 것이다.

이 행위 속엔 용궁에 갔던 자신에 대한 반성과, 용궁의 잔재를 말끔히 지워버리고 힘을 소생하려는 의지가 담겨 있다. 용궁은 이제 그에겐 대립되는 세계, 지배층의 세계다. 윤동주의 일단의 저항 의지가 이 1연 2행을 통해서 보인다. "말리우자"라고 청유형으로 끝나는 것은 권고를 할 수 있을 만큼 지배층의 세계를 깨달았기 때문이라고 할 수 있고, 자기 자신에 대한 다짐이라고도 볼 수 있다. 그러면 말리는 과정 중이나 또는 말린 다음에는 그 간을 어쩔 것인가? 여기서 윤동주의 뛰어난 상상력이 작동한다. 즉 프로메테우스 신화가 끼여드는 것이다.

2. "간을 지키자"는 구절의 바람직한 해석

코카사쓰 山中에서 도망해온 토끼처럼
둘러리를 빙빙 돌며 肝을 지키자,

2연에 이르러 이 시의 〈토끼전〉은 〈프로메테우스 신화〉와 교직된다. 그것이 '교직' 될 수 있는 근거는 두 고전 이야기에 공통적으로 등장하는 '간' 때문이다. 〈토끼전〉에서는 토끼가 용궁에서 용왕에게 간을 빼앗길 뻔하다가 지켰고, 〈프로메테우스 신화〉에서는 프로메테우스가 인류에게 불을 훔쳐준 죄로 제우스신의 분노를 사서 코카서스 산에 있는 바위에 묶인 채 매일 독수리에게 간을 쪼아 먹혔다.

이 두 고전에서 간이 의미하는 바는 모두 힘이다. 토끼의 간을 빼내려는 것은 그 간으로 용왕의 병을 고쳐 힘을 되찾아주기 위함이고, 독수리로 하여금 프로메테우스의 간을 쪼아먹게 한 것은 그의 힘을 거세하기 위함이다. 그러므로 힘을 지니려면 간이 절대적으로 필요한 것이다. 누구에게도 그것을 빼앗기기만 하면 자신은 힘이 쇠해지는 반면 상대방은 강해진다. 그래서 힘을 고수하기 위해 "코카사쓰 山中에서 도망해 온 토끼"는 간을 지키려 한다.

물론 그 힘이란 것은 상대방을 쓰러뜨릴 수 있는 정도의 지배적인 힘은 아니다. 그것은 자기의 생명을 지탱하고, 적어도 지배층이 침입해 올 때 그에 대처할 수 있는 힘, 자기 보전에 필요한 힘이다. 여기서 간을 지키는 이것을 살기 위해 빼앗기지만 않으려는 굴종의 지킴으로 보아서는 곤란하다. 그런 식의 해석으로는 3, 4연에서의 여윈 독수리를 살찌우려는 의미를 파악할 수가 없다. 생명이나 지탱하는 간을 아무리 뜯어먹게 한들 그 여윈 독수리가 어떻게 힘을 보강하여 독수리로서의 구실을 한단 말인가? "肝을 지키자"는 구절의 적극적인 해석의 필요성이 이에서 생긴다.

그렇게 볼 때, 분명 2연에서의 코카사쓰 산의 등장은 윤동주의 저항의 면모를 보인 것이다. "코카사쓰" 산은 프로메테우스가 꼼짝하지 못한 힘과 폭력의 공간이다. 그는 그 산에 있는 바위에 권력의 신 크라토스와 폭력의 신 비아에 의해 결박을 당했다. 그러므로 그로부터의 도망은 힘과 권력에 의한 속박으로부터의 해방이다. 힘과 권력에 눌려 있던 토끼이기에 코카서스 산의 토끼는 누구보다도 힘과 권력을 경계하고 대응적이 되며, 자신도 버티고 보전되기 위해 힘을 갖추려고 한다. 따라서 간을 지키려는 것은 당연하다. 왜냐하면 힘과 권력에 의한 속박을 겪어봤기 때문이다.

"코카사쓰 山中에서 도망해온 토끼"가 힘과 권력의 속박을 벗어난 토끼인 점에 있어서는 '용궁에서 도망해 온 토끼'라는 것이 제대로 된 진술일지 모른다. 그렇다면 왜 군이 시인은 "코카사쓰 山中에서 도망해온 토끼"라고 한 것일까? 그것은 두 가지 측면에서 대답이 가능하다. 하나는 '용궁에서 도망해 온 토끼'라고 할 때, 이것은 우리가 이미 아는 바 그대로의 진술이어서 시적 표현이 되지 못한다. 시적 긴장도 유지할 수 없다. 그러므로 윤동주는 힘과 권력에 의한 속박의 세계인 점에서 용궁과 동일한 코카서스 산을 빌려왔다. 그 결과 이질적인 두 고전의 접합이라는 무리한 점도 없지 않으나 "山中에서 도망해온 토끼"라는 자연스러운 표현이 되면서 시적 긴장도 유지하게 되었다.

또 하나는 3연으로의 무리 없는 연결을 위해서이다. 3연의 독수리의 등장은 2연의 코카서스 산을 전제로 할 때에 가능하다. 우리가 잘 알고 있다시피 토끼전에는 독수리가 출현하지 않는다. 그런데 1, 2연이 용궁에서 도망쳐 나온 토끼의 얘기뿐이다가 갑자기 3연에서 독수리가 나오면 의미 연결이나 시의 구조상 부자연스러운 것이 되고 만다. 결국 2연의 "코카사쓰 山中에서 도망해온 토끼"는 이 시에 수용된 두 고전을 무리 없이 연결시켜 주는 핵심적인 역할을 하는 구절인 셈이다.

3. 자기 희생을 통한 속죄양 의식

내가 오래 기르든 여윈 독수리야!
와서 뜯어먹어라, 시름없이

독수리는 힘의 상징이다. 그것은 호전적이며 신성한 위엄을 지닌 것으로 인식되기도 하고, 하늘로부터의 사자의 역할을 수행하기도 한다. 앞서 말했듯이 3연의 독수리는 힘의 상징인 독수리로서 2연의 코카서스 산으로 인해 무리 없이 등장한 것이다. 그래서 간을 쪼아먹는 독수리다.

그러나 이 독수리는 코카서스 산의 독수리처럼 탐식의 독수리가 아니다. 그것은 확고한 목표 의식을 갖고 양육된 독수리다. 더구나 오래 길러지긴 했으되 여윈 존재다. 여기에 이르러 우리는 다시금 "내"가 기른 "여원 독수리"의 의미를 파악하지 않을 수 없다. 김흥규는 이 독수리에 대해 다음과 같이 말하고 있다.

화자(토끼로 형상화된 자신)는 "독수리"를 스스로 길렀으며, 자기 간을 뜯어먹도록 요구한다. 이때 "독수리"는 화자의 밖에 있는 존재가 아니라, 자기의 생명(간)을 쪼아내며 아픔을 주는 자아의 예리한 의식 이다. 자신의 삶을 쪼아내는 자아의 의식활동이 치열한 아픔을 주지만 그는 안식이 아니라 고통을 선택한다. 오히려 고통을 주는 반성적 의식 이 살질 것을 기대하는 것이다.[3]

독수리가 자아의 예리한 의식이라 할 때, 오랫동안 이 의식의 독수리를 길러 온 것은 칼날을 갈아온 것이요, 저항의 정신을 지녀온 것으로 볼 수 있다. 이 의식의 독수리가 여윈 것은 '나'의 적극적이지 못한 태도 탓이 다. 이제 '나'는 독수리가 간을 뜯어먹는 것을 허용한다. 그것은 의식의 독수리로 하여금 힘을 갖추게 하려는 것이다. 다시 말해 자아의 의식이 현실에 대해 저항적이며 예리해지기를 기대하는 것이다. 그러면 간을 뜯 어먹히는 '나'는 어떻게 되는가? 상대적으로 약해질 수밖에 없다.

너는 살지고
나는 여위어야지, 그러나,

3) 김흥규, 《윤동주론》, 창작과비평사, 가을호, 1974, 627면.

오래 기르던 독수리를 살찌게 하고 '나'는 여위겠다는 생각, 그것은 자신의 육체는 희생하더라도 자신의 의식은 예리하게 비판적으로 지니겠다는 뜻이다. 그러므로 '너'는 정신적 자아요 '나'는 육체적 자아라고 할 수 있다. 여하튼 그는 육체적 자아의 희생은 감수하려고 한다. 그렇지만 그것이 자신에 대한 전적인 포기는 아니다. 이것은 4연 끝머리 "그러나"라는 단어가 대변해 준다.

"그러나"는 여위어 힘은 없지만 어느 누구에게도 예속되지 않겠다는 의지, 뜯어먹히더라도 간을 내놓을 수 없다는 결의를 표명한 것이다. "그러나"가 다음 연에 나오지 않고 "나는 여위어야지" 다음에 바로 접속된 것은 그런 뜻이 담긴 시인의 의장(device)이다. 그래서 바로 그 다음, 한 번 유혹에 넘어갔던 대상에 대해서 자기 나름의 결단을 보여준다.

거북이야!
다시는 용궁의 유혹에 안떨어진다.

주지하다시피 용궁의 유혹에 넘어가 용궁으로 갔던 것은 자기가 위치한 세계를 부정했던 것이다. 그러나 그것은 자기의 부정을 내포한다는 것을 깨달았다. 자신의 진정한 삶이 이루어지는 것은 자기가 처한 세계에서 살 때다. 비록 지금 처한 세계가 억압되고 고통스러운 곳이지만 이곳을 벗어나는 것은 도피일 뿐 그로 인해 구원을 받지는 못한다. 윤동주는 여기서 실존의 문제를 제시한다. 다시 말해 '다시는 유혹에 안 떨어진다'고 하는 것은 존재의 본질을 이해한다는 뜻이다. 그것은 존재의 방법에 대한 깨달음이기도 하다. 윤동주는 자기 희생을 존재의 방법으로 삼았다. 그의 속죄양 의식은 이로부터 나온다. 마지막 연은 바로 이 속죄양 의식이 드러난 것이다.

> 푸로메디어쓰 불쌍한 푸로메디어쓰
> 불 도적한 죄로 목에 맷돌을 달고
> 끝없이 침전(沈澱)하는 푸로메디어쓰.

프로메테우스는 따지고 보면 인류를 비참의 나락에서 구해 준 은인이다. 회향나무 줄기를 하나 들고 하늘로 가서 천상의 불을 훔쳐다가 인간들에게 나눠줌으로써 인간은 불을 얻을 수 있었고 따뜻하게 지낼 수가 있었다. 어찌 그뿐이랴? 집 짓는 법, 글쓰기 등도 모두 그에게서 배운 것이다. 그러므로 어찌 보면 그는 '인류 문화의 정신, 지성의 상징'이다.

그러나 그는 불을 훔쳐 인류에게 은혜를 베풀어준 죄로 바위에 묶여 매일같이 간을 쪼아먹히는 고통을 당한다. 밤마다 새로 간이 돋아나기에 그 고통은 끊임없이 계속된다. 그는 인류의 죄를 대속하기 위해 십자가의 고통을 지는 예수와도 같다. 그가 목에 맷돌을 달고 끝없이 침전한다는 것은 이러한 자기 희생의 발로라 할 수 있다. 여기서 "맷돌"은 십자가에 상응하는 것이요, 한국적인 것의 전형물이다. 이것은 프로메테우스란 존재가 바로 윤동주 자신으로 받아들여지는 이유이기도 하다.

懺悔錄

잃어버린 시간 속을 걸어가는

슬픈 사람의 뒷모습

_ 윤동주 〈懺悔錄〉

김용희 | 평택대학교 국문학과 교수 |

懺悔錄

파란 녹이 낀 구리거울 속에

내 얼굴이 남아 있는 것은

어느 王朝의 遺物이기에

이다지도 욕될까

나는 나의 참회의 글을 한 줄에 줄이자.

―滿二十四年―個月을

무슨 기쁨을 바라 살아 왔는가.

내일이나 모래나 그 어느 즐거운 날에

나는 또 한 줄의 懺悔錄을 써야 한다.

―그 때 그 젊은 나이에

왜 그런 부끄런 告白을 했던가.

밤이면 밤마다 나의 거울을

손바닥으로 발바닥으로 닦아 보자.

그러면 어느 隕石밑으로 홀로 걸어가는

슬픈 사람의 뒷모양이

거울 속에 나타나온다.[1]

　윤동주의 시를 읽는 작업은 청춘 시절의 어두운 화석을 꺼내 더듬어보는 일과 같다. 그의 시 내면 속에는 삶에 대한 설명할 수 없는 열망과 알 수 없는 절망이 서로 등 기대어 앉아 있다. 동주의 시는 마음속의 열망과 절망이 서로 교차되고 겹쳐지면서 씌어진 젊은 순수의 기록들이다. 삶에 대한 부끄러움, 연민, 자의식, 엄격할 만큼의 염결성. 그의 시는 "하늘을 우러러 한 점의 부끄러움도 없이" 살려고 한 한 낭만적 순수주의의 전형을 보여준다. 그런 점에서 동주 시에 대한 해석을 시도하는 일은 이미 투명하게 통과한 시적 파문의 울림에 다시 해석자의 의도와 주관의 얼룩을 입히는 일인지도 모른다. 아니 윤동주 시 해석을 시도하는 일은, 29세 때 후쿠오카 형무소에서 이름 모를 주사를 맞고 죽은 한 불쌍하고 사랑스러운 젊은 시인의 영혼에 대한 진혼곡이라는 주관적 정서에서 결코 자유로울 수 없을 것 같다. 시 해석은 유예되고 시인은 죽고 오직 시만이 홀로 살아남아야 하리라. 그럼에도 시인의 죽음과 삶을 둘러싸고 있는 광휘를 거두고 시 읽기의 조심스러운 천착이 이루어져야 하는 것은 다시 동주 시에 대한 본원적 복원과 관계된다는 생각이다. 시 해석의 혼돈의 그림자를 지우고 역사와 시대의 어둠 속에서 동주의 시는 서서히 부조되며 동굴 밖 빛

---

1) 〈이육사 · 윤동주〉, 《한국현대시문학대계》, 지식산업사, 1980.

속으로 걸어나와야 하리라.

윤동주의 〈서시〉는 푸쉬킨의 〈삶〉만큼이나 대중 정서에 호흡되는 키치시의 전형이 되어 있다. 사춘기 청소년들이나 이미 청년의 때를 살아버린 기성들에게도 〈별 헤는 밤〉이나 〈서시〉는 삶의 순결성을 가다듬는 상징이 되어 있다. 냉정한 역사 현실 속에서 끊임없는 자기 부정으로 자기 정화를 시도하려 한 한 시인의 고투가 사물적 물신에 길들여진 대중들에게 잃어버린 정서에 대한 환기의 의미를 지닌다는 사실은 아이러니하다. 치열했던 식민지 시인의 내적 투쟁이 대중상품의 기호로 청소년의 노트나 조잡한 액자, 혹은 라디오 디제이의 감성적 목소리에 실리는 정황들은 낭만적 허위의 감미로움 속에 동주 시의 정체를 은폐시키는 것일 수도 있다.

그럼에도 분명한 것은 윤동주의 시는 시간의 시련을 견뎌내면서 많은 한국인들의 사랑을 받아왔고 또 여전히 그것은 현재에도 진행되고 있다는 사실일 것이다. 어찌 보면 윤동주 시는 연약하기 이를 데 없는 감성기 청년의 허무와 절망, 부끄러움, 자기 연민의 과잉성으로 가득 차 보인다. 동주 시의 어떤 시적 특질들이 독서를 지속적으로 가능하게 한 것일까. 그것은 동경 유학파의 창백한 지식청년이면서 식민지 백성으로서 부끄러운 고백을 할 수밖에 없는 삶에 대한 양심 실린 고백이 인간 보편적 근원성과 맞닿아 있다는 사실 때문일 것이다. 한국민들이 가지고 있는 근원적 비감 혹은 정서적 페시미즘의 근저를 윤동주의 시는 건드리고 있다. 자신의 이름을 별이 비치는 언덕 위에 쓰고 다시 흙으로 덮어버릴 수밖에 없는 정신적 순결과 염원들은 범접할 수 없는 순수의 신화를 이끌어내고 있다. 하늘과 자연에 대한 희구는 동양적 구도와 염결과 한의 정서를 담고 있는 것임에 분명하다.

　그러면서 동주의 시는 저항시에 대한 시비 논란이 계속되고 있으며 시해석에서도 자의적 해석이 이루어져 정작 동주 시의 정확한 이해에 걸림돌이 되고 있다. 이 글에서는 윤동주의 〈懺悔錄〉에 관한 고찰을 차례로 살피고 해석의 논란이 되는 부분들에 대한 재해석과 새로운 해석의 가능성을 탐지해 보고자 한다.

　윤동주의 시적 자아를 찾으려는 그 입구에서 우리는 '고개 숙인 어떤 초상'을 발견하게 된다. 내면성에 대한 끊임없는 시인의 탐색은 자신을 향하여 고개를 숙이게 한다. 동주는 고개 숙여 자신의 초상이 있는 우물 혹은 거울을 들여다보거나 강물이 흐르는 손금을 들여다본다. 그러면서 시인은 고개를 숙인 만큼 고개를 치켜든다. 하늘과 별 혹은 첨탑의 꼭대기 위에 있는 십자가를 올려다보는 시인의 행위는 김남조의 말대로 윤동주가 가지고 있는 "자기 내의 메시아적 본질"이라 할 수 있다. 〈懺悔錄〉은 이 두 가지의 운동 형식 중에서 고개 숙여 자신을 들여다보는 자아의 내적 성찰이다.

　〈懺悔錄〉은 망국의 역사에 대한 욕됨을 참회하는 시인의 자성적 기록이라 할 수 있다. 1연에서 시인은 "파란 녹이 낀 구리거울 속"에 남아 있는 자신의 얼굴을 '욕된 역사'로 여긴다. 시인은 녹이 낀 불투명한 역사의 욕된 거울을 투명하게 닦아 욕됨을 씻어내고자 한다. 이러한 시적 자아는 김우창의 지적대로 "갈고 닦을 수 있는 거울"이며 〈自畵像〉에서의 "우물"이며 김윤식의 말대로 서정주 시에서 나타난 "툇마루의 거울"에 견줄 수 있다. 그것은 나르시시즘의 거울이면서 자기 실현을 위해 닦는 '큰 자아의 가능성'으로 이야기될 수 있다.

〈懺悔錄〉에서 해석의 논란이 되고 있는 부분은 3연과 마지막 5연이라 할 수 있다. 3연에서 문제되는 것은 현재의 '참회'와 미래의 '참회'의 상관성에 관한 것이다. 이남호는 고등학교 문학 교과서에 대한 시 해석의 부분을 지적한다. 민족의 욕됨에 대한 망국민으로서의 현재적 참회는 당연히 수긍할 만한 것이라 하더라도 즐거운 날, 즉 미래에 오늘 현재에 한 참회를 다시 참회한다는 부분에 대하여 수긍하기 힘든 부분이 있음을 언급한다. 교과서 해설의 부분에서처럼 조국 해방을 맞은 그날에 다시 오늘의 참회를 참회한다면 현재의 참회가 단지 소극적 고백에 불과하다는 것을 인정하는 것이고, 그렇다면 현재의 참회는 거짓이거나 가짜라고 말한다. 이남호는 동주에게 가장 큰 갈등의 문제가 민족적 행위를 위해 스스로 가치로 위하던 순수와 사랑을 일시적으로 포기할 수밖에 없는 부분이라고 지적한다. 그런 점에서 3연에서의 참회는 민족적 행위의 정당성을 찾으면서 사랑과 순수를 일시적으로 포기하였던 부분에 대한 미래의 참회라는 사실이다.

그러나 나는 이남호의 해석보다 교과서의 해설 부분이 더 수긍이 가는 것이 아닌가 한다. 윤동주를 이남호의 지적처럼 "민족의 현실을 책임지기 위해 최고의 가치로 추구하던 사랑과 순수의 세계를 일시적으로 포기해야 했던" 인물로 보기 힘들다는 점이다. 윤동주에게서 순수와 민족은 따로 이분법적 선택에 의해 존재하는 양단의 대립적 대상물이 아니라고 할 수 있다. 그가 순수와 사랑을 중시하였기에 민족을 사랑할 수 있었고 별 하나하나에 그리운 고국의 이름들을 대칭시킬 수 있었다. 동주가 순결과 순수의 영혼이었기에 민족에 대한 끝없는 부끄러움과 결단을 찾으려 하였던 것이 아닐까. 그런 점에서 3연에서 그 "즐거운 날", 미래의 광복의 날에 하게 될 '참회'는 시인의 순수를 다시 부각시키는 참회임에 틀림없다. 윤동주가 미래에 하게 되는 '참회'는 망국민으로서 지금 현재에 하는 어떤 참회도 결국 다시 참회가 되어야 할 부끄러운 것일 수밖에 없다는 결벽증적 자의식의 표징인 것이다. 결국 그는 끝없는 자기 부정을 감행함으로써 스스로 염결성의 극치, 순수의 극치를 드러내 보이고 있다는 점이다.

마지막 5연도 동주의 끝없는 자기 갈등, 그러면서 진행되는 부단한 자기 연마의 과정을 보여준다. "슬픈 사람의 뒷모습이/거울 속에 나타나온다"라는 시구에서 김남조는 미래의 희망과 영속성을 약속의 담보로 보는 데 반하여 김우창은 "영웅적인 운명을 스스로 창조하는 지도자보다는 비장한 수난자, 앞으로 나아오는 것보다는 뒤로 물러가고 사라져가는" 사람의 모습으로 설명한다. 이에 대하여 김승희는 운석이 우주의 운행 질서에서 떨어져 나간 별로서 죽어버린 왕조 속에서 자신의 정체성을 구할 수 없는 "분열된 주체"의 상징으로 보고 있다. 여러 해석 속에서도 "슬픈 사람의 뒷모습"은 끊임없는 자기 성찰의 자의식으로 가득 찬 고독자의 상징인 것만은 분명한 것 같다.

거울이야말로 반성의 등가물이라 할 수 있다. 거울은 영혼을 나타내는 이름이며 '동일시'라는 이름으로 비춰진 대상을 통해 그 자신에 대한 깨달음을 수행하게 한다. 그러나 분명한 것은 거울은 어둡고 깊은 인간의 근저에 존재하는 또 다른 자아의 분열을 드러내는 쌀쌀맞은 나르시스의 본체이다. 거울의 냉혹한 금속성은 결국 존재가 그림자에 지나지 않으며 그것은 반사된 빛의 파장에 불과하다는 것을 증명해 준다. 나는 누구인가? 거기에는 반사된 내가 있을 뿐이다. 거울은 둘인 내가 존재할 수밖에 없음을 견지시키는 자기 연민/자기 학대의 물상인 것이다. 동주의 내성적 자아는 끊임없이 거울을 닦는다. 이 편집광적인 자아 성찰의 과정은 지극히 여성적 마조히즘의 전형을 보여준다. 이를테면 남성적 마조히즘이 파괴적인 것으로 나타나는 데 반하여 죄의식과 속죄의 의미를 띠는 '닦는─수행(修行)'의 과정은 자신의 참회와 부정을 통하여 긍정을 찾는 여성적 마조히즘의 성격을 띤다. 종교적인 수행의 과정 자체가 일종의 마조히즘의 형태라고 할 수 있는데, 이는 이미 윤동주의 〈십자가〉에서 "꽃처럼 피어나는 피를(……)조용히 흘리"는 속죄양으로서의 죽음의식을 드러내는 데에서도 확인된다. 죽음을 향한 마조히즘의 과정은 곧 재생으로 이어지기 위한 희생 모티프라는 점에서 긍정적 구원을 함유한다. 이 시에서 "손바닥으로 발바닥으로" '닦는' 행위는 접촉과 마찰에 의한 마조히즘적 신체 수고이다. 이것은 결국 거울 속에 비어 있는 자아 혹은 오욕된 역사로서의 "내 얼굴"을 정화시키는 종교적 수행, 마조히즘적 구도를 통한 구원으로 해석된다.

　　그러나 동주에게서 '닦는' 행위는 일종의 그의 운명 자체를 담고 있는 은유라 할 수 있다. 그는 끊임없이 '닦는' 수행 과정을 통해 긍정을 향한 자기 부정이라는 삶을 감행한다. 시인에게서 자기 부정과 자기 수행의 극치는 결국 시쓰기의 기원이라는 근원점으로 향하게 한다. 시인에게 시를 쓰는 것은 곧 부단히 거울을 닦는 행위와 일치한다. 동주는 '쉽게 씌어지는 시'를 부끄러워한다. 시쓰기는 지워지고 다시 되풀이된다. 그의 시는 다음에 태어날 시를 기다리며 억제된 채 침묵하면서 속삭이는 부끄러움의 시이며 자기 부정의 시인 것이다. 그런 점에서 동주의 시는 이미 그가 써두었던 시 혹은 그가 쓰고자 하는 시 자체에 대한 무한한 웅얼거림에 속하게 된다. "무엇인지 그리워(……)이름자를 써 보고,/흙으로"(〈별 헤는 밤〉) 덮어 지워버리는 시인의 쓰기 행위는 써가면서 지워가는 자기 부정, 머뭇거림의 연속이라 할 수 있다.

이러한 지움의 반복은 〈懺悔錄〉에서 참회의 과정과 등가성을 지닌 채 등장한다. 2연에서 쓴 참회의 기록은 다시 3연에서 미래의 '참회'의 기록에 의해 지워지고 부정된다. 앞에서 참회한 말은 뒤에 말하는 것에 의해 부정되기 위한 하나의 대상이 된다. 시인의 삶은 참회의 과정이며 시쓰기의 과정은 지워가며 썩어지고 다시 지워가는 과정임을 시인은 〈懺悔錄〉에서 보여준다.

그리하여 윤동주는 시쓰기를 통해 써야 할 작품을 찾고 있으며 동시에 잃지 말아야 할 시간을 찾는다. 결국 우리는 동주의 시를 해석하며 그의 시 해석의 궁극점이라고 할 수 있는 시간의 문제와 만나게 된다. 윤동주의 부끄러움은 결국 과거의 역사와 현재의 자아라는 시간적 결박에 놓여 있다. 현재의 존재는 누구나 과거의 포로일 수밖에 없다. 동주가 바라보는 미래도 일종의 과거를 미래에 투사하는 것이라 할 수 있다. 과거의 참담한 고백은 미래에 또 다른 후회와 고백을 낳게 한다. 그리하여 시인은 과거, 현재, 미래라는 이 지속으로서의 시간의 연속성을 믿고 있다. 미래의 그 어느 즐거운 날을 시인은 기다리고 있으며 이것이 윤동주의 시가 전언하는 '희망'이다. 동주는 과거에서부터 벗어나는 시간을 미래로 설정하고 있다. "그 어느 즐거운 날"은 동주에게서 "나의 언덕에 봄이" 오는 시간이며 "이름자가 묻힌 언덕 위에 싹이" 돋아나는 순간이다. 그러기 위해 시인은 밤마다 자신의 거울을 닦고 다시 닦는다. 미래는 일종의 원상회복의 한 형태를 의미한다. 불연속적이고 동강난 존재가 다시 존재에 대한 진정한 자아를 구성하는 심오한 일체성을 회복하는 순간이다. 미래는 구원의 이름으로 회복된다.

그렇지만 이것은 일종의 환상이다. 미래는 어떤 실체도 없다. 미래라는 하나의 아우라 혹은 열망과 선망만이 있다. 시인이 거울 속에서 보고자 하는 미래는 참회의 과거를 환기, 반복한다. 그리하여 회복되고 복원된 것으로서의 미래가 아니라 유산의 일부가 된 현재의 참회를 다시 참회하는 미래의 모습이다. 그의 진정한 열망은 미래라는 이름으로 그 어느 날을 기다리기보다 현재의 끝없는 자기 수행의 과정, 현재의 자기 존재감에 대한 첨예한 감각에 더 집중되어 있다. 또한 동주에게는 결코 벗어날 수 없는 과거가 그의 앞에 있다. "어느 왕조의 유물"처럼 욕된 과거는 사라지지 않는 "푸른 녹"처럼 남아 있다. 과거는 완전히 지나가버린 것이 아니라 현재로 이식된 시간이며 동주 자신의 얼굴인 셈이다. 벤야민의 말대로 과거는 과거가 아니라 현재이며 "결코 아직 지나가지 않은 현재"라 할 수 있다. 그런 측면에서 윤동주의 현재는 언제나 과거에게 쫓기는 현재(〈또 다른 故鄕〉)이거나 과거를 불러들이는 현재("별 하나에 아름다운 말 한마디씩 불러봅니다……이네들은 너무 멀리 있습니다"〈별 헤는 밤〉)라 할 수 있다. 동주에게 미래와 과거는 언제나 현재라는 소실점 속으로 사라진다. "운석 밑으로 홀로 걸어가는/슬픈 사람의 뒷모양"을 다시 확인하는 그것이 미래와 과거의 시간이 소실되어 함몰하는 현재의 구멍이다. 동영상처럼 "거울 속에 나타나"오는 진행형의 뒷모습은 동주의 현재라는 컴컴한 구멍이다. 언제나 미래는 결핍되어 있고 시인은 현재 속에 머물러 있다. 시인은 현재의 긴 행로에서 여행을 멈추지 않고 가련한 숙박지에서 들려오는 저 미래의 바람 소리를 탐지한다. 〈서시〉("오늘 밤에도 별이 바람에 스치운다"), 〈쉽게 쓰여진 시〉("눈물과 위안으로 잡는 최초의 악수") 윤동주의 〈懺悔錄〉은 과거에 대한 저주받은 부채 관계를 견뎌내는 현재의 청산 과정을 담은 것이라 할 수 있다. 동주 시에서 진행되는 현재에 대한 안쓰러움과 자기 응시는 과거와 미래 사이의 틈에서 끊임없이 시간의 열쇠를 찾아 움직이는 자기 형성의 과정이다. 쉽게 씌어지는 시는 언제나 다시 새롭게 씌어져야만 하고 참회는 계속되어야 한다. 시인은 밤마다 거울을 닦는다. 동주의 자아는 무엇보다 '시간적 자아'인 것이다. 그는 '시간의 신경증 속에서 생긴 궤양' 속에서 한시라도 앞을 향해 나아가지 않을 수가 없는 비장한 시간 속을 걸어간다. 동주는 역사의 변제(辨濟)와 희망의 미래라는 두 힘, 절망과 열망이라는 두 격정의 겨룸 속에서 진행되고 있는 현재와 싸우고 있다. "운석밑으로 홀로 걸어가는/슬픈 사람의 뒷모양"은 시간에 쫓기며(과거) 잃어버린 시간(미래)을 찾아가는 사람의 뒷모습이다. 그는 시간의 시인이다.

落花

꽃이 지기로소니 바람을 탓하랴. 주렴 밖에 성긴 별이 하나 둘 스러지고 귀촉도 우름 뒤에 머

〈落花〉에 나타난 무시간성과

언 산이 닿아서다. 촛불을 꺼야하리 꽃이 지는데 꽃지는 그림자 뜰에 어리어 하이얀 미닫이

제유적 세계 인식

가 우련 붉어라. 묻혀서 사는 이의 고운 마음을 아는 이 있을까 저허하노니 꽃이 지는 아침은

_ 조지훈 〈洛花〉

울고 싶어라.

최 승 호 | 대구대학교
국문학과 교수 |

落花

꽃이 지기로소니
바람을 탓하랴.

주렴 밖에 성긴 별이
하나 둘 스러지고

귀촉도 우름 뒤에
머언 산이 닥아서다.

촛불을 꺼야하리
꽃이 지는데

꽃지는 그림자
뜰에 어리어

하이얀 미닫이가
우련 붉어라.

묻혀서 사는 이의

고운 마음을

아는 이 있을까
저허하노니

꽃이 지는 아침은
울고 싶어라.[1]

1

조선조 사대부들의 시는 쉬운 듯하면서도 어렵다. 그들의 후예들인 이병기, 정지용, 조지훈 등 문장파 시인들의 자연서정시 또한 일견 평이한 듯하면서도 그 깊은 의미를 파악하고자 하는 사람들에게 상당한 어려움과 당혹스러움을 안겨주는 게 사실이다. 이들의 산수시 또는 자연서정시가 어려워 보이는 것은 어떤 현학적인 내용이 들어 있어서가 아니다. 그렇다고 까다로운 기법 때문도 아니다.

사실 그들의 시작품이 생각보다 접근하기 어려운 것은, 역설적으로, 겉으로 보이는 평이함 때문인지도 모른다. 겉으로 보이는 평이함 너머에 뭔가 있을 듯 없을 듯, 알 듯 모를 듯한 심오한 정신 세계가 자리잡고 있는 것

---

1) 《청록집》, 을유문화사, 1946.

처럼 느껴지기 때문이다. 더군다나 대가의 작품일수록 겉으로는 더욱더 평이하고 단순해 보인다. 그냥 간단한 풍경시 또는 사물시(事物詩)만으로 보이는데 그 속에 고도의 형이상학이 들어 있다고 하니 독자들의 입장에서 보면 주눅들지 않을 수 없다. 다시 말해서 지극히 단순하고 소박해 보이는 산수시 앞에서 독자들은 아찔한 현기증을 느끼는 것이다. 현기증, 이것이 바로 산수시 속에 내포되어 있는 난해성의 비밀이다.

전통적으로 산수시는 동양인들의 세계관을 그 바탕으로 하고 있다. 이때 '산수'는 단순한 물리적인 자연물이 아니라 동양인들의 세계관이 들어 있는 정신적 실체로 취급되어 왔다. 그들의 관념에 따르면, 자연 속에는 형이상학적인 이법(理法)이 들어가 있다. 따라서 자연은 그의 일부인 인간과 정신적·생명적인 교감을 하고 있는 것으로 보고 있다. 산수시가 지닌 미학의 요체는 바로 시적 자아인 인간과 대상인 산수자연과의 정신적·생명적 교감에 있다. 이러한 교감은 철학적으로는 '감응(感應)'이라 불리고, 시학적으로는 의경론, 정경론, 생명시학, 형이상학론 등으로 설명된다.

그런데 전통시학 또한 쉬운 듯하면서도 만만찮게 어렵다. 한결같이 직관적인 용어들로 구성되어 있기 때문이다. 기(氣)라는 용어 하나만 보더라도 이것은 결코 근대 과학적인, 논리적, 분석적 개념이 아니다. 직관적이라는 것은 체험적인 것이다. 동양시학은 체험하지 않으면 도무지 이해될 수 없다. 그래서 어렵고 난해하다 할 수 있다.

조지훈의 초기 자연서정시들도 예외가 아니다. 그것들은 그저 단순한 서정 소품처럼 보인다. 일제 말기 파시즘이라는, 모든 것을 얼어붙게 하던 시절에 이런 음풍농월처럼 보이는 한가한 시가 도대체 무슨 의미가 있을 것인가 하고 의문을 갖게 한다. 김일성 부대나 김구 부대처럼 총을 들고 직접 싸우는 것도 아니고, 의열단원 이육사처럼 장렬하게 죽음으로 맞서지도 못한 채 나약하게 자연으로 도피하는 것처럼 보이는 면이 있는 것도 사실이다. 그럼에도 불구하고 많은 사람들이 결코 이들 시를 무시하지 못하고 애송한다는 사실은 그 속에 심오하고 신비한 그 무엇이 있어 보이게 한다. 도대체 이들 시가 지닌 마력은 무엇인가.

조지훈의 초기 자연서정시는 대부분 은거 생활과 관련되어 있다. 그의 은거 생활은 월정사 은거 시기와 고향 마을에서의 은거 시기로 나뉜다. 초기 은거 시기에 나온 작품들로 〈마을〉, 〈달밤〉, 〈古寺〉, 〈山房〉 등을 들 수 있다. 이들 작품을 두고 조지훈 자신은 선미(禪味)와 관조(觀照)에 뜻을 둔 "슬프지 않은 자연시"라 부른다. 첫번째 은거 시기는 1942년 4월부터 같은 해 12월까지이다. 조지훈은 월정사에서 외전강사(外典講師)로 있었는데, 그가 선미와 관조에 뜻을 둔 까닭으로는 보통 다음과 같이 두 가지를 들고 있다. 첫째는 시대적으로 어지러운 머리를 가누기 위해서, 즉 심산의 고찰을 택하여 자기 침잠의 공부에 들기 위해서라는 것이고, 둘째는 불교에 심취하여 선적 자연관을 맛보기 위해서라는 것이다.

고향 마을에서의 은거 시기는 1943년 9월부터 8·15해방까지다. 조지훈은 조선어학회 사건과 관련하여 일경에 문초를 당하고 풀려났다. 당시 그는 심한 신경성 위장병을 앓고 있었는데, 북해도행 징용 검사에서 건강이 나쁘다는 이유로 머리만 깎인 채 방면되었다. 이 당시 그는 낙향하여 집에서 살지 않고 근처에 초막을 짓고 숨어 살았다. 이 두 번째 은거 시기에 나온 작품들에는 강한 슬픔이 녹아들어 있다. 이것은 두 번째 은거 시기가 시대적으로나 개인적으로 훨씬 더 불우했기 때문이다. 첫번째 월정사 은거 시기에는 불교적 선적 색채가 강하게 나타나고, 두 번째 고향 마을에서의 은거 시기에는 정통 유가적인 냄새가 짙다. 〈落花〉는 바로 두 번째 은거 시기에 나온 대표작이다. 이상이 〈落花〉를 이해하기 위한 배경 지식이라 할 수 있다.

2

유가들의 자연서정시에는 일반적으로 피는 꽃보다 지는 꽃이 더 많이 나타나는 경향이 있다. 피는 꽃이 나올 경우도 활짝 핀 만개한 꽃이라든가 무수한 꽃이 아니고, 드문드문 핀 몇 송이의 꽃일 때가 많다. 화려함은 유가들의 자연서정시에 어울리지 않는다. 소박함, 단순성, 겸손함 따위가 그들의 미학이다. 자연 속에서 자연과 더불어 흔적 없이 살아가고 싶어하는 그들의 미학은 처세의 한 방법이기도 하다. 그들은 항상 '출처(出處)'를 반복한다. '출(出)'이란 상황이 좋아서 공적 생활로 나아가 활동하는 경우이고, '처(處)'란 상황이 나빠 자연으로 돌아와 은둔하는 생활이다. '출'은 '동락(同樂)'과 '겸선(兼善)'을 지향하고, '처'는 '독락(獨樂)'과 '독선(獨善)'을 지향한다. 그런데 그들의 출처관에서 보자면, '독락'과 '독선'은 '동락(同樂)'과 '겸선(兼善)'을 전제로 하고 있다. 그들은 자신을 비롯하여 세상의 생명력이 충일하고 약동적이면 공적 생활로 나아가 '천하지락(天下之樂)'을 실현하려 한다. 그러다가 생명력이 위축되거나 억압받으면 '수신(修身)'을 위해, 즉 생명력의 고양을 위해 자연으로 돌아와 은둔한다. 은둔이란 결코 도피가 아니다. 생명력을 축적하며 다시 한 번 때를 기다리는 것이다. 이 '때'의 철학이 유가들의 미학에 있어서 한 핵심이 된다.

유가들은 삼라만상에 다 때가 있다고 본다. 나아갈 때가 있고 물러갈 때가 있으며, 성취할 때가 있고 실패할 때가 있다고 본다. 현인들은 이 때를, 즉 사물들의 운명을 잘 알고 대처해야 한다는 것으로 강조하고 있다. 그것이 처세의 미학이다. 그런데 이 '때'의 관념은 유가적인 것이어서 순환론적인 성격을 띠고 있다. 근대 부르주아들의 직선적인 시간 관념을 초월해 있다는 점에서 이 '때'의 관념은 유가들의 미학을 이해하는 데 관건으로 작용한다.

꽃이 지기로소니
바람을 탓하랴.

이 짧은 시구 속에 엄청난 미학이 들어 있다. 박호영 교수에 따르면, 꽃이 지는 것은 바람의 탓이 아니라 꽃 자신이 품수한 '리(理)' 때문이라는 것이다. 즉 '기(氣)' 때문이 아니라 그 기를 초월한 우주적 법칙인 '리(理)' 때문이라는 것이다. 이것은 바로 영남 사림파들의 처세 미학이다. 그것은 퇴계의 주리론적 사고에서 내려오는 것이다. 지금은 비록 만물이 얼어붙고 이우는 파시즘의 계절이지만 언젠가는 봄이 돌아오리라는 것, 우주의 순환 법칙처럼 정확히 회복되리라는 것을 믿고 있다. 이러한 '때'의 철학이 바로 그로 하여금 동토의 시절에도 유유자적하게 만드는 것이다.

유유자적이란 하나의 저항적인 미의식이다. 불우한 상황에 있는 사람이 인내로써 견뎌내는 방식이다. 그의 말대로, '은일(隱逸)'은 일단 현실에서의 패배를 인정하고 재기를 꿈꾸는 삶의 방식이다. 슬퍼해야 할 상황에서 자적하는 삶, 그것은 성숙한 삶의 방식이다. 고향 마을에서의 은거 시기에 씌어진 대부분의 자연서정시 속에는 사물들의 생명력이 위축되어 있다. 시적 자아도, 대상도 생명력이 위축되어 있으면서 현상유지적으로 교감하고 있다. 한없이 위축될 수밖에 없는 상황에서 더 이상 위축되지 않고 현상유지적으로 교감하는 것 역시 생명력을 위축시키는 세력에 대한 저항 방식이다. 좁게는 파시즘에 대한 저항이고 넓게는 그 파시즘을 초래한 근대 서구 자본주의적 삶에 대한 비판이다.

보통의 전통적인 자연서정시와 마찬가지로 〈落花〉가 지닌 난해함의 한 원인은 이 시의 구조에 있다. 이 시의 구조는 '느슨한 총체성'을 형성하고 있다. 서구 낭만주의 시에서 보이는 유기적인 총체성도 아니고, 리얼리즘 시에서 보이는 유물론적 총체성도 아니다. 사물과 사물 사이의 관계는 뉴턴 물리학에서처럼 인과론적 관계를 맺고 있지 않다. 동양적인 세계 인식 방법으로 보면, 사물과 사물은 서로 매우 민주적인 관계를 맺고 있다. 한 사물이 다른 사물을 지배하지도 않고, 인식 주체가 자연물인 대상을 타자화하지도 않는다. 느슨한 총체성이란 총체성을 지향하되 강력한 주체(중심)가 없다는 것이다. 모든 사물들은 각자가 자기 중심을 형성하며 음양 관계로 서로 감응하고 있다. 이때 모든 사물들은 각각 부분이면서 전체를 대표한다. 사물 하나하나가 우주적 대표성을 지닌다는 것이다. 이것은 바로 제유적인 세계 인식 방법이다. 그런데 조지훈과 같은 유가들에게 제유란 은유를 지향하고 있는 개념이다. 그들에게 사물들 사이의 유기적 관계란 우주적인 '일자(一者)' 개념을 전제로 하고 있다. 일자(一者)로서의 태극이 비록 느슨하지만 유기적인 총체성을 확보하고 있다.

이 작품에서 보면 "꽃", "주렴 밖에 성긴 별", "귀촉도 우름", "머언 산", "촛불", "하이얀 미닫이" 등 몇 개의 사물들이 나온다. 이들 사이의 관계는 결코 인과론적이지 않다. 인과적이지 않다는 것은 사물들 사이의 관계가 논리적이지 않다는 것이다. 논리적이지 않다는 것은 시간적 선조 구성을 이루고 있지 않다는 것이다. 근대 서구적 세계 인식에 물들어 있는 우리들로서는 이해하기 힘든 세계 인식 방법이다. 근대적 세계 인식, 곧 산문적 인식은 사물들 사이의 논리적 총체성을 구성하는 방법이다. 이런 논리적 총체성에 익숙해 있는 근대인들에게 직관적 세계 인식 방법에 의해 구조화된 산수시는 난해할 수밖에 없다. 세계 인식 방법의 차이는 미학의 차이이다. 서로의 미학이 다르면 서로 이해하기 힘들어진다. 이것이 근대인들로 하여금 전통적 자연시 앞에서 주눅들게 만드는 주된 요인이다.

이 작품에서 사물들은 병치 구조를 이루고 있다. 모든 사물들은 각자 '부분적 독자성'을 형성하면서도 또한 전체적으로 서로 긴밀하게 연속되어 있다. 유가들은 우주 전체를 거대한 '기'의 덩어리로 보고 있다. 눈에 감각되는 사물과 사물 사이의 공간에도 가스 상태의 기가 충만해 있다고 본다. 여백이란 바로 눈에 보이지 않는 공간 속의 생명적 실체를 드러내는 방법이다. 여백을 사이에 두고 사물들은 '정중동'의 활발한 생명 운동을 하고 있는 것이다. 〈落花〉의 세계는 얼핏 보면 매우 정태적인 것으로 보인다. 일제 말기, 자연 속에 칩거함으로써 움직이지 않음으로써 하나의 저항적 태도를 보이는 것처럼 느껴진다. 그러나 이 작품 속의 사물들은 고요한 가운데 매우 활발한 생명 운동을 벌이고 있다. 겉으로는 정지된 듯하나 안으로는 매우 부단히 움직이고 있다. 그것이 바로 유유자적이다. 능청맞을 정도로 자신을 숨기고 바깥 세상에 대해 완강하게 저항하고 있다.

그런데 사물과 사물 사이의 병치 구조, 제유적 관계, 여백은 논리적으로 과학적, 분석적으로 파악이 되지 않는다. 근대 서구적 인식 방법으로는 정말로 이해가 잘 안 가는 괴물 같은 삶의 방식이다. 그것은 직관으로만 이해되고 체험될 뿐이다. 직관이란 시간이 뚫고 들어갈 수 없는 세계에 대한 인식 방법이다. 시간이 뚫고 들어갈 수 없거나 시간을 초월해 있거나, 시간 밖에 있는 세계에 대한 인식 방법이다. 논리란 이성적 사고방식이다. 사물과 사물 사이의 논리적 전개는 직선적 시간 구조를 형성하는 사고방식이다. 논리 앞에 여백은 없다. 모든 직선적 논리는 여백을 죽이고 파괴한다. 그에 비해 직관은 근대적 논리가 죽인 여백을 복구한다. 그래서 직관은 근대적 세계 인식에 대한 저항 방식이 된다.

앞에서 살펴본 대로 이 시에는 여백을 사이에 두고 몇 개의 사물들이 병치되어 있다. 그리고 그 공간 속에 무시간성이 존재한다. 무시간으로서의 시간이 존재한다는 것, 그것은 바로 영원성의 다른 이름이다. 이 작품 속의 사물들은 무시간이라는 영원한 시간 속에서 서로 작용·반작용의 감응 운동을 보이고 있다. 시적 자아 역시 그러한 사물 중 하나에 지나지 않는다. 이 영원성 속에서 사물들은 서로 음양 관계를 형성하며 끊임없는 생명 운동을 하고 있는 것이다. 이것이 바로 유가들의 생명 사상이다. 우주 전체가 하나의 거대한 생명체로 되어 있다는 사상이다. 이처럼 끊임없는 생생불식의 생명 운동을 하고 있는 '영원한 자연'에 대한 믿음이 이 작품의 사상적 기저를 이루고 있는 것이다. 이 영원성으로서의 무시간성은 근대 서구적인 시간관, 세속적이면서도 물리적·일직선적으로 나아가는 시간에 대한 대응 논리로 기능하게 된다. 다시 말하자면, 강박관념을 지닌 채 일직선적으로 앞으로만 나아가는 계기적 시간관, 소위 부르주아의 시간관이 봉착하게 된 근대의 파국, 곧 파시즘 체제에 대한 대응 논리가 된다는 것이다. 따라서 이 작품에 나타난 '반근대적' 시간관이 지닌 영원성의 의미는 당대로서는 파시스트적 속도에 대항한다는 현대적 의미를 지니게 되는 것이다. 이것은 매우 근본적이고도 적극적인 대응 논리일 수도 있다.

3

앞에서 살펴본 바대로, 이 작품에 나타나는 세계 인식 방법, 곧 제유적 세계관은 사물과 사물 사이의 민주적 관계를 소망한다는 의미에서 유토피아 지향적이다. 그런데 그들이 지향하는 유토피아는 다분히 현재적이다. 그들은 마음만 먹으면 언제나 그런 유토피아에 도달할 수 있다고 본다. 자아와 세계가 그렇게 소망스럽게 만나는 것은 자아의 마음 고쳐먹기에 달려 있다고 본다. 그것은 전통 동양사상의 특징이기도 하다.

전통 서정시학, 특히 산수시학은 인간과 자연 간의 관계로 구조화되어 있다. 이때의 '인간'이란 것이 좀 특이하다. 개인도 아니고 집단도 아니다. 개인적인 것에 가까우면서도 근대 서구적인 개인은 아니다. 우리는 개인이란 말을 스스럼없이 쓰지만 근대 이전에는 그런 관념이 제대로 형성되어 있지 않았다. 개인이나 사회가 발견된 것은 근대 이후이다. 따라서 전통 동양사상에는 인간과 자연 사이의 사회학적 매개항이 확연하게 나타나지 않는다.

인간과 자연 사이의 소망스런 만남인 유토피아가 마음만 잘 고쳐먹으면 언제나 현재화될 수 있다는 것도 바로 사회학적인 매개항이 결여되어 있기 때문이다. 이것이 전통적인 유기론적 사상의 결점이기도 하다. 따라서 그들이 꿈꾸는 유토피아는 진정한 유토피아라기보다 '아카디아'에 가깝다.

그에 비해 김소월류의 낭만적 자연서정시에 보이는 이상적 자연은 과거적인 것이면서도 미래적인 것이다. 분명히 현재적인 것은 아니다. 그의 시에서 '잃어버린 낙원'으로서의 자연은 확실히 과거적인 것이다. 그러나 이 과거적인 것으로서의 낙원은 미래에 우리가 도달해야 할 이상적 모델로서의 과거적인 것이다. 과거 어느 시점까지는 자연이 낙원이었다는 것, 그 속에서 인간은 자연과 더불어 소망스러운 관계를 맺고 있었다는 것, 그러나 근대 어느 시점부터 인간과 자연 사이에 '저만치'의 거리가 생겼다는 것, 인간의 힘으로는 그 거리를 극복할 수 없다는 비극적 세계관이 그 속에 들어가 있다. 이미 인간과 자연 사이에 근대적 사회 관계가 매개항으로 들어가 있어서 전근대적인 삶의 회복이 쉽지 않다는 인식이 깔려 있다. 사실 우리가 힘써 회복해야 할 낙원은 미래적인 것이지 마음만 먹으면 쉽게 언제나 이루어질 수 있는 그런 것은 아니다.

우리는 이미 낙원으로부터 너무 멀리 떠나와 있다. 조선조 때처럼 쉽게 물아일체가 가능한 시대는 이미 옛날에 지나가버렸다. 조지훈도 이미 전통적 서정이라는 카테고리 안에 '비평성'이라는 사회·역사적 비전을 담아내려고 고심한 흔적이 있다. 이는 그가 전통적인 자연서정시를 쓰면서도 근대적인 사회학적 매개항에 눈을 뜨고 있었다는 것이다. 사회학적 갈등을 감싸안으며 서정적인 대통합을 꿈꾸었다는 점에서 그의 전통 서정 시학은 현대성을 단단하게 확보하고 있는 것이다.

그런 의미에서 〈落花〉는 매우 '현대적인' 자연서정시이다. 전통적인 세계관에 기대고 있으면서도 단지 퇴행적이거나 반동적이지가 않다. 조지훈에게 전통적 세계 인식 방법은 파편화되고 해체되어 가는 파시즘의 시절에 새로운 통합의 원리로 모색된 것이다. 그것이 소위 '느슨한 총체성'이다. 이 느슨한 총체성이 여백, 유유자적의 미학을 낳게 된다. 여백의 강조는 이성중심주의가 몰아가는 숨막힐 듯한 인과관계와 논리적 총체성에 의해 막혀버린 숨구멍을 회복하기 위한 전략이다. 근대의 위기를 극복하기 위해 동원된 전근대적 수사학적 무기이다.

한 폭의 동양화 같은 〈落花〉는 새벽 여명을 그 시간적 배경으로 하고 있다. "주렴 밖에 성긴 별이/하나 둘 스러지"는 것에서 알 수 있다. "귀촉도 우름 뒤에/머언 산이 닥아서"는 것 역시 그 시간을 나타낸다. 새벽 시간은 여백의 미감을 살리기에 가장 안성맞춤이다. 새벽 안개 속에 모습을 감춘 사물들이 화폭 속에서 마치 작은 섬처럼 떠 있다. 섬처럼 떠 있는 사물들은 각자 부분적 독자성을 구축하면서 안개에 의해 신비하게, 그리고 대등하게(중심축 없이), 긴밀하게 연결되어 있다. 안개와 같은 여백은 사물과 사물 사이를 이어주는 생명으로 가득 찬 공간이다. 경성과 같은 식민지

도시에서는 근대화에 의해 그런 생명의 숨구멍인 여백이 사라졌지만 자연 은거공간에서는 맛볼 수 있다는 것, 거기서 생명력을 소생시킬 수 있다는 것을 암암리에 드러내고 있다. 그리하여 "묻혀서 사는 이의/고운 마음을/아는 이 있을까/저허하"는 것의 의미를 알 수 있다. 이것은 은일하고 있는 자신을 방해하는 세력을 염두에 두고 하는 말이다. 그 세력이란 단순히 일반적인 모든 사람이라기보다 자신의 "고운" 마음을 방해하고 파괴하는 파시스트적 세력으로 국한해야 할 것이다. 만약 일반적인 모든 사람으로 확대한다면, 그야말로 단순한 도피이지 은둔이 아니다.

조지훈이 개인적으로나 민족적으로 피폐해진 삶을 소생시킬 수 있는 것은 근원으로서의 자연 안에 충일해 있는 생명력 때문이다. 이것이 바로 〈落花〉에 나타나는 여백의 의미이다. 그리고 이 여백 때문에 유유자적의 미학이 생긴다. 그러나 〈落花〉에 보이는 자적은 보통 조선조 사대부들의 경우보다 훨씬 더 슬프고 고통스럽다. 자적은 슬퍼해야 할 때인데도 일부러 여유를 부리는 심미적 행위이다. 그런데 이 시에서는 그런 여유가 깨어지고 있다. 묻혀서 사는 이의 고운 마음을 방해하는 이 있을까 두려워한다 하면서도 막상 꽃이 지는 아침에는 울고 싶다고 한다. 은일하는 자는 고독을 즐길 수도 있어야 하는데 고독을 이기지 못하여 그만 울고 싶다고 한다. 어쩌면 단순히 고독감 때문만은 아니리라. 자신의 은일을 방해하는 세력을 부정해 놓고도 스스로는 비장해져서 울고 싶어하는지도 모른다.

그런데 그런 울고 싶어하는 심정을 그만 직설적으로 내뱉고 만다. 전통 자연시에서는 내면의 정서를 직접 노출하는 것이 금기이다. 그럼에도 불구하고 직접 감정을 내뱉을 수밖에 없는 것은 시인이 그 순간 긴장을 이기지 못했기 때문이다. 작품의 허두에서 "꽃이 지기로소니/바람을 탓하랴" 하고 짐짓 여유를 부려보기도 했지만, 마지막 부분에 와서는 무너진다. 무너진다는 것은 앞에서 말했듯이 울고 싶다는 감정을 직설적으로 내뱉지 않을 수 없는 데서 확인된다.

이 무너짐이란 무엇인가. 전통적 세계 인식 방법, 곧 제유적 세계관으로 근대의 파시즘적 폭력에 맞서고자 했으나 역부족임을 작품의 구조가 설명하고 있는 것이다. 〈落花〉에 나오는 느슨한 총체성이라는 구조로는 당시 괴물과 같은 자본의 파괴력 앞에서 무너질 수밖에 없는 것을 실토하고 있는 것이다. 제유란 하나의 저항 방식이긴 해도 어디까지나 '미약한 대안'이다. 그럼에도 불구하고 이 시에는 일반 전통적 자연시에서 볼 수 없는 비장미가 들어 있어 우리를 긴장케 한다. 근대 이후 시 창작이란 거대한 자본의 구조에 대항한 미학적 투쟁이다. 그 투쟁이 얼마나 견고한가는 작품의 구조가 얼마나 완강한가에 달려 있다. 작품의 구조는 사상의 구조이다. 그리고 무기이다. 비록 〈落花〉에서 시인은 시대적 폭력 앞에 무너질 수밖에 없었지만, 그 비장함에 우리는 숙연해진다. 조지훈은 이 작품을 통해 자기 사상 안에서 최선을 다했던 것이다. 이 무너짐은 전통 유기론적 사상구조의 피할 수 없는 운명일지도 모른다. 그러나 최선을 다하고도 무너지는 자는 눈물겹도록 아름다운 것이다.

絶對孤獨

나는 이제야 내가 생각하던 영원의 먼 끝을 만지게 되었다. 그 끝에서 나는 눈을 비비고 비로
소 나의 오랜 잠을 깬다. 내가 만지는 손끝에서 영원의 별들은 흩어져 빛을 잃지만, 내가 만
지는 손끝에서 나는 내게로 오히려 더 가까이 다가오는 따뜻한 체온을 새로이 느낀다. 이 체
온으로 나는 내게서 끝나는 나의 영원을 외로이 내 가슴에 품어준다. 그리고 꿈으로 고이 안
을 받친 내 언어의 날개들을 내 손끝에서 이제는 티끌처럼 날려 보내고 만다. 나는 내게서 끝
나는 아름다운 영원을 내 주름잡힌 손으로 어루만지며 어루만지며 더 나아갈 수도 없는 나의
손끝에서 드디어 입을 다문다─나의 詩와 함께.

_ 김현승 〈絶對孤獨〉

정결한 기도의 위반

이은정 | 이 화 여 자 대 학 교
국문학과 대우전임 강사

絕對孤獨

나는 이제야 내가 생각하던
영원의 먼 끝을 만지게 되었다.

그 끝에서 나는 눈을 비비고
비로소 나의 오랜 잠을 깬다.

내가 만지는 손끝에서
영원의 별들은 흩어져 빛을 잃지만,
내가 만지는 손끝에서
나는 내게로 오히려 더 가까이 다가오는
따뜻한 체온을 새로이 느낀다.
이 체온으로 나는 내게서 끝나는
나의 영원을 외로이 내 가슴에 품어준다.

그리고 꿈으로 고이 안을 받친
내 언어의 날개들을
내 손끝에서 이제는 티끌처럼 날려 보내고 만다.

나는 내게서 끝나는

아름다운 영원을

내 주름잡힌 손으로 어루만지며 어루만지며

더 나아갈 수도 없는 나의 손끝에서

드디어 입을 다문다—나의 詩와 함께.[1]

1. 절대(絕對), 고독한 첨탑

절대! 한 치도 물러설 수 없는 고도의 절해와도 같은 곳에 서 있는 절박함, '고독'보다 외로운 말이 있다면 그것은 '절대'일 것이다. 시인 김현승은 '고독'이라는 말 앞에 감히 이 '절대'라는 표현마저 놓음으로써 첨예한 극한의 순간을 시화하고 있다. 천천히 계단을 밟아 올라가듯 한 편씩한 편씩 고독의 시를 써 올리던 시인이 끝내 다다른 곳은 외롭고 높고 쓸쓸한, 이 '絕對孤獨'이라는 첨탑이었다.

2. 詩, 문학과 기도 사이

"생애의 장 어느 한 쪽도 낙서가 없었던 시인"[2]이라고 한 평자가 매우 적절하게 언급한 바 있듯이, 김현승(1913~1975)은 평생을 낙서 없이 진지하고 겸허한 선비로 살았던 시인이다. 독실한 기독교 신자인 그는 목사의 아들로 태어나 목사 형제와 목사 아들을 두는 등 일생을 목사의 집안

---

1) 《김현승 전집 ① 詩》, 시인사, 1985, 224면.
2) 이운룡, 〈지상의 마지막 고독—김현승 평전〉, 《김현승》, 문학세계사, 1993, 141면.

에서 기독교적 진실과 규범 아래 살았다.

따라서 김현승의 시에 대한 기존 연구 역시 자연스럽게 혹은 불가피하게 시인의 기독교적인 사상이나 체험과 연관지어 논의되어 왔다. 여러 연구자들이 그의 시를 신을 향한 기도의 언어로 해석해 온 것은 김현승의 시에 깊이와 신성성을 더해 주기는 하였으되, 그의 시를 인간의 감정과 정서를 넣어 읽는 삶의 시로 가까이 하기에는 어렵게 만들었다는 점에서 양가적이라 할 수 있다. 즉, 그의 시는 기독교적 정신의 자취를 짙게 드러내는 점과 더불어, 간명한 시구 안에 드리워진 깊은 사유, 가독성(可讀性)과 조화를 이룬 난해함 등을 그 특징으로 지니고 있으며, 따뜻함과 차가움의 공존, 깐깐함과 너그러움의 표리, 퓨리턴적 정신 세계와 그 절제 안의 자유로움 또한 지니고 있는데, 다만 김현승의 이런 모든 시적 사유는 기독교적 배음을 지니고 있어 다소 단조로운 주조색을 드러내곤 했다.

이에 따라 일부 논의들이 그의 시에 대한 해석에서는 일치하되 평가에서는 상반된 입장을 보이고 있다. 예컨대 김현승의 시에 대해 한 평자는 시인이 신을 추구하되 그것은 지극히 인간 중심적인 현실 인식에서 비롯된 것이었다고 평가하는가 하면,[3] 다른 평자는 김현승의 시는 비현실적으로 신만을 추구하는 인간 혐오의 시적 인식의 소산일 뿐이라고 맞서는[4] 식이다. 평가에 있어서 이같은 크고 작은 입장의 차이에도 불구하고 김현승의 시에 대한 대개의 논의들은 "가장 솔직하고 경건한 한 인간의 기도문의

---

3) 조태일, 〈김현승의 시세계〉, 《가을의 기도》, 미래사, 1991, 142~147면.
   이성부, 〈사랑의 실체〉, 《창작과비평》, 1976년 봄호, 1976, 248~251면.
4) 김윤식, 〈신앙과 고독의 분리문제〉, 《시문학》, 1975. 7, 157~159면.

예술적 환치물"[5]이라는 점에 대해서는 공통적으로 합의하고 있다고 할 수 있겠다.

김현승의 시 〈絶對孤獨〉은 그의 시집의 제목이자 대표적인 시로 자주 언급되어 왔다. 시집 《견고한 고독》에 이어 《絶對孤獨》을 펴낸 그를 두고 많은 이들이 '고독의 시인'이라 이름붙여 왔듯 그의 많은 시는 '고독'이라는 표제어와 시어들로 이루어져 있다.[6] 그리고 뚜렷한 구심력이 없던 김현승의 시 세계에서 '고독'은 집요한 시적 추구를 이루며 그의 시 세계를 추동하는 역설적인 힘이 된다. 시인 역시 '고독'의 의미에 대해 여러 글을 통해 설명한 바 있으며[7] 여러 평자들 역시 끈질기게 '고독'의 의미를 논해 왔다. 시인의 자기동일성인 동시에 이상인 '고독'을 세계 인식의 대상으로 받아들인 시인의 순교자적 의식,[8] 절대적인 타자로서의 신을 확인하기 위한 자기 수련과 자기 소멸의 과정,[9] 신에 대한 회의와 쉽게 뿌리뽑힌 비극적 종교 의식이 피워올린 정신,[10] 기독교 신자이면서도 신앙을 떠나 있고 인간적 애정과도 떠나 있는 의식,[11] 신앙 고백적 태도와 한 뿌리를 지닌 또 하나의 태도,[12] 추상적인 문제가 아닌 인간의 삶, 현실에서 그 절정을 이루는 정신,[13] 부단한 인간 정신의 탐구이자 신을 떠난 극기의 방법[14]

---

5) 오규원, 〈비극적 종교의식과 고독〉, 《현실과 극기》, 민음사, 1974, 109면.
6) 시 〈인간은 고독하다〉, 〈견고한 고독〉, 〈고독〉, 〈고독의 風俗〉, 〈군중 속의 고독〉, 〈고독의 純金〉, 〈絶對고독〉, 〈고독의 끝〉, 〈고독한 싸움〉, 〈고독한 이유〉 등.
7) 시인은 자신의 고독을 '부모 있는 고아의 고독' 혹은 '구원을 바랄 수도 없는, 바라지도 않는 고독'이라고 얘기한 바 있다. 김현승, 〈나의 文學白書〉, 《김현승 전집②산문》, 시인사, 1985, 270~280면.
8) 김주연, 〈퓨리턴의 주관과 정관〉, 《나의 칼 나의 작품》, 민음사, 1975, 55면.
9) 김우창, 〈김현승의 시〉, 《地上의 尺度》, 민음사, 1979, 246면.
10) 오규원, 앞의 책, 115~116면.
11) 김윤식, 앞의 책, 158면.
12) 김종철, 〈견고한 것들의 의미〉, 《시와 역사적 상상력》, 문학과지성사, 1978, 60면.
13) 조태일, 1991, 145~147면.

등은 김현승 시의 '고독'을 둘러싼 대표적인 논의들이다.

그의 시에 처음 드러나는 고독은 자신의 세계 안에서 겪은 고독이었다. 즉, 신의 세계에 의당 속해 있는 자신의 세계 안에서 신에게 온전히 가 닿지 못해 애타하며 감내하는 그런 고독이었다. 신앙의 대상을 넘어 삶의 진원이자 의지적 목표이기도 했던 신은 그 구체적인 형상의 상상조차 해본 적 없이 경외해 온 자기 안의 확고한 이상적 존재였다. 자신의 삶을 올올이 채우고 있던 이 맹목적인 믿음은 너무도 튼실한 것이어서 그 자체를 대상화해 본 적조차 없던 것이다. 그런데 〈絕對孤獨〉의 시편들에 이를 즈음, 고독의 방향은 선회하게 되고 시인은 신에 대한 믿음의 끈을 자주 놓아버리게 된다.

시를 면밀히 읽어나가기에 앞서 김현승의 시를 읽을 때면 일정 언급하게 되는 종교성이라는 끈끈한 자장(磁場)을 떼어놓고 얘기하고 싶은 욕구도 물론 없진 않다. 그러나 그의 시가 지닌 종교적 함의는 그의 시를 유연하고 정확하게 읽게 하는 잘 닦여진 길이자 벗어나기 어려운 길이다. 또한 한결같았던 시인이 스스로 금기해 온 것들을 이 정결한 기도문 같은 시를 통해 위반하고 있는 점에서 이 시 〈絕對孤獨〉은 다시금 읽어볼 만한 가치를 지닌다. 더욱이 이 시에서 '절대고독'이라는 첨탑에 오른 시인은 그 고통의 극단에서 오히려 천연스레 "눈 비비고 오랜 잠에서 깨어" 일어나 자신의 전 존재이기도 했던 신을 향한 언어들을 "티끌처럼" 흩날려 보내고 있다. 어떤 인식의 노정 끝에 시인은 자신의 시마저 티끌처럼 날려보

---

14) 이운룡, 1993, 196~209면.

내며 "영원"을 향해 입을 다물려 하는가.

3. 詩〈絕對孤獨〉, 정결한 기도의 위반

김현승은 자신의 모든 것이 신의 존재로부터 비롯되었음을 확신하면서 기독교적 안목 없이 자신의 시를 읽는 것조차 받아들이지 않을 정도로 완고했다. 시인은 신에 이르려는 단 하나의 염원을 품고 그를 향해 가면서 고독한 그 길에서 몸을 떨었다. 이때의 고독은 목표가 있는 갈망이었기에 단단하게 벼린 결정체를 자신 안에 '보석'[15]처럼 늘 품은 그런 것이었다.

하지만 그런 신념이 목까지 치민 어느 순간, 시인은 자신의 모든 것을 걸었던 신이 단지 막연한 존재일 뿐 실체는 아니라는, 따라서 환상에 불과하리라는 새롭고 불안한 확신에 사로잡힌다. 신은 그가 생을 걸고 향해 나아간 지극한 대상이었으나, 그것은 다가갈수록 꼭 그만큼씩 멀어지는 소실점 같은 것이었고, 또 잡은 듯해도 그 순간 마치 신기루처럼 사라지는 그런 불확실한, 어쩌면 믿을 수 없는 존재였기 때문이다.[16] 단 하나의 이상이나 신념을 오랫동안 단련하고 담금질한 후, 그 신념이 헛것일지 모른다고 힘들게 깨닫고 났을 때, 시인은 무엇을 할 수 있었을까.

---

15) 그의 시에는 빛나는 견고한 것(신, 영원, 무한, 믿음, 양심, 윤리 등)에 대한 지향 의식으로 보석 이미지가 자주 나타난다. 〈이별에게〉, 〈나의 詩〉, 〈古典主義者〉, 〈양심의 金屬性〉, 〈바다의 육체〉, 〈寶石〉, 〈이 어둠이 내게 와서〉, 〈무기의 노래〉, 〈내 마음은 오직 하나〉, 〈겨울 寶石〉, 〈겨울 室內樂〉, 〈고독의 純金〉, 〈가을의 碑銘〉, 〈어제〉, 〈離別에게〉 등.

16) 어느 글에선가 시인은 "신앙은 인간의 관습적인 환상'이라는 고백과 함께, '신은 추상적인 존재에 지나지 않는다. 신은 인간 생활을 통일하기 위한 절대 진리일 뿐이며, 그 절대의 진리와 법칙이 산산조각난 현대에서 신은 존재하지 않는 것이 아니라 인간들의 두뇌에서 사라지고 만 것'이라고 얘기한 바 있다. 김현승, 《김현승 전집②산문》, 시인사, 1985, 270~280면, 363~369면. 그런가 하면 이에 대해 몇몇 평자(오규원, 김윤식 등)들은 김현승의 기독교적 신앙이 신뢰할 만한 것이 아니었다는 의견을 내놓기도 했다.

시인이 맞닥뜨린 회의는 자신의 확신 끝에서 또 다른 극단적인 모습으로 드러나게 된다. 신이라는 대상을 좇으며 느끼는 상대적인 회의가 아니라, 그 신으로부터 자신의 믿음을 거두어들이기로 스스로 선택한 절대적인 회의이다. 시인은 고통스럽게 그 신을 놓아버리고자, 그 신에서 벗어나고자 애쓴다. 자기 자신이 곧 신의 일부라고 의심치 않은 정체성을 포기하기로 결정한 순간, 그는 절대적으로 고독하다. 이는 신이 나를 버렸다고 생각했을 때 느끼는 고독과는 밀도가 다른 것이다. 벼랑 끝에 매달려 있을 때 내 눈앞에 드리워진 손, 설령 존재할지라도 실존하는 것은 아니기에 그 손을 잡기를 거부하는 두려움, 자기와의 싸움 같은 것이다. 두 손을 내밀어 맞잡아 올렸을 때 그 손이 신기루였다는 것을 아느니 차라리 그 손을 잡기를 애써 거부하는 순간의 극렬한 전율, 이것이 김현승 시의 절대고독이다. 구원받지 못해 고독한 것이 아니라, 구원에서 등을 돌려 극기에 다다르는 순간 고양된 감정, 따라서 이 시의 고독은 절대신과 마주 서기 위해 자립하려는 시인의 자의식이다.

이제 시인은 더 깊을 수 없는 이 어둠 속에서, 새롭게 거듭나기 위해 자기를 죽여야 하는 이 고독 속에서, 오랜 잠에서 깨어난 듯 "눈 비비고" 일어나 앉는다. 따라서 이 시에는 어떤 진리에 뒤늦게 이른 시인의 탄식이 숨겨져 있다. 그것은 "이제야", "비로소", "이제는", "드디어" 등 자신의 때늦은 자각을 드러내는 시제어를 자주 표현하는 데에서도 드러난다. 또 "깬다", "느낀다", "품어준다", "받친다", "다문다" 등 현재형의 시제로 일관함으로써 긴 사색을 인내한 시적 시간을 현재화하는 한편, 매 연마다 "끝"이라는 시어들—영원의 먼 끝, 그 끝, 손끝, 끝나는—을 되뇌어 반복함으로써 의식의 절벽 끝에 가까스로 서 있는 절대의 의미를 강조한다.

이 시는 1연에서 화자가 "영원의 먼 끝"을 만지며 잠에서 깨는 것에서 시작해, 마지막 5연에서 "아름다운 영원"을 어루만지며 입을 다무는 것으로 끝맺는다. 시인이 끈질기게 지향해 온 신의 세계는 1연에서 "영원", 3연에서 "영원의 별"과 "나의 영원", 5연에서 "아름다운 영원"으로 구체화된다. 그런 영원에 대해 '나'는 '생각하다', '만지다', '품어준다', '어루만지다'라는 구체적인 행위의 표현으로 거리를 좁혀간다. 또한 이 시는 전 연에 걸쳐 '만지다', '(체온을) 느낀다', '품어준다', '어루만지다' 등 육체적인 접촉과 감각적 행위들로 일관되는데, 이는 '영원'으로 표상되는 신의 관념적인 세계를 한결 육화하고 있다.

제 1연과 2연에서 "나"는 한 세계로부터 아주 천천히 빠져나오고 있다. "영원"이라는 보이지 않는 존재의 먼 끝을 이제야 실체로 "만지게" 되면서 시인은 미몽과도 같은 오랜 잠에서 깨어난 듯 "눈 비비고" 일어난다. "잠"은 화자가 겪은 통과제의의 상징적인 표현이자, "생각하던" 것을 "만지게" 되기까지 걸린 시간이다. 깊이 빠져 있던 오랜 잠에서 깨어난 나는 이제껏 품어온 신과 신념의 세계를 마치 딴 세상인 듯 멀리 보며 눈앞의 세상을 향해 새로운 눈을 뜬다. 시인은 오랜 시간 자신을 다 바쳤던 시간들에 대해 "눈을 비비고", "비로소 나의 오랜 잠을 깬다"라고 표현함으로써 신을 향한 세계를 벗어나 지금까지와는 다른 세계로 막 들어서고 있음을 암시한다. 또한 이 시에서는 전편을 통해 '나'가 강조된다. 자칫 부자연스러울 정도로 거의 매행 '나'라는 표현을 반복하는데, 이는 이제야 눈뜬 이 모든 것이 나 스스로 발견한 새로운 세계임을 자각하는 표현인 동시에, 신과 마주 서는 주체로서의 '나'를 드러내는 어법이다.

'영원'의 세계와 '나'의 대립이 1, 2연에서는 '잠'과 '깸'의 세계로 대조되었다면, 3연에서는 '별'과 '체온'으로 대조된다. 신과 종교의 세계를 상징하던 '영원의 별'은 "내가 만지는 손끝"에 흩어져 그 빛과 신비로움을 잃는다. 멀리서 바라보았을 때만 아름답고 신비한 별은 내 손끝이 가닿는 순간 빛도 아름다움도 사라져버린 차가운 광물로만 남는다. 하지만 "내가 만지는 손끝"이라는 똑같은 행위로 더 가까이 다가오고 따뜻하게 느껴져오는 것이 있다. 그것은 "따뜻한 체온"이다. 체온은 신과 별의 것이 아닌 인간과 지상의 것이다. 내 손끝은 천상의 하늘에서 지상의 생활로 더듬듯 미끄러져 내려오면서 가까이 다가오는 따뜻한 체온을 "새로이" 느낀다. 만지는 순간 흩어져 빛을 잃는 별이 아니라, 만지는 순간 가까이 다가와 체온을 나누는 것들을 자신의 세계로 느끼게 된다. 그리고 이제, 미몽에서 깨어나 별보다 체온을 택한 나는 마침내 "내게서 끝나는" 아니, 내가 이제 끝내고자 하는 "나의 영원"을 마지막으로 품어본다. 온 가슴을 다해 품어줌으로써 고하는 영원과의 결별은 체온을 느낄 수 있게 된 자가 할 수 있는 가장 따뜻한 결별일 것이다.

4연에서는 신을 향한 그간의 언어들과 이별한다. 시인은 기도와 꼭 닮은 시가 지닌 "언어의 날개들"을 모두 날려보낸다. 언어의 낡디낡은 옷은 시인의 진실을 오롯이 드러내주지 못하기에 시인은 늘 "꿈으로 고이 안을 받친" 영원의 시를 썼고 이는 모두 견고한 기도의 시들로 완성되었다. 그러나 이제 시인은 그 언어의 날개들을 한줌 티끌로 날려보낸다. 신을 향한 꿈으로 고이 안을 받쳤던 언어의 날개들은 아름다운 별들의 것이지

"따뜻한 체온"의 것은 아니었기 때문이다. 고운 날개로 한 땀 한 땀 안을 받친 시의 언어들은 별처럼 빛나지만, 손끝을 대면 흩어져 빛을 잃고 지상에 내려앉기엔 그 얇은 날개의 부력이 너무도 강하기 때문이다. 어쩌면 시인은 신의 존재와 부재라는 무거운 무게를 떠받칠 수 있는 것은 가벼운 날개와 티끌뿐이라는 역설을 간파하고 있었는지도 모른다. 이제 날개를 단 언어는 영원을 향해 비상하지 못하고 한 점 티끌처럼 날아가 지상 어딘가에서 소멸해 버린다.

　마지막 5연에서는 지금까지 통어해 온 시인의 감정이 기복을 보인다. 반복되는 "어루만지며"와 어조가 높은 도치 구문이 그것이다. 신에 대한 회의와 절망을 힘겹게 받아들이고 신의 손을 거부하며 절대고독이라는 첨탑에 오르지만, 오랜 동안 자기 자신이었던 신과 '영원'이라는 문제 앞에서 시인은 마지막으로 격하게 동요한다. "아름다운 영원", 이는 이룰 수도 이를 수도 없던 절대 경지였기에 '나'는 그 세월이 온통 담긴 "주름 잡힌 손"으로 영원의 끝을 안타까이 어루만지고 또 어루만진다. 그리고 더 나아갈 수 없는 끝간 데 그 절박한 끝에서 마침내 "나의 詩"는 스스로 입을 다문다. 신을 향한 기도의 언어, 신과 인간 사이에서 끊임없이 시험 당하며 단련해 온 언어, 나 스스로 신의 손을 놓아버리는 이 순간의 언어…… 시인은 오랜 세월 겹겹의 주름만큼이나 신을 향한 열망을 촘촘히 새겨 넣었던 자신의 시와 이별한다. 영원이 존재한다고 믿어왔으나 이젠 그 부재를 확신해야 하기에, 신이 아니라 내가 그의 손을 놓아버리는 것이기에, 영원을 향한 언어를 되뇌어왔던 내 입을 스스로 다물어버리는 것이기에, 시인은 고독하다. 이는 아름다운 별과 영원을 놓아버리고 따뜻한 체온을 느끼는 주름잡힌 손을 얻으려는 자의 절대고독이다. 그러나 이제 그는 "언어의 날개" 대신 "체온과 가슴을 품은 "나의 詩와 함께" 있게 되었다.

4. 고독, 자의식의 미혹

홀홀히 섰을 때의 절대고독, 이는 외롭지만 삶과 시를 새롭게 여는 또 다른 힘이 된다. "영원의 먼 끝"에서 고독은 오히려 존재의 자유를 열어놓기도 하기 때문이다. 신에 대한 회의에서 비롯된 절대고독 한가운데에서 시인은 자신의 전 존재를 체감하고 "체온"을 지닌 자기 존재에 대한 의미 또한 새로이 얻는다. 하지만 어쩌면 시인이 이 시에서 신의 부재를 이렇듯 깊게 사유하는 것은 신의 존재에 대한 확신을 반증하는 것이기도 할 것이다. 신과 영원이 헛것이라고 생각하는 이들은 이렇듯 진지하고 고통스럽게 그 부재를 증명하려고 애쓰지 않기 때문이다.

그래서 이 시 〈絶對孤獨〉은 신에 대한 회의로 첨탑에 오르는 자의 고독과, 신과 마주 서려는 자의 자의식과, 정결한 자기 기도를 위반하려는 미혹(迷惑)에 대한 시이다. 시인은 시 〈絶對孤獨〉에서 '아름다운 영원의 끝'으로 신의 부재를 단정했듯, 시 〈절대신앙〉에서는 "불꽃 속으로 뛰어드는 눈송이"로 신을 향한 나의 소멸을 표현하고 있다. 신의 부재 혹은 나의 소멸, 둘 중 하나는 스러져야 완전한 존재가 된다고 믿는 신과 나의 관계. 그래서 어쩔 수 없이 '절대'라는 것은 여전히 불안하고 위태롭다.

눈

눈은 살아있다 떨어진 눈은 살아있다 마당 위에 떨어진 눈은 살아있다 기침을 하자 젊은 詩

눈과 기침의 정체를 찾아

人이여 기침을 하자 눈 위에 대고 기침을 하자 눈더러 보라고 마음놓고 마음놓고 기침을 하

자 눈은 살아있다 죽음을 잊어버린 靈魂과 肉體를 위하여 눈은 새벽이 지나도록 살아있다 기

_ 김수영 〈눈〉

침을 하자 젊은 詩人이여 기침을 하자 눈을 바라보며 밤새도록 고인 가슴의 가래라도 마음껏

정 재 찬 | 청주교육대학교 국문학과 교수 |

뱉자

눈

눈은 살아있다
떨어진 눈은 살아있다
마당 위에 떨어진 눈은 살아있다

기침을 하자
젊은 詩人이여 기침을 하자
눈 위에 대고 기침을 하자
눈더러 보라고 마음놓고 마음놓고
기침을 하자

눈은 살아있다
죽음을 잊어버린 靈魂과 肉體를 위하여
눈은 새벽이 지나도록 살아있다

기침을 하자
젊은 詩人이여 기침을 하자
눈을 바라보며
밤새도록 고인 가슴의 가래라도
마음껏 뱉자

김수영의 〈눈〉이 난해하다고 하면 그야말로 난해하게 들릴지 모른다. 김수영의 시 가운데 이처럼 그 뜻이 평이하고 명징하게 보이는 경우도 드물기 때문이다. 그러기에 이 〈눈〉은 김수영의 시작품 중 〈풀〉과 더불어 진작부터 중·고등학교 교과서에 즐겨 수록되지 않았던가 말이다.

하지만 난해하다는 것이 꼭 무슨 비의적(秘義的)인 표현만을 가리키는 것은 아니다. 시는 그 속에 시인이 모종의 심오한 뜻을 새겨놓고 그 해석의 열쇠를 어딘가에 감춰놓은 상형문자가 아니다. 오히려 우리가 어느 시를 가리켜 난해하다고 하는 경우, 그 가운데는 경쟁적이고 갈등적인 해석 텍스트가 복수로 존재함에 따라 어느 해석이 타당한지 공인하기 힘든 것을 가리킬 때가 많다. 요컨대 김수영의 〈눈〉은 이질적인 해석 담론이 제공되지 않았기 때문에 해석의 갈등을 경험하지 못한 상태에 있다고 할 수 있다.

논의의 편의상, 먼저 시중의 고등학교 참고서 가운데 하나를 골라, 이 시에 대한 해설을 들어보기로 하자. 참고서도 나름대로 참고하는 전거가 있게 마련이고, 그 같은 전거들은 주로 학계나 비평계의 공인된 담론에서 찾게 되는 바, 그런고로 아래의 해설은 〈눈〉에 대한 보편적 해석으로 보아도 무방할 것이기 때문이다.

1연: '눈'은 희고 순수한 것으로 이 시에서처럼 생동감의 의미가 더해지면 '눈'은 '살아 있는 순수'의 의미를 띠게 된다. 곧, 살아 있는 존재, 순수한 생명적 존재의 의미를 갖는다.

2연: '눈'과 기침은 이 작품에서 선명한 대조를 보인다. '눈'의 순수함에 대하여 '기침'은 어떤 괴로움이나 질병을 암시한다. 그러므로 "젊은 시인이여 기침을 하자"라는 구절의 의미는 양심적인 시인의 마음속에 고인 더러운 무엇을 버리자는 의미이다. "밤새도록 고인 가슴의 가래"라는 말에서 이 점이 더욱 분명해진다. 그리고 '가래'는 생활 속에서 갖게 된 소시민성, 불순한 일상성, 속물성 등의 의미이다.

3연: 살아 있는 눈은 누구에게나 보이는 것은 아니다. "죽음을 잊어버린 靈魂과 肉體" 곧 죽음을 초월하여 오로지 순수하고 가치 있는 것에 대한 갈망을 지닌 자에게만 눈은 살아 있는 것으로 보인다는 것이다.

4연: 기침을 하면 가래가 나온다. 이 가래는 젊은 시인을 괴롭히는 부패한 현실과 비인간성으로, 가래를 버려서, 깨끗하고 순수한 삶을 지향하자는 것이다.

이러한 기존의 해석에 의거해 이 시의 내용을 단순하게 요약하자면, 눈은 순수한 데 반해 기침과 가래는 더럽다는 것, 고로 더러운 기침과 가래를 뱉어냄으로써 시적 화자가 깨끗해지길 지향하는 것이라 할 수 있다.

이에 대해, 희고 순수한 눈을 바라보며 자신도 그처럼 순수해지길 바란다는 것은 동시적(童詩的) 발상을 넘어서지 않는다는 점부터 먼저 지적해 두어야 하겠다. 물론 동시와 시의 발상이 반드시 달라야 한다고 말할 수는 없지만, 순수해지는 방법론으로 기침과 가래처럼 더러운 것을 버리는 행위를 택한다는 것은, 설령 그 기침과 가래를 위의 인용문에서처럼 "소시민성, 불순한 일상성, 속물성" 혹은 "부패한 현실과 비인간성"이라는 엄청난 상징으로 읽는다 하더라도 지나치게 유치하다.

더 본격적으로 질문해 보자. 가장 단순하게 생각해 보더라도, 제아무리 깨끗해지길 지향한다손 치더라도, 스스로를 더럽게 생각하는 입장에서 어떻게 감히 깨끗한 눈 위에 "대고" 기침을 할 수가 있을까? 어떻게 "눈더러 보라고 마음놓고 마음놓고" 그 더러운 기침을 해댈 수 있겠는가? 눈처럼 순수를 지향한다는 이가 어찌 그 "눈 위에 대고" 기침을 하며, 그것도 혼잣말로 하는 것이 아니라 "젊은 시인"들에게 동참을 유도하는 청유형을 구사할 수 있다는 말인가? 이것이 과연 정화(淨化)의 의식(儀式)이 될 수 있겠는가? 이러한 시비 걸기가 그럴듯하게 여겨진다면 일단 성공이다. 이제 우리는 기존과 다른 담론을 만들 준비가 된 셈이다.

그럼 다시 이 시를 마주 대하도록 하자.

시인들은 제각각 대상을 바라본다. 그래서 어느 시인은 눈의 흰색에 착목하기도 하고, 눈에서 순수(purity)를 보기도 하며, 인생세간을 하얗고 깨끗하게 덮어주는 눈의 순화력(purify)에 초점을 두는가 하면, 심지어는 눈 녹은 뒤의 질퍽함을 노래할 수도 있다. 김종길 같은 시인은 눈에서 옛날 아버지의 사랑을 떠올리기도 하고(〈성탄제〉), 김광균은 눈의 소리 없음에 주목하기도 하였다(〈설야〉).

그런데 지금 이 시인은 눈에서 "살아 있음"을 보고 있다. 삶은 원래 인간의 몫이지, 눈의 차지는 아니었다. 하지만 지금 이곳에선 차라리 눈에게서 진정한 생명력을 발견하게 되는 것이다. 그리고 보면 이런 시선이 낯설지만은 않다. 윤동주는 "志操 높은 개"(〈또 다른 故鄕〉)를 바라다본 적이 있다. 지조 역시 원래 인간의 몫이다. 그런데 도리어 시인은 한갓 개 짖는 소리로부터 지조를 배운다. 이때 '개'와 '나'의 위치는 전도되어, '내'가 오히려 '개'의 경지에 도달해야만 하는 것이 된다. 이처럼 일련의 우의적(寓意的)인 요소가 들어 있는 것으로 해석될 수 있다면 김수영의 '눈'은 확실히 윤동주의 '개'에 비견될 수 있다. 시인은 '눈'으로부터 모종의 교훈을 스스로 끌어내고 있는 것이다. 하지만 김수영의 〈눈〉에서는 윤동주와 같은 자조적 목소리는 들리지 않는다. 그것은 단지 '눈'과 '개'에 관한 통념적인 이미지의 차이에서 오는 것만은 아니다.

한 번 더 깊이 생각해 보자. 여기서의 눈은 그저 마당에 깔린 눈이 아니다. 마당 위에 '떨어진' 눈이다. 저 높은 하늘에서 마당 위에 떨어진 눈이 살아 있다는 것은 기적이 아닌가. 마땅히 죽어야 할 목숨이 살아 있다. 그 엄청난 추락, 그런데도 죽음이 곧 삶으로 이어지는 기적의 주인공이 바로 눈이었던 것이다. 시인은 바로 이 점에 주목하고 있는 것이다. 이야말로 김수영의 개성적 인식이 돋보이는 대목이라 아니할 수 없다. 그는 눈에서 추락의 속성을 발견한 것이다! 따라서 이 작품의 눈을 관습적이고 통념적인 의미에서 이해해 '순수'니 '순결'이니 하는 의미로만 확정하려 드는 것은 우리의 고정관념을 스스로 폭로하는 것에 지나지 않는다.

당연히도 그와 같은 인식, 그러한 발견은 시인의 호흡을 가쁘게 만든다. 눈이 살아 있다. 저 높은 곳에서 떨어진 그 여린 눈이 살아 있다. 그것도 깨끗하게 살아 있다. 점층적 고조를 염두에 두고 1연을 다시 읽어보라. 우리는 이제 이 시의 1연을 더 이상 느긋하거나 차분한 어조로는 읽을 수 없게 되리라.

그렇다면 이 '눈'은 정말 굉장한 존재가 된다. 즉 이 시는 '눈'처럼 저열해 보이는 존재한테서도 교훈을 얻을 수 있다는 우의(寓意)를 넘어서서 '눈'과 같은 교훈적 존재를 닮아야 한다는 상징을 노래하고 있는 것이다.

이제 이 눈이 바로 3연에 나오는 "죽음을 잊어버린 靈魂과 肉體"에 직결됨은 새삼스레 말할 것도 없다. 그 어떠한 가치와 정신이 죽음조차 잊어버리게 하고 저 높은 곳에서 떨어져내리게 하였을까. 혹시 김수영의 〈폭포〉가 떠오르지는 않는가. '눈'은 곧 '폭포'가 아니었던가. 살아 있는 정신을 위해 거침없이 쏟아져내리던 폭포처럼 눈 또한 죽음을 잊어버린 영혼과 육체를 위해, 죽어야 사는 진리처럼 마당 위에 떨어져서도 살아야 하지 않았겠는가. 바로 이 점이 이 시를 눈은 '깨끗하다'가 아닌 눈은 '살아 있다'로 출발하게 한 핵심이다.

물론 이 시인에게 눈의 순수함이 인식되지 않고 있다는 것은 아니다. 다만 순수함과 살아 있음 가운데 원근법이 행해져서 순수함은 배경으로 위치하고 눈의 살아 있음은 순수함을 배경으로 하여 뚜렷이 전면에 부각되고 있는 것이다. 달리 말해 눈이 시인을 충격한 것은 순수함보다는 살아 있음이요, 살아 있는 데다가 순수하기까지 하다는 사실이다. 혹은 살아 있어야 순수하고, 순수해야 살아 있을 수 있다는 것과 그것은 상통한다.

그러고 보니 '추락'과 관련하여 연상되는 TV광고가 하나 있다. 그 광고는 침묵 속에 진행된다. 알피니스트 한 사람이 고독하게 빙벽을 오른다. 자칫하면 떨어져 목숨을 잃을 뻔하는 찰나, 그 순간, 그의 입에서 급박한 숨소리가 토해져 나온다. 드디어 그가 정상에 올랐을 때, 광고로는 꽤 오랜 시간 동안 계속되어 왔던 침묵을 깨며, 비로소 한 마디 멘트가 나온다. "스포츠는 살아 있다"라고. 이 광고를 두고 더 해설을 늘어놓는 것이 멋쩍은 일이긴 하지만, 사실에 맞게 진술하자면, "등산가는 살아 있다"가 먼저라야 옳다. 헌데 이 경우를 두고 그 등산가가 단순히 생존해 있다고 표현하는 것은 그에겐 아마도 결례가 될 것이다. 그가 살아 있는 것은 그의 정신이 살아 있기 때문이고, 그의 정신이 살아 있듯이 스포츠(정신)도 살아 있다는 것이 이 광고의 기본 컨셉이리라. 이런 유비를 한 번만 더 확장하자면, 그가 낮게 토해 낸 한숨이야말로 '기침'이고 '가래'고 시(詩)일는지 모른다. 그것은 곧 생명의 표상이다.

하지만 아직까지는 여전히, 어떻게 감히 그 깨끗한 눈 위에 대고 기침을 하고 가래를 뱉자고 했는지는 밝혀지지 않은 셈이다. 다시 말하거니와, 종전의 해설대로라면, '나도 기침하고 가래를 뱉었으니 이제 속이 다 깨끗해졌단다'고 하면서 눈더러 나를 보라고 하는 꼴이다. 이런 상황은 아무래도 어색하다. 그것도 그 더러운 기침을 "마음놓고 마음놓고", 그 깨끗한 "눈 위에 대고" 하자는 표현은 상식적으로 도무지 조리에 닿지 않는 말이 된다. "마음놓고 마음놓고", "눈 위에 대고" 기침을 하며 가래를 뱉기 위해서는 그 기침하고 가래 뱉는 행위 자체가 눈만큼이나 당당하고 순수하지 않으면 안 된다. 즉 기침과 가래는 병적인 것의 표상은커녕, 그 자체로 순수하고 살아 있음의 증거가 되지 않으면 안 되는 것이다.

그렇다면 어떻게 기침과 가래가 순수하고 살아 있음의 표상일 수 있다는 말인가? 이번에도 한 가지 유추를 들어 해설해 보기로 하겠다. 과연 목청을 다듬어 곱게 소리를 뽑아내는 가곡이나 발라드만 순수한 노래란 말인가? 혹시 록(Rock) 정신이라고 들어봤는가? 기성세대의 권위를 부정하고 그에 저항하면서 자신들이 처한 시대와 현실의 부조리함을 거의 울부짖는 소리로 내뱉듯 표현하는 록 음악을 들어본 적이 있는가? 그들은 과연 타락한 존재이고 순수함과는 거리가 먼 군상들인가? 아마도 이 유비의 마지막 단계는 이른바 로커(Rocker)들의 샤우트(Shout) 창법과 이 시에 나오는 기침과 가래의 유사성에 주목해 봄으로써 완성될 것이다. 실제로 록 가수들이 고음을 내지를 때는 침이 튀고, 가래가 터져나오는 듯한 현상이 벌어진다. 그런데 바로 그런 음악이야말로 순수와 생명력의 상징이라고 그들은 주장했으며 많은 젊은이들이 그에 공감했음을 우리는 기억할 필요가 있다.

이 대목에서 우리는 이 시의 내포 청자가 곧 "젊은 詩人"이었음에 주목해야 마땅하다. 젊은 시인은 젊은 시인다워야 한다. 젊은 시인이 늙은 시인처럼 가곡을 노래하고 발라드를 흥얼거릴 수는 없는 처지이다. 록 음악의 입장에서 보자면, 그것은 순수라기보다 오히려 가식에 지나지 않는다. 록 음악은 지배층의 입장에서 보자면 반사회적인 음악이지만, 신세대의 입장에서는 저항적이자 전위적이며, 새로운 사회를 꿈꾸는 하나의 문화적 코드가 된다. 그들이 자유를 목놓아 노래불렀던 것은 개인적 실존의 차원만이 아니었다. 그것은 분명히 사회적이고 집단적인 문제이다. 김수영이 청유형을 구사하며 "젊은 시인"들에게 기침과 가래를 뱉자고 하는 것 역시, 이 시가 마당 위에 떨어진 눈을 보고 단지 생명에 대한 개인적 실존적 체험을 노래한 것이 아님을 말해 준다.

왜 "기침"인가? 기침과 가래는 거침이 없다. 록 음악이 그러하며, '폭포'가 또 그러하다. 그것은 타협하지 않는 양심이며 내부 깊숙이 고인 시적 욕망을 정직하게 드러내고 토해 내는, 아니 저절로 터져나오는 시인의 살아 있는 목소리이다. 생리적인 고로 그것은 오히려 생명력에 가깝다. 그것은 〈눈〉과 거의 비슷한 시기에 발표한 〈序詩〉를 통해 김수영이 소망하고 있었던 바로 그 '생기(生氣)' 있는 노래이다. 그 시에서 그는 생기 없는 노래를 일컬어 지지하고 더러운 노래라 하였다. 그렇다면 기침과 가래가 지지하고 더러운 것이 아니라, 사회와 현실로부터 멀리 떨어져 고아한 노래를 읊어대는 것이야말로 지지하고 더러운 것이 되는 셈이다. 그래서 기침과 가래는 순수와 살아 있음의 징표가 되고, 그래야만이 "눈 위에 대고", "눈더러 보라고 마음놓고 마음놓고" 기침을 할 수가 있게 되는 것이다.

김수영은 여기서 그치지 않고 눈의 또 다른 모습에 주목한다. 눈은 새벽이 지나도록 살아 있다는 것이다. 정오가 되면 어차피 녹을 운명의 눈이지만, 새벽이 지나도록 생명력을 지켜가는 존재가 바로 눈인 것이다. 여기서 또 한 번 윤동주가 필요해진다. 지조 높은 개는 밤을 새워 어둠을 짖는다 했던가. 윤동주가 광복을 기다렸듯, 김수영도 더 이상 기침과 가래가 필요 없는 세상을 원했을 것이다. 어쩌면 김수영 그 자신도 언젠가는 록보다는 발라드나 가곡을 노래하고 싶었는지도 모른다. 하지만 해방이 되었다고 당장 기뻐 날뛰기만 할 때 정작 임화는 깃발을 내리자고 했던 것처럼, 고작 새벽이 왔다고 목청을 가다듬으며 고운 노래를 부를 수는 없는 노릇이다. 실제로, 이 시를 쓴 후 세월이 지나 4·19혁명이 일어났을 때, 김수영은 거침없이 기침과 가래를 뱉어내게 된다. 다만 그 이후 점차로 김수영은 록 음악에 싫증을 내게 되는 것으로 보이는데, 그의 후기 시 변모 과정에 대해서는 또 별도의 많은 설명이 요구되는 터, 여기서는 다만 〈풀〉과 같은 후기 시의 시적 성취라는 것이 바로 이러한 변증법적 과정을 경과한 소산임을 지적해 두는 데 그치기로 하겠다.

사랑의 變奏曲

욕망이여 입을 열어라 그 속에서 사랑을 발견하겠다 都市의 끝에 사그러져가는 라디오의 재

도시의 '피로'를 넘는 사랑의 미학

잘거리는 소리가 사랑처럼 들리고 그 소리가 지워지는 강이 흐르고 그 강건녀에 사랑하는 암

흑이 있고 三月을 바라보는 마른나무들이 사랑의 봉오리를 준비하고 그 봉오리의 속삭임이

_ 김수영 〈사랑의 變奏曲〉

안개처럼 이는 저쪽에 쪽빛 산이 사랑의 기차가 지나갈 때마다 우리들의 슬픔처럼 자라나고

금 동 철 | 아주대학교 국문학과 강사 |

도야지우리의 밥찌끼 같은 서울의 등불을 무시한다 이제 가시밭, 넝쿨장미의 기나긴 가시가

지 까지도 사랑이다 왜 이렇게 벅차게 사랑의 숲은 밀려닥치느냐 사랑의 음식이 사랑이라는

것을 알 때까지 난로 위에 끓어오르는 주전자의 물이 아슬 아슬하게 넘지 않는 것처럼 사랑

의 節度는 열렬하다……

사랑의 變奏曲

욕망이여 입을 열어라 그 속에서
사랑을 발견하겠다 都市의 끝에
사그러져가는 라디오의 재잘거리는 소리가
사랑처럼 들리고 그 소리가 지워지는
강이 흐르고 그 강건너에 사랑하는
암흑이 있고 三월을 바라보는 마른나무들이
사랑의 봉오리를 준비하고 그 봉오리의
속삭임이 안개처럼 이는 저쪽에 쪽빛
산이

사랑의 기차가 지나갈 때마다 우리들의
슬픔처럼 자라나고 도야지우리의 밥찌끼
같은 서울의 등불을 무시한다
이제 가시밭, 넝쿨장미의 기나긴 가시가지
까지도 사랑이다

왜 이렇게 벅차게 사랑의 숲은 밀려닥치느냐
사랑의 음식이 사랑이라는 것을 알 때까지

난로 위에 끓어오르는 주전자의 물이 아슬

아슬하게 넘지 않는 것처럼 사랑의 節度는

열렬하다

間斷도 사랑

이 방에서 저 방으로 할머니가 계신 방에서

심부름하는 놈이 있는 방까지 죽음같은

암흑 속을 고양이의 반짝거리는 푸른 눈망울처럼

사랑이 이어져가는 밤을 안다

그리고 이 사랑을 만드는 기술을 안다

눈을 떴다 감는 기술—불란서 혁명의 기술

최근 우리들이 四·一九에서 배운 기술

그러나 이제 우리들은 소리내어 외치지 않는다

복사씨와 살구씨와 곶감씨의 아름다운 단단함이여

고요함과 사랑이 이루어놓은 暴風의 간악한

信念이여

봄베이도 뉴욕도 서울도 마찬가지다

信念보다도 더 큰

내가 묻혀사는 사랑의 위대한 도시에 비하면

너는 개미이냐

아들아 너에게 狂信을 가르치기 위한 것이 아니다

사랑을 알 때까지 자라라

人類의 종언의 날에

너의 술을 다 마시고 난 날에

美大陸에서 石油가 고갈되는 날에

그렇게 먼 날까지 가기 전에 너의 가슴에

새겨둘 말을 너는 都市의 疲勞에서

배울 거다

이 단단한 고요함을 배울 거다

복사씨가 사랑으로 만들어진 것이 아닌가 하고

의심할 거다!

복사씨와 살구씨가

한번은 이렇게

사랑에 미쳐 날뛸 날이 올 거다!

그리고 그것은 아버지같은 잘못된 시간의

그릇된 瞑想이 아닐 거다[1]

김수영의 시를 이해하기 위해서는 먼저 그의 시를 둘러싸고 있는 난해
성의 장막을 뚫어야 하는 경우가 많다. 그는 인접성에 의한 이미지의 사

---

[1] 《김수영 전집》, 민음사, 1981.

용이나 언어 유희, 비논리적인 언어 구조 등 다양한 방법을 통해 난해성을 만들어내고, 이를 통해 그의 시에 대한 논리적 이해의 길을 교묘하게 방해하는 것이다. 〈사랑의 變奏曲〉 또한 이러한 난해성의 장막을 둘러쓰고 있는 시 중의 하나라고 할 수 있다. 상식적인 차원에서 쉽게 해독되기 어려운 요소들이 이 시의 곳곳을 가로막고 있는 것이다.

〈사랑의 變奏曲〉을 제대로 이해하기 위해서는 무엇보다 "사랑"의 정체를 명확하게 밝히는 작업이 필요하다. 사실 김수영은 다양한 자리에서 사랑에 대해 말하고 있는데, 초기보다는 1960년대에 주로 사랑이라는 단어를 시와 산문에서 다양하게 사용하고 있는 것을 볼 수 있다. 어떤 때에는 그가 추구하는 아주 중요한 개념 중의 하나인 '자유'와 동일한 의미를 지닌 것처럼 사용하기도 하고, 말 그대로 남녀 간의 애정이라는 측면에서 사용하기도 하는 것이다. 김수영은 이러한 사랑의 개념 정리를 명확히 하지 않은 채 다양한 수사 속에서 그 의미를 감추고 있다. 〈사랑의 變奏曲〉에서 사용하는 "사랑"이라는 단어 역시 마찬가지인 것이다.

이 시의 첫 행은 그래서 상당한 의미가 있다. 시인은 선언적인 자세로 사랑을 찾고자 하는 자신의 의지를 밝힌다. "욕망이여 입을 열어라 그 속에서/사랑을 발견하겠다"고 말하고 있는 것이다. 그런데 여기서 시인이 말하는 '욕망 속에서 사랑을 발견하겠다'는 말은 상당한 주의가 필요하다. 욕망을 통해서 사랑을 발견하겠다는 것인지, 욕망이라는 부정적인 요소로 가득한 속에서도 사랑을 찾아내겠다는 것인지 명확하지 않기 때문이다. 이것을 명확하게 하기 위해서는 우선 "욕망"이 지닌 의미부터 먼저 확인하는 과정이 필요할 것이다.

"욕망"의 의미를 제대로 파악하기 위해서는 2행의 끝부분에 나오는 "都市의 끝"이라는 단어를 주목해야 한다. 도시는 일반적으로 인간 욕망의 최대치라고 할 수 있기 때문이다. 인간이 자신의 목적을 위해 자연을 변형하고 가꾸어낸 공간이 바로 도시라고 할 수 있는 것이다. 특히 이 도시라는 공간이 근대성과 이어져 있음을 인정한다면 이러한 측면은 보다 선명하게 드러난다. 도시는 철저하게 인간 중심적인 사유 구조에 의해 이루어지는 공간이다. 그 속에서 사물들은 전혀 자연적이지 않고 인간을 위해 봉사하는 종속적인 사물이 될 뿐이다. 인간의 욕망에 의해 사물들은 모두 왜곡되고 뒤틀린 채로 존재하게 되는 것이다.

자신이 사는 도시인 서울을 "도야지우리의 밥찌끼"라고 비유하는 이유도 여기에 있다. 그에게 있어서 서울은 단지 인간의 추악한 욕망들로 가득 찬 장소로 보일 뿐이다. 이것은 5연의 "봄베이도 뉴욕도 서울도 마찬가지다"라는 구절에서 보다 선명히 드러난다. 시인은 왜 여기서 봄베이와 뉴욕과 서울을 한자리에 놓고 있는가. 이 세 곳을 시인은 "사랑의 위대한 도시"와 비견되는 "개미"라고 말한다. 이것은 시인이 봄베이나 뉴욕이나 서울을 매우 부정적인 시각으로 보고 있음을 말해 주는 것이며, 그 이유는 이 세 곳이 곧 욕망의 집결지이기 때문이다.

뉴욕은 1960년대 당시 이미 자본주의가 지배하던 세계의 중심이라고 할 수 있는 곳이다. 자본주의 미국의 중심은 곧 세계의 중심이며, 그것은 거대한 욕망의 다른 이름이라는 점을 쉽게 파악할 수 있다. 김수영에게 미국은 외경의 대상이면서 동시에 부정의 대상이기도 했다. 새로운 지식의 발생점이라는 데서 오는 구심력과 정치적인 타기의 대상이라는 구심력이 함께 작용하는 것이다. 그의 시 〈가다오 나가다오〉에서처럼 4 · 19혁명 이후 배격해야 할 외세로 나타나는 것이 그 예이다. 미국이 부정적인 의미를 지니는 가장 중요한 이유는 제국주의적이고 자본주의적인 침략 때문일 것이다. 그것은 곧 근대의 추악한 욕망이라고 할 수 있는 것이다.

시인은 서울을 뉴욕과 동일한 공간으로 놓는다. 이는 시인이 서울을 우리 주변에 존재하는 욕망의 최대치로 보고 있음을 말해 준다. 시인은 이곳을 자신이 살고자 하는 "사랑의 위대한 도시"와 비견되는 "개미"라고 말한다. 이 말은 1연에서 서울을 "도야지우리의 밥찌끼" 같다고 비유하는 것과 동일하다. 돼지가 먹는 밥찌끼는 일반적으로 추악한 욕망의 상징이라고 할 수 있는 바, 여기에서 시인은 서울을 그만큼 욕망의 때가 잔뜩 묻어 있는 도시로 보고 있는 것이다.

이러한 시인의 입장에서 근대성에 대한 비판적 시각을 읽을 수 있다. 근대는 이성중심적인 세계관과 자본주의라는 경제 체제를 통해 자신을 발전시켜 왔다. 이러한 과정에서 끊임없는 팽창을 거듭하면서 도시라는 거대한 주거 공간을 낳았을 뿐만 아니라, 제국주의와 전쟁이라는 파괴적인 결과까지도 만들어왔다. 김수영이 서울을 뉴욕과 동일한 자리에 놓는 이유가 여기에 있다. 근대성이 만들어낸 도시라는 공간이 자본주의적이고 제국주의적인 세계의 중심에 놓여 있는 뉴욕과 동일한 자리에 있다는 생각이 그 속에 담겨 있는 것이다. 근대의 긍정적인 속성이 아니라 부정적인 욕망의 찌꺼기들로 가득한 도시 공간.

이러한 도시에도 "사랑처럼 들리"는 것이 분명히 존재한다. 1연의 "라디오의 재잘거리는 소리"가 그 대표적인 것이다. 라디오는 근대 문명의 표상과도 같은 것이다. 인간의 소리가 도달할 수 없는 자리에까지 소리를 전달해 줄 수 있는 기계로, 일상생활에서 근대 과학 문명을 느끼게 해주는 대표적인 산물 중의 하나인 것이다. 또한 라디오는 자본주의적인 대중문화의 집약체로 볼 수 있다. 텔레비전이 없던 시대에 라디오는 자본주의적인 대중문화의 대표적인 표상이 되기에 부족함이 없었다. 김수영이 라디오라는 문명의 이기에 관심을 보이고 있는 이유도 여기에 있다. 그는 〈금성라디오〉에서 "금성라디오 A504를 맑게 개인 가을날/일수로 사들여온 것처럼/五百원인가를 깎아서 일수로 사들여온 것처럼/그만큼 손쉽게/내 몸과 노래는 타락했다"라고 말하고 있다. 라디오는 시인을 타락하게 만드는 문명의 이기인 것이다. 이러한 라디오에서 흘러나오는 소리가 시인이 추구하는 '사랑'이 될 수는 없는 것이다. '사랑'과 비슷한 환상들을 제공하기는 하지만, 그것은 '사랑처럼' 들릴 뿐 결코 사랑 자체는 되지 못하는 것이다. 라디오가 있는 도시라는 공간이 '사랑'이 존재하는 공간은 아니기 때문이다.

그가 말하는 사랑은 분명히 이러한 도시 공간의 반대편에 서 있는 것이 분명하다. "都市의 끝"에 흐르는 강을 넘어야 사랑이 자라는 쪽빛 산이 존재한다. 그곳은 "사랑의 봉오리"를 준비하는 공간이며, "그 봉오리의/속삭임이 안개처럼 이는" 공간이고, '사랑의 기차'가 지나갈 때마다 자라나는 공간인 것이다. 이 공간은 근대적인 도시와 그만큼 멀리 떨어져 있는 곳, 다시 말해 근대성의 반대편에 서 있는 것임을 쉽게 알아차릴 수 있다. 여기에서 '사랑'은 근대성에 대한 비판의 모습을 지니게 된다.

그런데 이 공간이 "우리들의/슬픔처럼" 자라난다는 표현에서 시인이 바라보는 현실의 모습을 읽을 수 있다. 시인은 이 사랑을 간절히 바라지만 얻지는 못하는 '도시' 속에 사는 존재일 뿐인 것이다. 이것은 이 시의 마지막 행과도 관련된다. "아버지 같은 잘못된 시간의/그릇된 瞑想"에서 말하는 바는, 아버지라는 존재는 어쩔 수 없이 근대의 한가운데를 살아갈 수밖에 없기에 그가 바라는 사랑이라는 것도 하나의 환상에 불과할 수밖에 없다는 것이다. 그런데 그가 바라는 사랑이 온전히 이루어지는 세계는 그렇지 않다. 오히려 "복사씨와 살구씨가/한번은 이렇게/사랑에 미쳐 날뛸 날"이 올 것이고, 그것은 결코 잘못된 시간이 아닐 것이기 때문이다.

그런데 '뉴욕'이 가진 의미가 이처럼 근대성이라는, 반자연적인 도시의 의미만은 아니다. 이것은 시에서 보여주는 "사랑을 만드는 기술"이라는 구절을 통해 확인할 수 있는 부분이기도 하다. 4연의 이 구절은 이 시에서 매우 중요한 의미를 지닌다. 여기에서 "사랑"이 지닌 또 다른 의미를 확인할 수 있기 때문이다. 시인은 '사랑의 기술'을 "불란서 혁명의 기술" 혹은 "四·一九에서 배운 기술"이라고 설명하고 있다. 불란서 혁명과 4·19가 가지는 공통적인 요소가 무엇인가. 그것은 바로 자유의 정신이라고 할 수 있을 것이다.

김수영이 다양한 글에서 이 자유의 정신을 강조하고 있다는 것은 여러 사람들이 인정하고 있다. 이 자유는 미학적인 차원에서는 기존의 관습적인 문학을 거부하고 새로운 미학을 추구하는 실험 정신으로 나타나며, 정치적인 차원에서는 현실에 대한 변혁을 꾀하는 혁명 정신으로 나타난다. 그는 이 자유를 사랑과 등가의 것으로 설명한다.

사랑은 이처럼 근대성에 대한 반발과 자유에의 추구라는 의미를 지니고 있기에 시인은 자신의 아들에게 "사랑을 알 때까지 자라라"고 권유하고 있다. 이 말은 단순히 남녀 간의 애정을 알 때까지 자라라는 말은 결코아닐 것이다. 그리고 시인은 "사랑을 알 때"가 어떠한 때인지를 친절히 설명한다. 그것은 "人類의 종언의 날"이며, "너의 술을 다 마신 날"이고, "美大陸에서 石油가 고갈되는 날"이다. 이는 쉽게 말해 인류 문명이 종말을고하는 날이라고 할 수 있다. 그런데 여기에서 "미대륙의 석유가 고갈되는 날"이라는 표현은 좀더 생각해 볼 필요가 있다. 석유는 근대 자본주의문명을 가능케 한 가장 중요한 에너지원이다. 이러한 석유가 고갈된 날이란 근대문명이 종언을 고하는 날이라고 할 수 있을 것이다. 그러므로 여기서 말하는 '인류의 종언'이란 인류 자체의 종말이 아니라 근대문명의종말이라고 할 수 있는 것이다. 시인이 아들에게 "너의 가슴에 새겨둘 말"즉 '사랑'을 "都市의 疲勞"를 통해 배울 수 있을 것이라고 하는 데서 이러한 측면을 보다 선명하게 인식할 수 있다. 도시의 피로는 곧 근대문명에서 느끼는 피로라고 할 수 있기 때문이다.

사랑의 의미를 정확하게 파악하기 위해서는 마지막으로 "복사씨와 살구씨와 곶감씨의 아름다운 단단함"이 지닌 의미를 탐색해야 한다. 6연에서 시인은 "사랑"과 "단단한 고요함"을 거의 비슷한 의미로 사용하고 있다. 시인은 "사랑을 알 때까지 자라라"고 말하는 동시에, 인류 종언의 날에 "너의 가슴에/새겨둘 말을 배울 거다"라고 말하고 있다. 이는 "너의 가슴에 새겨둘 말"이 바로 '사랑'임을 암시하는 것이다. 그리고 시인은 "너의 가슴에 새겨둘 말"이 "이 단단한 고요함"과 동일한 것이라고 말한다. 시인은 '~을 배울 거다'라는 구절의 반복을 통해 이 두 가지 사이의 등가성을 부여해 놓은 것이다.

여기서 한 걸음 더 나아간다면 "단단한 고요함"이 곧 복사씨와 살구씨, 곶감씨와 같은 것임을 쉽게 이해할 수 있다. 이것들은 모두 단단한 껍질을 둘러쓰고 있는 씨앗들이다. 그런데 이 단단함과 함께 이야기되는 '고요함'은 움직임의 가능성을 내포한 것이다. 이것은 김수영이 왜 하필 단단함을 복사씨나 살구씨, 곶감씨와 같은 씨앗을 택해서 표현했는지를 이해하는 단서가 되기도 한다. 이 씨앗들은 그저 단단하기만 한 것이 아니라 커다란 나무를 이루어낼 수 있는 생명력을 그 속에 내포하고 있다. 그러기에 이 고요함은 단순한 고요함이 아니라 생명의 커다란 힘을 간직하고 있는 고요함인 것이다.

이러한 고요함을 간직한 복사씨와 살구씨가 "사랑에 미쳐 날뛸 날"이 올 것이라는 표현은 그래서 매우 의미심장한 뜻을 지니게 된다. 복사씨와 살구씨가 '날뛸 날'은 다른 말로 표현하자면 그 속에 지닌 생명력을 한껏 발휘하는 날이라고도 할 수 있을 것이다. 그런데 이미 살펴본 바와 같이 '사랑'은 근대성에 대한 비판과 자유에의 추구라는 의미를 동시에 지니고 있다. 그렇다면 복사씨와 살구씨가 "사랑에 미쳐 날뛸 날"은 근대라는 차가운 세계를 극복하고 자유에의 비상을 실현하는 날이 될 것이다. 여기에서 복사씨와 살구씨, 곶감씨가 지닌 의미를 새삼 확인하게 된다. 그것은 딱딱한 껍질 속에 싸여 있지만 그 속에 강력한 생명의 힘을 지니고 있는 존재인 바, 김수영에게 있어서 이것은 세계사의 격렬한 흐름 속에서 고통받고 있던 우리 민족에 대한 비유라고 할 수 있다. 자본주의와 근대성이 지배하는 서울이라는 도시를 넘어 우리 민족의 생명력을 화려하게 꽃피울 수 있게 될 날을 김수영은 "복사씨와 살구씨가/한 번은 이렇게/사랑에 미쳐 날뛸 날이 올 거다"라고 노래하고 있는 것이다. 시인은 이 환상이 결코 불가능한 것이 아니라 미래의 어느 순간에 반드시 이루어질 것이라고 확신하고 있음을 "잘못된 시간의/그릇된 瞑想은 아닐 거다"라는 마지막 행으로 보여준다.

사실과 환상의 대극적 긴장, 그리고 초월

_ 김수영 〈풀〉

강웅식 | 고려대학교 대학원 연구교수 |

풀

풀이 눕는다.
비를 몰아오는 동풍에 나부껴
풀은 눕고
드디어 울었다
날이 흐려서 더 울다가
다시 누웠다

풀이 눕는다
바람보다도 더 빨리 눕는다
바람보다도 더 빨리 울고
바람보다도 먼저 일어난다

날이 흐리고 풀이 눕는다
발목까지
발밑까지 눕는다
바람보다 늦게 누워도
바람보다 먼저 일어나고
바람보다 늦게 울어도
바람보다 먼저 웃는다

날이 흐리고 풀뿌리가 눕는다

1

〈풀〉에 관한 해석의 유형들 가운데 이제까지 가장 일반화된 것은 '풀' 을 민중으로 보고 '바람' 을 억압 세력으로 보는 알레고리적 해석이다. 〈풀〉은 바람에 흔들리고 있는 풀밭의 모습을 실감나게 보여줌으로써 민중에 대한 도식적 이해를 넘어서서 보다 깊은 이해를 도와주며, 민중과 억압 세력의 관계를 보다 구체적이고 보다 실제적으로, 또 보다 설득력 있게 말해 주는 작품이라는 것이다. 텍스트 자체에 대한 응시의 귀결이면서도 텍스트 외부에 존재하는 관념을 텍스트 내부로 과도하게 이끌어들인 그 해석은 일견 분명해 보인다는 장점이 있기는 하다. 텍스트의 다의성이라는 측면에서도 그런 해석의 가능성이 완전히 닫혀 있는 것은 아니지만, 그러나 그 해석에는 근본적인 문제점이 내재되어 있다. '풀' 과 '바람' 의 관계를 상호 대립적인 역학의 맥락에 놓고 '풀' 과 '바람' 에 각각 '민중' 과 '억압 세력' 을 거칠게 대입하고 있는 그 해석은 텍스트를 이루고 있는 다양한 구성적 계기들의 짜임 관계를 손상시킨다. 한 텍스트에 수용된 언어는 그것의 사회 역사적 의미 맥락으로부터 자유로울 수 없다. 그런 점에서 '풀' 에 내재한 의미화의 자질들 가운데 '민중' 의 의미를 포함시키는 것은 가능한 일이지만, '바람' 의 경우는 사정이 다르다. 특히 '풀' 과 '바람' 의 관계에 대한 최초의 서술인 "비를 몰아오는 동풍에 나부껴"라는 구절에서 '동풍'은 '억압 세력'이라는 의미와는 상당한 거리가 있다. 하나의 낱말이 거느리고 있는 사회 역사적 의미의 맥락에 근거할 때, '동풍'은 봄바람을 가리키며, 만물의 생명의 근원인 물(비)을 불러오기에 곡식을 자라게 하는 바람이라 하여 '곡풍(谷風)'이라 불리기도 한다 (공영달에 따르면, '谷風'의 '谷'은 '穀'과 통한다). 이러한 사실들을 감안한다면, 그 구절에서 '풀'과 '동풍'(바람)의 관계는 대립적이기보다는 오히려 친화적이다. '풀'과 '바람'의 관계를 상호 대립적인 역학의 맥락으로만 고정시켜 놓고 텍스트를 이해하려는 알레고리적 해석은, 따라서, 텍스트를 이루는 여타 다른 구성적 계기들을 배제하고 억압함으로써 텍스트의 본질을 왜곡할 위험이 있다. 따라서 우리는 관점을 전환할 필요가 있다.

'풀'과 '바람'의 관계를 '민중'과 '억압 세력'의 역학 관계로 풀이하는 알레고리적 해석에 반대하는 해석 유형의 대표적인 경우로 우리는 황동규의 견해를 들 수 있다. 황동규는 스스로 움직일 수 없는 풀의 움직임이 움직임의 동력이 되는 바람보다 앞선다는 모순율이 모순으로 느껴지지 않게 되는 상태에 이르는 과정을 보여줌으로써 생의 깊이와 관련한 어떤 감동을 맛보게 하는 시라고 주장한다. 그의 견해는 텍스트의 진실과 관련하여 결코 무시할 수 없는 통찰을 보여주며, 나름의 분석 과정을 추가한 여러 가지 다양한 해석의 근거가 되었다. 그러나 구체적인 분석의 절차 없이 시인 특유의 직관만으로 포착해 낸 까닭에 지나치게 맹목적이라는 흠이 있다.

문학 연구에서 우리가 흔히 대비하게 되는 두 가지 유형의 기획, 즉 '시학' 과 '해석학' 은 원칙상 매우 상이한 것이지만, 〈풀〉을 논의하는 자리에서는 언제나 그 두 가지 기획이 동시에 요구된다. 널리 알려진 대로, '시학' 은 이미 획득된 것으로 합의된 텍스트의 어떤 의미나 효과와 관련하여 그것들이 어떻게 성취되었는가를 질문하는 기획이며, '해석학' 은 특정한 시의 구절이나 행 그리고 텍스트 전체의 의미와 그것들이 궁극적으로 말하려는 인간 조건과 관련하여 항상 새롭고 보다 나은 해석을 찾으려는 기획이다. 〈풀〉은 이제까지 이루어진 그 모든 해석학적 관심에도 불구하고 아직 그것이 획득한 것으로 합의된 의미가 부재하기 때문에 우리는 그러한 의미를 찾으려고 노력해야 하며, 동시에 그러한 의미가 타당하다는 것을 논증하기 위해서는 그것이 어떻게 성취되었는가에 대해서도 설명을 해야 한다. 사실 개별 작품에 대한 논의에서 '시학' 과 '해석학' 을 결합시키는 것은 어쩌면 불가피한 일인데, 〈풀〉의 경우 그러한 결합의 밀도와 긴장이 최대화되지 않으면 그 어떤 것도 노출하지 않으려는 작품 자체의 저항력을 견뎌낼 수 없게 된다. 이 글에서는 이러한 사정을 고려하면서 〈풀〉을 검토하기로 한다.

2

〈풀〉을 검토해 보면 현실의 경험 세계의 맥락과 관련한 몇 가지 대립항들이 있음을 알게 된다. '풀' 과 그 움직임의 동력원인 '바람' 의 대립, 그리고 흔히 지적되어 온 바, '눕고/일어나고' 와 '울고/웃는' 에서 동작의 양태상 대립이 바로 그것들이다. 그런데 이제까지 별로 주목된 적이 없는 대립항이 하나 더 있다. 그것은 바로 '나부끼다' 와 '눕다/일어나다/울다

/웃다' 사이의 대립이다. 이들 다섯 개의 동사는 모두 풀의 움직임을 묘사한 것이라는 점에서는 동일하다. 차이점은, '나부끼다'가 사실적인 묘사인 반면에 그 밖의 다른 것들은 의인화를 통한 비유적 묘사라는 것이다. 〈풀〉의 분석에서 이 새로운 대립항에 대한 주목은 매우 중요하다. 왜냐하면, '눕고/일어나고'와 '울고/웃는'의 의미상 대립이 보다 심층적인 대립구도(풀의 타율적인 움직임과 자율적인 움직임의 대립) 속에서 완화되기 때문이다. '눕다, 일어나다, 울다, 웃다'라는 각각의 동작은, 그 의미상의 차이 자체가 사라지는 것은 아니지만, 적어도 상호 부정적인 차원의 대립에서는 벗어나게 되는 것이다.

작품의 심층적인 대립항인 풀의 '타율적인 움직임(나부끼다)'과 '자율적인 움직임'에 근거할 때 우리는 작품에서 또 하나의 심층 대립항을 찾아낼 수 있다. 그것은 바로 '사실(풀의 타율적인 움직임)'과 '환상(풀의 자율적인 움직임)'의 대립이다.[1] 작품에서 한 인물은 풀이 바람에 나부끼는 모습을 보고 있다. 그런데 그 순간 사실의 관찰에서 촉발된 환상, 즉 바람 없이도 풀이 스스로 움직이는 것 같은 환상을 체험하고 그 인물은 그것에 대해 말한다. 더 나아가 그 인물은 그 환상을 하나의 사건으로까지 확정해 놓으려는 듯하다. 따라서 〈풀〉의 분석에서 관건이 되는 것은 낱말들로 만들어진 구조로서의 시와 사건으로서 시 사이에 빚어진 관계에

---

1) 이 글에서 필자는 '환상'을 현실과는 다른 어떤 것, 즉 현실의 경험 세계에 대한 '타자(他者)'의 의미로 사용하였다. 예술 창작에서 그러한 환상은 '착상'과 같은 방식으로 작품의 주요한 구성적 계기로 참여한다. 그러나 착상으로서의 환상과 작품 자체가 동일하지 않음은 물론이다. 하나의 작품이 성립될 수 있는 주요한 계기로서 시인의 착상에 근원적인 영향을 미친 '환상'은 그 작품의 형상화 과정에서 다양한 형식적 계기를 통해 일관성과 명료함을 지닌 작품 자체로 전이될 것이다.

대한 고찰인데, 특별히 주목해야 할 것은 바로 '환상'이 시와 사건 양자에 대해 갖는 관계이다. 우리 시사의 맥락에서 〈풀〉이 그 어떤 독창성을 지니고 있다면 그것은 바로 그 '환상'에서 비롯한다. 바꾸어 말하면 '환상'은 〈풀〉의 독창성의 매체라 할 수 있다. 〈풀〉이라는 예술 작품을 탄생하게 한 하나의 시발점이었던 그 '환상'은 형상화 과정에서는 현실적인 요인들을 받아들여 하나의 작품이라는 결정체를 이루게 하는 구성적 계기로서 작용하게 된다.

〈풀〉의 첫 행은 "풀이 눕는다"이다. 그리고 각 연의 첫머리에 반복되면서 화자의 이어지는 진술들을 이끌다가 작품의 결구에서는 문장의 주어가 교체되어 "풀뿌리가 눕는다"라는 형태로 전환된다. 이제까지 흔히 풀이 일어나고 웃는 움직임의 양태에 주목하였지만, 작품의 형태 자체에 대한 고찰에 따르면 오히려 "풀이 눕는다"는 사실이 더욱 강조되고 있다는 느낌마저 들게 된다.

작품의 형태와 관련한 사실들 가운데 또 하나 주목해야 할 것은 풀의 움직임을 묘사한 진술들의 시제의 문제이다. 대체로 현재 시제가 사용되었는데 유독 제1연에서만 과거 시제가 사용되었다. 이와 함께, 풀의 움직임을 묘사한 것으로서 유일하게 사실적인 묘사라 할 수 있는 "나부껴"가 제1연에만 나온다는 사실도 주목되는 부분이다. 이와 같은 관찰들은 이 작품이 다른 그 무엇이 아닌 '사실'과 '환상'에 기초하였다는 점을 확인하게 해준다. 바람에 의하지 않고는 스스로 움직일 수 없는 풀이, 어떤 우연한 순간 풀밭에 서 있는 화자에게, "벼를 터는 마당에서 바람도 안 부는데/옥수수잎이 흔들리듯 그렇게 조금"[2) 스스로 움직이는 것처럼 보였다는 것이 이 작품의 착상이라고 보아도 무방할 것이다. 그러니까 제1연에서 과거 시제로 되어 있는 부분은, 화자가 풀의 자율적인 움직임이라는 환상을 체험하게 된 과정을 풀의 초점에 맞추어 압축된 이야기 형식으로 제시해 놓은 것이라 할 수 있다.

이 시의 첫 행인 "풀이 눕는다"는 그러한 환상의 사건화이다. '풀'의 움직임을 식물의 수동적인 것이 아닌 능동적인 것으로 바꾸기 위해서, 즉 자신의 환상을 구체적 형상으로 옮겨놓기 위한 첫 시도이다. 정지 상태의 '풀'이 바람에 움직이게 될 경우, 바람이 어느 방향에서 불어온다 하더라도 첫 움직임은 사람이 눕는 것과 같은 모습이 된다. 그 '첫 움직임'은, 비록 시인의 환상을 통해 이루어진 것이지만, 풀의 처지에서 그것은 '생태학적 숙명(타율적인 움직임)'으로부터의 해방이다. 이로써 '풀'의 자율적인 움직임이란 환상은 작품 속에 하나의 구체적 형상으로 구축됨으로써 하나의 사건이 되기 시작한다. 만약 그 형상화에 성공한다면 작품 자체가 바로 사건이 될 것이다. 따라서 작품의 형상화에서 시인에게 요구되는 작업은 작품의 내재적 일관성 속에서 '풀'의 그와 같은 자율적인 움직임에 필연성을 부여해 주는 일이다.

첫 행에 이어서 시인은 "비를 몰아오는 동풍에 나부껴/풀은 눕고"라고 말한다. 이 부분에서 무엇보다 주목되는 점은, 시인이 제2연과 제3연에서는 단순히 '바람'이라고 했으나 제1연에서는 굳이 "비를 몰아오는 동

---

2) 김수영, 〈꽃잎(一)〉, 《김수영전집 **1**시》, (민음사, 1981), 276면. 이 글에서 인용한 김수영의 시와 산문은 두 권으로 된 민음사판 전집에 근거하였다. 이하 그 책들을 인용할 경우 각각 '전집 1'과 '전집 2'로 약칭하여 쓰기로 한다.

풍"이라고 묘사한 것이다. 시인은, 또한, 작품에서 단 한 번만 사용한 '나부끼다' 라는 동사를 '바람' 과는 연결시키지 않고 바로 이 부분에서 '동풍' 하고만 연결시키고 있다. 〈풀〉에 대한 알레고리적 해석을 검토하면서도 언급했다시피, '동풍' 은 그 속성상 식물인 '풀' 의 생태와 대립적이지 않다. 그러나 '동풍' (바람)은, 바람이 불지 않는데도 움직이는 것과 같은 '풀' 의 자율적인 움직임의 관점에서 볼 때는, '풀' 과 대립적이게 된다. 여기서 우리가 주목해야 할 것은 '바람' 과 '풀' 의 그러한 중의적 관계이다. 친화적이기도 하고 대립적이기도 한 '바람' 과 '풀' 의 관계는 〈풀〉의 구조적 맥락의 핵심이다. 그리고 그것은 '사실' 과 '환상' 의 대립이라는 〈풀〉의 심층 구조의 맥락과 겹쳐진다. '풀' 의 자율적인 움직임이라는 환상은 바람에 풀이 나부끼는 사실의 관찰에서 비롯한 것이다. 환상이 유지되기 위해서는 사실과 부단히 거리를 두어야 하겠지만, 애초에 사실이 없었으면 환상도 가능하지 않았을 것이다. 결국 "비를 몰아오는 동풍에 나부껴／ 풀은 눕고"라는 구절은 사실을 바탕으로 이루어진 환상의 성립 배경을 보여주는 것이라 할 수 있다. 다음에 이어지는 행은 "드디어 울었다"이다. 풀이 스스로 움직이게 된 그 첫 체험의 순간에 느낄 수 있는 감동의 표현으로서 "울었다"란 표현은 지극히 적절하며, "드디어"라는 부사 역시 극적 순간의 강조를 위한 것으로서는 매우 타당한 선택일 것이다. 다른 것도 아니고 숙명을 넘어선 상태의 감동을 나타내려면 그와 같은 방식의 표현 이외에는 달리 없었을 것이다.

　제2연에서 "바람보다도 더 빨리"와 "바람보다 먼저"는 '풀' 의 그러한 자율적 움직임을 나타낸다. "눕는다", "울고", "일어난다" 등은 모두 자율적인 움직임이란 동일한 뿌리의 다양한 줄기들이다. 시인은 제2연의 끝 행에 "눕는다"보다는 어감이 더 강한 "일어난다"를 배치했다. 이는 자율적인 움직임의 반복을 통해 획득된 '풀'의 자신감을 암시하기 위함일 것이다. 제3연에 이르러 '풀'의 움직임은 더욱 경쾌해진다. 이제 '풀'은 자신의 자율적인 움직임이라는 체험에 함께 동참하여 즐거워하는 어떤 인물의 "발목까지/발밑까지 눕는다". "바람보다 늦게 누워도"와 "바람보다 늦게 울어도"는 바람에 의한 타율적인 움직임을 나타내는 것이겠지만, 그렇다고 하더라도 이제는 풀에게 그것조차 문제가 되지 않는다. 그는 언제라도 "바람보다 먼저" 일어나고 웃을 수 있기 때문이다('도'와 '고'로 연결된 접속법의 형태가 그러한 의미를 보증해 준다).

　제3연에서 문제가 되는 부분은 〈풀〉의 끝 행인 "날이 흐리고 풀뿌리가 눕는다"이다. 그 이전까지는 모든 문장의 주어가 '풀'이었는데 갑자기 낯선 '풀뿌리'가 등장한 것이다. 풀뿌리도 풀에 속한 것으로 보면 그 문제를 단순하게 처리할 수도 있겠으나, 그 문제는 그렇게만 보아 넘길 성질의 것이 아니다. 이 부분에 이르러 시인은 명백히 모순적인 요소들을 충실히 참작하여 그것들을 새로운 통일로 몰고 갈 야심적인 시도를 하고 있기 때문이다.

3

　〈풀〉의 마지막 행에 대한 이해와 관련하여 무엇보다 먼저 언급해야 할 사실은 그것이 바로 작품의 결구라는 점이다. 그리고 그것이 결구인 것은, 그 구절이 단순히 작품의 맨 끝에 배치되어 있기 때문이 아니라 작품 자체의 구조적·의미론적 매듭점이기 때문이다. 모든 성공한 작품에는 그 나름의 성공한 결구가 있기 마련이다. "내 시는 '인찌끼' 다. 이 〈후란넬 저고리〉는 특히 '인찌끼' 다. 이 시에는 결구가 없다. '낮잠을 자고나서 들어보면 후란넬저고리도 훨씬 무거워졌다'에 基幹的인 이미지가 걸려 있기는 하지만 이것이 과연 결구를 무시한 흠집을 커버해 줄 만한 강력한 투영을 가졌는지 의심스럽다"[3]에서 볼 수 있듯이, 김수영은 결구를 매우 중요시했던 시인이다.[4] 따라서 우리는, "날이 흐리고 풀이 눕는다"라는 구절이 이 작품의 핵이랄 수 있는 그 환상을 과연 하나의 중심 이미지로 강력하게 투영한 것인지 검토해야 할 것이다.

이 작품의 시발점은 풀의 자율적인 움직임이라는 환상이며, 그것은 현실에서 풀이 바람에 나부끼는 모습(사실)에 대한 관찰에서 비롯한 것이다. 그리고 이 작품의 형상화를 통해 그 환상은 하나의 사건으로 구축되고 있다. 작품에서 "풀이 눕는다"는 화자의 언표는 풀의 자율적인 움직임의 모습을 진술한 것이지만 그 언표를 발화하는 화자의 발화 행위는 언표가 지시하는 내용을 하나의 사건으로 확정해 놓으려는 선언의 행위이기도 하다. "풀이 눕는다"는 언표를 우리는 '풀이 눕는다(스스로 움직인다)고 이로써 단언한다'라는 심층 구조의 문맥으로 변형해 볼 수가 있는데, 의인법을 적용한 언표와 그것의 무한한 반복은 하나의 환상을 구체적인

---

3) 김수영, 전집 2, 290면.
4) 실제로 그의 작품을 보면 산문적 진술을 적극적으로 이끌어들인 작품이든 그렇지 않은 작품이든 결구에 대한 배려가 확인된다. 가령, 〈눈〉〈꽃잎(一)〉〈꽃잎(二)〉 등의 결구는 분명한 경우의 예이겠는데, 그만큼 분명하지 않은 작품의 경우에도 그가 의식적으로 결구를 배려했다는 흔적만큼은 비교적 선명하게 확인할 수 있다.

사건으로 승화하게 되는 것이다. 이 작품의 구성적 계기로 수용된 것들, 즉 '풀, 바람, 흐린 날, 비' 그리고 '눕다, 울다, 일어나다, 웃다'의 동사가 연상시키는 무수한 움직임의 양태들은 모두 현실의 것들이지만, 환상을 매개로 하여 작품 자체 안에서 특유한 짜임 관계를 갖게 되자 그것들은 현실의 경험 세계에서와는 다른 위치를 갖게 되고 그 의미가 조금씩 변하게 된다. 움직임을 중심으로 한 바람과 풀의 관계를 '더 빨리', '먼저', '늦게' 등의 부사를 통해 교란시키고 있는 것에서도 볼 수 있듯이, 작품에서 현실의 공간이나 시간이 완전히 무시되는 것은 아니기에 그것의 힘이 근본적으로 부정되는 것도 아니다. 그러나 놀랍게도 그 구속성은 사라지게 된다. 동일한 문장 형태의 반복이나 운율과 같은 비의미적 언어조직을 통하여 시간이 압축되고, 풀이 바람에 나부끼는 모습에서 비롯한 풀의 자율적인 움직임이라는 영상을 통하여 공간이 겹쳐짐으로써 이제까지 존재하지 않았던 어떤 것이 제시되는 것이다. 그런데 만일 "날이 흐리고 풀뿌리가 눕는다"라는 형태의 결구 없이 사실에서 비롯한 환상의 반복으로 단순하게 끝을 맺었더라면, 〈풀〉은 이미 존재하는 것의 무력한 투사에 머물게 되고 말았을 것이며, 현재와 같은 강도를 결코 누리지 못했을 것이다. 그 문제의 구절에서 암시되는 풀의 움직임은 현실의 그 어떠한 움직임의 형상과도 교환이 성립되지 않는 것이다. 풀뿌리의 움직임이란 현실의 경험 세계에서는 가시적으로는 경험할 수 없는 어떤 것이기 때문이다.

시인이 구축해 놓은 결구의 사상은 심원하고 그 진리 내용은 깊다. 거기에는 김수영이 즐겨 사용했던 말인 '죽음'과 '자유'와 '침묵'과 '사랑'이 계기적인 요소로 함께 작용하고 있다. 우리는 시인이 그 구절에 이르러 풀의 자율적인 움직임이라는 영상을 포기했다고는 볼 수 없다. 가시적인 어떤 것과 직접 연결지을 수는 없지만, "풀뿌리"의 움직임을 "날이 흐리고"와 연계시키고 또한 환상의 출발점이었던 "눕는다"라는 동작의 양태로 수용하고 있기 때문이다. 바람의 속박에서 벗어난 자율적인 움직임이 연상시키는 '자유'에 대한 동경이 여전히 강력하게 작용하고 있는 것이다.

문제는 그러한 자유를 추구하는 방법이다. 이 작품에는 그런 자유를 가능하게 하기 위한 죽음의 울림이 있다. 현실의 경험 세계의 그것과는 교환이 되지 않는 어떤 움직임으로 나아감으로써 작품의 짜임 관계 속에서 풀은 이 부분에 이르러 비로소 현실의 그것과는 다른 풀이 된다. 다시 말해 현실적인 생명체의 죽음을 통해 그 어떤 다른 것이 되는 것이다. 이와 함께 현실에서 풀이 바람에 나부끼는 사실에 대한 체험의 직접성이 사라지게 되고, 그러한 사실에서 비롯한 환상을 성립시킨 매개였던 바람의 구속력도 함께 사라지게 된다. 그러나, 앞서도 지적했듯, 그 구절은 '풀뿌리'의 움직임을 "날이 흐리고"와 연계시키고 또한 환상의 출발점이었던 "눕는다"라는 동작의 양태로 수용하고 있다는 점에서 어떤 연관 관계에 근거한 듯하지만 그러한 연관 관계를 명백히 보여주지 않는다. 경험 세계의 총체적인 속박을 부정하는 초월적 암호로서 '풀뿌리'의 자율적인 움직임의 근거에 대해서도, 그것이 가리키는 구체적인 의미에 대해서도 침묵하고 있는 것이다. 이때 침묵은 무의미한 공허가 아니라 "아무도 하지 못한 말"이 생성되기 시작하는 지반으로서의 그것이다.[5] 우리는 그 "아무도 하지 못한 말"을 듣기 위해, 그리고 그 의미를 이해하기 위해 그 마지막 구절이 인도하는 침묵의 집인 〈풀〉 그 자체로 끊임없이 되돌아와야 하는 것이다.

5) 김수영은 〈시여, 침을 뱉어라〉라는 산문에서 다음과 같이 말한 바 있다: "시도 시인도 시작하는 것이다. 나도 여러분도 시작하는 것이다. 자유의 과잉을, 혼돈을 시작하는 것이다. 모기소리보다도 더 작은 목소리로 시작하는 것이다. 모기소리보다도 더 작은 목소리로 아무도 하지 못한 말을 시작하는 것이다. 아무도 하지 못한 말을. 그것을—." 흔히 우리는 이 구절을 언론 자유의 행사와 같은 내용의 맥락에서 파악하는 경향이 있다. 그러나 〈시여, 침을 뱉어라〉라는 산문의 전체 맥락에 근거할 때, "아무도 하지 못한 말"은 내용뿐만 아니라 형식의 맥락에서도 적용되는 것이며, 더 나아가 구분될 수도 절충될 수도 없는 내용과 형식의 '대극적 긴장'에 의한 통일로서 작품 그 자체의 발화를 가리키는 것으로 보아야 할 것이다. 전집 2, 254면.

스와니江이랑 요단江이랑

그해엔 눈이 많이 나리었다. 나이 어린 소년은 초가집에서 살고 있었다. 스와니江이랑 요단

낭만적 동경, 그 아름다운 비극

江이랑 어디메 있다는 이야길 들은 적이 있었다. 눈이 많이 나려 쌓이었다. 바람이 일면 심

심하여지면 먼 고장만을 생각하게 되었던 눈더미 눈더미 앞으로 한 사람이 그림처럼 앞질러

_ 김종삼 〈스와니江이랑 요단江이랑〉

갔다.

진 순 애 │성균관대학교 국문학과 강사│

스와니江이랑 요단江이랑

그해엔 눈이 많이 나리었다. 나이 어린
소년은 초가집에서 살고 있었다.
스와니江이랑 요단江이랑 어디메 있다는
이야길 들은 적이 있었다.
눈이 많이 나려 쌓이었다.
바람이 일면 심심하여지면 먼 고장만을
생각하게 되었던 눈더미 눈더미 앞으로
한 사람이 그림처럼 앞질러 갔다.

〈스와니江이랑 요단江이랑〉[1] 을 김종삼의 대표 난해시로 선별한 나름
대로의 이유를 위해 먼저 김종삼론에 대한 기존의 평가를 보자. "환상의
아름다움을 창조하는 시"[2]로, "생명 있는 모든 것에 대한 깊은 애정과 연
민을 통하여 현실의 고통이 극복될 수 있다는 가능성의 시"[3]로, 혹은 "한
미학주의자의 상상 세계"[4]로, 혹은 "죽음의 미학이라는 현대적 심미성을

---

1) 첫 시집 《십이음계》, 삼애사, 1969.
2) 이숭원, 〈김종삼 시에 나타난 죽음과 삶〉, 《현대시와 삶의 지평》, 시와시학사, 1993, 110~123면.
3) 이숭원, 〈김종삼 시의 내면구조〉, 《근대시의 내면구조》, 새문사, 1988, 191~208면.
4) 장석주, 〈한 미학주의자의 상상세계〉, 《김종삼전집》, 청하, 1988, 17~35면.

극단적으로 그리고 있는 시"[5]로 그의 시는 평가되어 왔다. 이와 같은 기존의 제반 평가들을 모두 수용하면서 동시에 이 모든 평가를 추월하여 낭만적 동경의 세계조차 함유하고 있는, 동시적 분위기이면서도 난해한 김종삼의 대표시가 〈스와니江이랑 요단江이랑〉이다.

그러면 기존의 평가에 합당한 요소를 세부적으로 찾아보자. "스와니江이랑 요단江이랑"이라는 유음집합적 기표에 충분한 '환상의 아름다움'이 있고, '초가집에 살고 있는 소년'에 대한 시인의 애정이 '생명 있는 모든 것에 대한 깊은 애정과 연민'을 말하며, '고통 극복의 가능성'을 '많이 내린 눈'의 풍요로운 이미지가 말한다. 또 "바람이 일면 심심하여지면", "눈더미 눈더미 앞으로 한 사람이/그림처럼 앞질러 갔다" 등의 언표는 탈현실적인 "미학주의자의 상상 세계"를 아우르고, 소년이 있지만 동심의 세계가 아니라 죽음의 세계라서 시인의 염세주의적 내면을 '죽음의 미학'으로 담아내는 현대적 심미성 역시 내포하고 있어 김종삼의 대표 난해시로서 손색없다.

죽음은 김종삼 시의 지배소이고 지배 의식이다. 죽음과 마찬가지로 어린아이들 역시 김종삼 시의 남다름에 기여하는 독자적 매개체인데, 어린아이 또한 죽은 아이이거나 죽음 같은 현실에 벌거숭이로 던져진 어린아이이다. 어린아이를 포함한 죽음의 시적 지배소가 김종삼의 염세주의적 세계관을 드러내는 중심 역할을 하는 이유는, 그가 유년시절 어린 동생을 데리고 학교 운동장에 갔다가 동생을 잃어버렸고, 그때 동생이 죽은 사건

---

5) 진순애, 〈김종삼 시의 현대적 자아와 현대성〉, 《한국 현대시와 정체성》, 국학자료원, 2001, 13~38면.

에서 비롯된다. 그 일이 김종삼에게 깊은 죄의식을 심어줬으며, 성장 후에도 죽음 의식에서 벗어날 수 없게 만든 가장 중심 요인으로 보인다. 개인적 죽음 체험과 함께 6·25의 죽음의 현장은 그로 하여금 또 다른 삶의 죄의식 및 염세에 빠지게 했을 것이다. 그가 태어난 1921년은 일제 강점기의 중심이었고, 청소년기를 넘어서는 1939년에는 제2차 세계대전의 발발이 있었듯이, 김종삼이 태어나고 성장하며 성인으로 살아와 84년, 생을 마감할 때까지의 세월이란 오직 어둠이요 죽음이며, 억압과 불행이라는 비극적 현대사의 중심이나 다름없었다.

때문에 동일한 시간대를 개인적으로 극복하고 사회적 존재로서 대응하는 방법이야 개인마다 다르겠지만, 그래서 보다 적극적으로 사회의 어둠을 헤쳐나가는 진취적인 시쓰기가 주요한 문학사로서 자리매김되고 있지만, 이와 같은 혁명적 낭만성이 아니라, 김종삼은 현실 외면이라는 탈현실의 태도로써 환상적인 낭만의 세계에 몰입하거나, 비극적 현실을 구경하는 구경꾼의 위치에서 죽음의 현실을 죽음의 미학으로 치장하는 다양한 죽음의 실태를 보여준다.

죽음의 실태 중에서 〈스와니江이랑 요단강이江〉의 죽음은 현실적 죽음 혹은 미학적 죽음이 아닌 낭만적 동경의 세계로서의 죽음 의식이다. 인간의 세계 및 현실계가 부재한 시로 평가되는 그의 시에 등장하는 죽음은 다양한 각도에서 조망되어야 할 사항이지만, 특히 전봉래, 고흐, 채플린, 나운규, 소월, 로트렉, 세자르 프랑크, 스테판 말라르메, 사르트르 등과 같이 살아 있는 예술가가 아니라 죽은 예술가와의 시적 교류에 나타난 죽음 의식은 그의 초월적 죽음 의식을 내포한다. 이는 불완전한 현실에 대립하는 완전한 세계를 사후의 세계나 예술의 세계에 두고 있음을 의미한다. 사후의 세계는 탈현실이 가능한 완벽한 동경의 세계이며, 예술의 세계 역시 현실 극복의 환상적 세계이고, 이 양자는 또 어린아이와 같은 순수가 온전할 수 있는 세계이기 때문에 김종삼의 낭만적 의식이 투여되기에 충분하다.

김현이 김종삼 시에 나오는 아이들을 일컬어 "보통의 아이들과 다르게 항상 혼자서 가난하게 죽음을 예감하며 혹은 그것을 선고받고 살고 있다 하고, 그 아이들은 부모들과 타인들, 다시 말해서 사회에서 완전히 소외되어 있으며, 동시에 성장이 중지되어 있다 하면서, 그 아이들은 그의 세계에서 시인의 세계와의 불화를 표상하고 있다"[6]고 지적하듯이 〈스와니江이랑 요단江이랑〉의 소년도 다른 아이들과 어울리며 살아 있는 놀이성의 소년이 아니라 죽음 같은 동경의 세계를 꿈꾸는 상념의 소년이다. 그 소년은 아이다운 아이, 소년다운 소년이 아니라 어른이 되어버린 아이로서 세계와의 불화를 간접화한 미학적 현실 참여의 대상이다. 이러한 태도 역시 그의 다른 시에서처럼 시적 자아가 세계에 혹은 시적 대상에 직접 참여하여 주체적 참여의 태도를 취하는 것이 아니라, 이야기에 취하거나 눈오는 풍경에 취하거나 하는 몽롱하게 꿈꾸는 낭만적 자아이다. 낭만적 동경의 태도는 현실 극복의 참여적 태도는 아닐지라도 현실 유지를 위한 김종삼의 나르시시스트적 태도임에는 틀림없다.

시를 보다 세밀하게 살펴보자.

---

6) 김현, 〈김종삼을 찾아서〉, 《김종삼 전집》, 청하, 1988, 235~243면.

"그해엔 눈이 많이 나리었다"고 눈 오는 풍경으로 시는 시작되는데, '눈'은 현대 시인들의 많은 시에서 어둠의 현실 극복을 향한 위장의 미학으로 비유되어 왔다. 〈스와니江이랑 요단江이랑〉에서도 눈 오는 풍경은 '초가집에서 살고 있는 나이 어린 소년'의 비극상을 보다 강화하거나 '은폐의 아름다움'으로 치장하는 역할을 한다. 초가집이 있는 촌락에 내리는 눈은 도시의 보도블록에 내리는 눈이나, 도시의 빌딩에 내리는 눈보다 더 순수의 극미로 장치한다. 그 까닭이야 순수의 결정체로 등장한 소년이 있기 때문이며, 초가집이 있고 나무와 바위와 푸른 하늘이 있는 들판에 내리는 눈이기 때문이다.

"스와니江이랑 요단江이랑 어디메 있다는/이야길 들은 적이 있었다"고 말하는 화자가 나이 어린 소년인지, 시인인지는 불분명하다. 김종삼의 시에 지배소로 등장하는 어린아이일지라도 시적 화자로서의 어린아이라기보다는 그 어린아이를 관찰하는 혹은 바라보는 시적 주체의 시적 대상인 경우가 많다. 가령 "가난한 아희에게 온"(〈북치는 소년〉)의 "아희"도 화자로서의 아이는 아니고, "낯모를 아이들이 모여 있는 안쪽으로"(〈復活節〉)의 "아이들"도 이야기의 대상이다. "그런데/한 아이는/처마밑에서 한 걸음도/나오지 않고/짜증을 내고 있는데/그 아이는/얼마 못 가서 죽을 아이라고"(〈그리운 안니 · 로 · 리〉)의 아이도 "얼마 못 가서 죽을 아이"로 시의 주체가 바라보는 아이다. 물론 "五학년 一반입니다./저는 교외에서 살고 있기 때문에 저의 학교도 교외에 있읍니다./오늘은 운동회가 열리는 날이므로 오랜만에 즐거운 날입니다./북치는 날입니다."(〈五학년 一반〉)라고 시적 화자가 곧 어린아이인 시도 있기는 하다.

그런데 〈스와니江이랑 요단江이랑〉에 대하여 황동규는 "이 소년도 다른 아이들과의 놀이나 자기가 사는 초가집 근처의 지형에는 아랑곳 않고 서양 노래 속에 나오는 강 이름에만 관심을 갖고 있다"[7] 하여 '소년'을 시적 화자로 보고 있다. 그러나 '초가집에서 살고 있는 나이 어린 소년'은 시적 화자로도 읽히고 동시에 시적 대상으로도 읽힌다. 시적 화자로서의 소년일 경우 "스와니江이랑 요단江이랑"에 대해서 들은 주체가 소년이고, "심심하여지면 먼 고장만을/생각하게 되었던" 주체 역시 소년으로 보아야 옳다.

그러나 '초가집에 살고 있는 소년'을 '스와니강이랑 요단강이랑'에 대해 이야기를 들은 시적 주체로서의 소년이 아니라 시의 대상이라고 보면, '초가집에 살고 있는 나이 어린 소년'이라는 언표는 시인이 발 딛고 있는 비극적 세계를 보다 구체화하기 위한 기능적 대상이다. 비극적 세계에 대한 시인의 인정 어린 반향이 쓸쓸한 소년의 이미지로 제시된 것이다. 또하나 소년의 현실에 시인의 현실이 링크된 시적 장치로서의 소년이라고 보아, 의도된 불확실성의 시적 화자일 수도 있다. 필자는 후자로 본다.

그러면 위 시에서 가장 주요한 기표인 "스와니江이랑 요단江이랑"은 어떤 의미이며 어떤 시적 기능을 하는가. '스와니강'은 주지하다시피 포스터의 가곡, 〈고향 사람들 The old folks at home〉으로 불리기도 했다. 스와니강을 따라 내려가다 보면 그리운 고향 사람들이 살고 있는 곳에 이르게 된다는 망향을 연상케 하는 기표가 스와니강인데, 바로 이와 같은 기

---

7) 황동규, 〈殘像의 美學〉, 《김종삼 전집》, 청하, 1988, 244~258면.

의의 스와니강을 김종삼은 근원에서 상실된 실존적 존재의 치유를 위한 세계로, 그리움의 세계인 고향의 세계로 설정하였다. 스와니강은 단지 지역적으로 제한된 의미의 기표가 아니라, 지구상 모든 실향인의—사실적 실향이건 의식적 실향이건—망향의 기의이기도 하다. 고향이라는 구체적 공간을 따라 근원 세계에 이르고자 하는 동경의 세계가 스와니강이라는 기표인 것이다. 또한 김종삼의 아름답고 순수한 영혼이 '세계—내—존재'로서 맞닥뜨린 불행한 의식 상태에서 발생한 낭만적 동경의 세계인 것이다.

그러면 '요단강'은 어떠한가. 요단강은 "요단강 건너가 만나리"라는 기독교의 세계관이 함유된 기표다. 요단강은 탈육체하여 영혼으로 거듭나는 기의로, 혹은 요단강을 건너가면 드디어 피안의 세계에 이르러 세계—내—존재의 비극 및 불행이 영원히 구원되는 이승과 저승의 경계지로서의 기의이다. 스와니강이 세계 내에서의 상실의식 치유를 의도하고 있다면, 그래서 비교적 제한적 치유라면, 요단강은 세계—내—존재의 모든 비극 및 불행이 탈세계적으로 치유되는 보다 영혼적인 동경의 기표이다. 동경은 채워지지 않는 충족을 추구하는 충동으로 욕구, 공허, 그리고 불쾌 등에 의해 발생하는 낭만적 세계이지만, 그 세계는 아름다운 비극의 세계일 수밖에 없다. 비현시적 세계이기 때문에. 동경뿐만 아니라 환상 역시 이성적 사고로는 이를 수 없는 의식의 통일성을 형상적으로 표현할 수 있는 낭만적 능력에 속하듯이, 〈스와니江이랑 요단江이랑〉은 동경의 세계로서 환상의 분위기를 생산하여, 염세주의자의 아름다운 치유력으로 작용하게 한다. '스와니강'의 동경적 환상의 분위기는 곧 나이 어린 소년이 살고 있는 '초가집' 이라는 시인의 보다 구체적 고향 상징어에 전이되고, "바람이 일면 심심하여지면" 생각하게 되는 '먼 고장' 에도, 그리고 '눈더미 앞으로 그림처럼 앞질러가는 한 사람' 으로도 전이된다. 물론 '먼 고장' 이야 초가집이 있었던 구체적 고향이기도 하겠고, 기표 그대로 한 번도 가보지 못한 낯설고 '먼 고장' 으로서 동경의 세계일 것이며, '그림처럼 눈더미 앞을 지나가는 사람' 이 있는 풍경 역시 동경의 언표이다.

"바람이 일면 심심하여지면/먼 고장만을 생각하게 되었던" 언술 다음의 '눈더미' 와의 사이에는 많은 말, 곧 어떤 상황들이 생략되어 있어서, 이와 같은 언술구조 또한 김종삼 시의 환상적 분위기를 생산하는 데 기여한다. 그러니까 '눈더미' 는 앞의 언술과는 어떤 의미로도 연결되지 않는데, 이는 곧 시인이 여러 가지 상념을 이질적 대상을 통해 동시에 연상하고 있음을 의미한다. 화자가 "바람이 일면 심심하여지면" 생각하게 되었던 것은 '먼 고장' 이지 '눈더미' 나 눈이 쌓였던 초가집이 아니다. 통사구조로 구별하면 "바람이 일면 심심하여지면/먼 고장만을 생각하게 되었던"에서 언술은 마침표를 찍고, '눈더미' 에서 또 마침표를 찍어야 하고, 다음으로 "눈더미 앞으로/한 사람이 그림처럼 앞질러 갔다"로 되어야 한다.

화자로서의 소년이 아니라 시적 대상으로서의 소년은 어른처럼 늙어 있다. 그렇게 늙어 있는, 관념화돼 버린 소년이란 소년 시절의 김종삼의 자화상이나 다름없다. 그는 소년 시절에 이미 늙어버려서, 늙어서는 더 이상 늙을 수가 없는 불행할 수밖에 없는 존재였을 것이다. 때문에 미래로서의 영혼 불멸의 죽음, 과거로서의 고향의 원형은 비극 치유를 향한 그의 동경의 세계였으며, 그의 노래는 동경의 환상으로 통일된 세계를 꿈꾼 의식의 세계였을 것이다. 비록 치유를 위한 낭만적 동경일지라도, 낭만적 동경이 아름다운 비극으로 읽힘은 세계—내—존재의 근원적 비극 때문일 것이다. 낭만적 동경은 현실의 비극을 먹고 개화하니까.

울음이 타는 가을江

마음도 한자리 못 앉아 있는 마음일 때, 친구의 서러운 사랑 이야기를 가을 햇볕으로나 동무

'등성이', 이야기의 절정

삼아 따라가면, 어느새 등성이에 이르러 눈물나고나. 제삿날 큰집에 모이는 불빛도 불빛이

지만, 해질녘 울음이 타는 가을江을 보것네. 저것 봐, 저것 봐, 네보담도 내보담도 그 기쁜

_ 박재삼 〈울음이 타는 가을江〉

첫사랑 산골 물소리가 사라지고 그 다음 사랑 끝에 생긴 울음까지 녹아나고 이제는 미칠 일

이 희 중 | 전 주 대 학 교
국어교육과 교수 |

하나로 바다에 다 와 가는 소리죽은 가을江을 처음 보것네.

울음이 타는 가을江

마음도 한자리 못 앉아 있는 마음일 때,
친구의 서러운 사랑 이야기를
가을 햇볕으로나 동무삼아 따라가면,
어느새 등성이에 이르러 눈물나고나.

제삿날 큰집에 모이는 불빛도 불빛이지만,
해질녘 울음이 타는 가을江을 보것네.

저것 봐, 저것 봐,
네보담도 내보담도
그 기쁜 첫사랑 산골 물소리가 사라지고
그 다음 사랑 끝에 생긴 울음까지 녹아나고
이제는 미칠 일 하나로 바다에 다 와 가는
소리죽은 가을江을 처음 보것네.

〈울음이 타는 가을江〉은 박재삼의 대표작이다. 이 작품은 1959년 《사
상계》에 발표되었고 1962년에 나온 첫 시집 《춘향이 마음》에 수록되었

다. 지금까지 많은 평자들은 박재삼의 시 세계가 비교적 큰 굴곡이나 변화 없이 지속되었다는 사실에 동의하면서, 눈물, 울음, 한, 그리움, 전통 등의 의미에 주목했다. 이들의 길고 짧은 글에서 〈울음이 타는 가을江〉은 이러한 특징을 잘 드러내는 대표적 작품으로 자주 거론된 바 있다. 평자들은 어미의 다양한 활용을 유심히 보아 전통의 계승과 언어 선택의 묘미를 높이 평하기도 했고, 바다 이미지, 제삿날의 의미, 가을과 해질녘의 의미 분석에 치중하거나 시점 이동에 주목하면서 이 아름다운 시의 다층적 해명에 기여했다.

아쉬운 점은 박재삼 시의 전체적 모습을 읽어내는 저마다의 틀에 비추어 필요한 부분을 소상히 언급한 경우는 많아도 시 전체를 살피면서 예술 작품으로서 그 속 구조를 밝히고 언어적 골격에 천착하는 글은 충분하지 않다는 사실이다. 이와 같은 종류의 시를, 해석과 분석이 달리 필요 없는 시, 선별과 가치 부여만 필요하지 사실의 차원은 문면에 거의 다 드러나 있으므로 따로 언급할 필요가 없는 시로 보는 경향이 있다. 그러나 정말 쉽고 좋은 시야말로 더 정밀한 해석과 분석이 필요하다. 따져볼 이유 없이 그냥 좋은 시는 없기 때문이다. 해석과 분석이, 어렵고 복잡한 시에만 소용된다는 생각에 나는 동의하지 않는다. 좋은 시는, 독자들을 감동하게 하는 언어적·의미적 책략을 어떤 형태로든 가지고 있게 마련이다. 물론 그 책략은 시인이 의도하지 않은 것일 수 있다.

〈울음이 타는 가을江〉을 난해시라고 하기는 어렵다. '난해시'라는 말이 비평의 용어로 개념화되어 있는 것도 아니므로 '난해한 시', '이해하기 어려운 시'라는 말의 줄임말로 본다면, 이는 '평범한 독자가 읽고 무슨 소리인지 얼른 알지 못할 시'라고 풀어놓을 수 있다. 이를 준거로 삼는다면 〈울음이 타는 가을江〉은 제격의 난해시가 아니다. 다만 이 시가 한 시인의 시 세계를 대표하는 작품으로, 아울러 한 시대를 관류하는 중요한 경향을 대표하는 작품으로 일컬어지는 만큼, 정확하게 읽을 필요가 다른 작품보다 더 있고, 서로 다른 해석이 통용되는 몇몇 문제적인 구절에 대해서도 논의를 점검할 필요가 있다고 생각한다. 앞서 말한, 좋은 시는 어떤 형태로든 논리적·이론적 해명의 여지가 있다는 전제에 유의하면서, 이 글은 〈울음이 타는 가을江〉이 그냥 '좋은 시'라는 인상비평류의 단정을 넘어, 그 '좋음'의 원인과 과정을 가능한 한 소상히 밝혀보고자 하는 의도에서 씌어진다.

이 작품은 세 개의 연으로 이루어져 있다. 세 연은 각각 하나의 문장인데 이는 마침표로 명시되어 있다. 이처럼 변형된 3단계 구성은 우리의 전통 시 양식인 시조를 연상하게 한다. 시인은 시조를 통해 문학수업을 시작했고 학창시절 백일장에서 시조로 입상한 바 있으며, 일부 추천작이 시조였고 시조시집을 따로 묶어내기도 한 사람이다. 이 작품에서는 시상이 전개되면서 시점과 어조가 달라지기도 하는데, 이 또한 시조와 무관하지 않다. 이는 특히 셋째 연의 첫 두 줄에서 뚜렷하다.

첫 연을 이루는 문장의 통사적 골격은 "이야기를 따라가면 눈물나고나"이다. 평문들을 보면, 이와 같은 골격에 붙은 살점인, 문장 전체에 걸리는 부사어구 "마음도 한자리 못 앉아 있는 마음일 때"의 예비적 이동성과, "이야기"에 걸리는 수식어구 "친구의 서러운 사랑"과 "따라가면"에 걸리는 부사어구 "가을 햇볕으로나 동무삼아"에서 연역한, 친구라는 동반자의 존재 가능성, 그리고 "눈물나고나"에 걸리는 부사어구 "어느새 등성이에 이르러"의 실천적 이동성을 인정해, 이 첫 연을 화자가 친구와 이야기를 나누며 산을 오르는 상황으로 읽은 사례가 많다. 화자의 눈이 고도를 점차 높여감에 따라 시야는 넓어지고 마침내 바다가 눈에 들어와 풍광이 주는 감동을 더하게 된다는 설명이다. 이와 같은 고도 상승의 해석을 뒷받침하는 근거는 "등성이"가 유일하다. 위와 같은 독법들은 "등성이"를 '산등성이'로 치환해 읽은 결과이다. 과연 "등성이"를 꼭 '산등성이'로밖에 읽을 수 없는가.

친구의 서러운 사랑 이야기를 듣고 연민과 공감의 눈물을 흘린다는 첫 연 또는 이 작품의 지배적 정황을, 화자와 친구의 등산, 곧 산을 오르는 행동이 동반되는 것으로 보는 관행적 독법은, 시점 이동의 역동성으로 인해 이 시의 해석을 풍요롭게 하는 것이 사실이다. 그렇지만 이 방법만이 이 시를 읽는 유일한 길이라고는 생각할 수 없다. 살펴보면, 계절이 가을이라고는 하지만, 산을 오르는 일은 얼마간 육체적 곤고를 수반하지 않을 수 없으므로 조금은 땀이 흐르고 또 조금은 숨이 차는 와중에 서러운 사랑 이야기를 일방은 하고 일방은 들으면서, 이윽고 산등성이에 당도하자 듣는 일방인 화자가 눈물짓는다는 이야기에는 일말의 어색함이 있다. 이 시의 공간을 이루는 지형과 시인의 마음에 각인된 바다의 모습을 명확히 이해하기를 원하는 평자들이 자주 인용하고 참고하는 시인의 산문이 있다.

그래 나는 어물어물하다 슬그머니 거기서 빠져 나와 사람이 없는 언덕에 가 버리고 말았던 것이다. 언덕은 바다가 바로 눈밑에 보여오는 곳에 있었다. 가만히 앉아 있기도 어줍은 일이고 해서, 머리를 땅에 닿을 만하게 물구나무서서 두발 사이로 바다를 보았다. 그때 웬일인지 내 눈에선 눈물이 괴더니 그것이 얼굴로 젖어내렸다. 바다는 너무나도 아름다웠다. 늘 보는 바다가 실로 훌륭한 경치로서 내 눈에 도달해 온 것이다. 그때까지 바다는 이웃 사람의 그저 그런 낯익은 얼굴을 대하듯 별 것 아닌 것으로 내 마음에 자리하여 있다가 별안간에 아름다워 왔기 때문이다. 은금이라 한다면 좀 속된 표현일 것이고, 하여간 눈물의 꽃이 꽃피어난 꽃밭인 양 바다는 온통 현란한 경개로 내게 밀어닥쳤는지 모른다.

　　나는 내 시가 어떻고를 말하고 싶지 않다. 다만 이상과 같은 사실이 나의 시를 쓰는 사실과 상당히 닮은 데가 있는 것이 아닌가 하는 것을 곰곰 생각한다는 그것이다.[1]

인용한 부분 바로 앞에는 이 글을 쓰기 15년쯤 전 어린 나이로 물에 빠져 죽은 이종(姨從)의 시신을 보고 눈물도 울음도 나지 않아 민망하고 어색했다는 내용이 있다. 이 글이 1967년에 씌었다니까 사고 당시 시인은 10대 후반이었을 것이다. 시인은 울음바다를 빠져나와 "언덕"에 가서 "물구나무서서" 진짜 바다를 본다. '물구나무선다'는 말이 말 그대로 다리를 위로 곧추세운 예의 동작을 가리키는 것 같지는 않다. 다리 사이로 바다를 보았다고 했으니 아마 상체를 깊이 숙여 다리 사이로 바다를 거꾸로 보았다는

---

1) 〈한 경험〉, 《한국현대문학전집18》, 신구문화사, 1974, 484면.

말일 것이다. 어쨌든 효과는 물구나무선 것과 같다. 이럴 때 늘 보던 사물은 낯설고 새로운 모습이 된다. 마지막 문단에서 시인은 이 산문이 자신의 시에 대한 언급을 요청받아 쓴 것이며, 이 일화가 "나의 시를 쓰는 사실과 상당히 닮은 데가 있는 것이 아닌가" 생각한다며 우회적인 의도를 밝혔다. 김현을 비롯한 여러 논자들은 이 길지 않은 산문을 〈울음이 타는 가을 江〉의 해석에 조심스럽게 참고하였으나, 이것이 관행으로 고착되어 결과적으로 이 작품을 읽는 이정표가 되었음도 부인할 수 없다.[2]

'강' 과 '바다' 는 다르다. 하지만 어떤 지점에서 강과 바다의 경계는 불분명하다. 사실 삼라만상의 경계는 우리의 과학적 이성이 상정하고 기대하듯 그렇게 뚜렷하지 않은 법이다. 대체로 시인이 나서 자란 곳의 지리적 위치는 산문과 시에서 조금씩 서로 다르게 표현된 바로 그 자리일 것이다. 다만 이 시에서는 바다와 경계가 흐려지는 곳에 다다른 강의 내력에 무게를 더 두므로 강의 측면이 강조될 수 있었다. 요컨대 그 자리는 강이기도 하고 바다이기도 한 곳이다. 그렇다면 시에서 "등성이"와 산문에서 "언덕"의 차이는 어떻게 볼 것인가. 우선 시인이 '언덕에(을) 오르다' 라고 말하지 않고 "언덕에 가다"라고 표현한 사실을 새겨보아야 한다. 이는 이 '언덕' 이 오를 만한 고도를 가지고 있지 않음을 알린다. 말하자면 고도의 차이는 대수롭지 않으며, 평면적 이동을 설명할 때 도착지로 들 수 있는 한 공간의 명명에 불과할 수 있다는 것이다. 강 또는 바다 쪽에서 보면 강안(江岸) 또는 해안(海岸)은 언덕으로 보인다. 수면 또는 해면을 기준

---

2) 김현, 〈시와 시인을 찾아서②—박재삼편〉, 《심상》, 1974, 3월호.

으로 보자면 대부분의 땅은 언덕에서 시작한다. 그러므로 박재삼 시인이 산문에서 말하는 '언덕'은 마을과 바다 사이에 위치하는 중간 지형으로 마을과 주목할 만한 고도 차이를 인정할 수 없는, 다만 바다를 굽어볼 수 있는 자리 정도라고 할 수 있다.

사정이 이렇다고 하여 이 시의 "등성이"와 저 산문의 "언덕"을 간단히 동일시할 수는 없다. 위 인용문과 같은 고백적 산문은 대부분 사실 그대로일 가능성이 많지만, 시의 내용은 사실 그대로가 아닐 수 있다. 산문은 단지 새롭게 바다의 아름다움을 발견하던 날의 사정과 인상을 적고 있을 뿐이지만, 시는 친구의 사랑 이야기에서 시작해 젊은 날 사랑의 곡절 일반으로 줄기를 모으면서 아울러 매우 강렬하고 인상적인 풍경을 전면에 내세우고 있어, 시와 산문의 내용이 서로 다른 길임은 자명하다.

나는 "등성이"가 '산등성이'가 아니라 '이야기의 등성이'로 보는 길을 하나의 독법으로 제안하고자 한다. 사전을 참고하면 '등성이'는, 일차적으로 '동물의 등 또는 등줄기'를 가리키는 말이다. 우리말에는 한 음절로 이루어진 신체어에 어미를 붙여 여러 음절의 낱말로 늘여 부르는 경우가 잦다. 코빼기, 볼때기, 배때기 등이 그 예일 텐데, 정확한 전달을 기하려는 것이 그 이유로 보인다. 또한 자연물의 형상에 따라 신체어를 뒤에 붙인 죽은 비유의 어휘들이 있는데, 산허리, 산머리, 길목 등이 그 예이다. 같은 방식으로 '산등성이'는 '산의 등, 산의 등줄기'를 가리킨다. '등'을 '등성이'라고 하는 용례는 드물어지고, '등어리', '등짝'이라고 더 자주 부르게 되었지만 '산등성이'라는 말은 고스란히 남아 자주 쓰인다. 그래서 '등성이'의 이차적인 뜻풀이에는 파생 의미라고 할 '산등성이'를 밝히기도 한다. 그렇다고 하더라도 이 시의 '등성이'를 반드시 '산등성이'로 읽어야 하는 것은 아니다.

'등성이'를 '이야기의 등성이'로 보면 첫 연은, "친구의 서러운 사랑 이야기를" "따라가면,/어느새 그 슬픈 이야기의 등성이에 이르러 눈물나고 나"가 된다. "이야기의 등성이"란 '이야기의 절정'을 말한다. 친구의 서러운 사랑 이야기는 하나의 플롯을 가지고 있을 법하다. 가을햇살이 내리쬐고 있는 강변에서 친구의 서러운 사랑 이야기를 듣고 있자니, 그 이야기의 곡진한 대목에서 공감과 연민의 눈물을 흘리게 되었다는 말인 것이다. 그렇다면 화자의 마음이 친구의 이야기를 따라 한바탕 상상의 여행을 한 것일 뿐 몸은 친구와 함께 강변에 머물러 있었을 것이다. 아울러 이 상상의 여행은 혼자서 과거에 들은 친구의 이야기를 기억하면서 진행되었을 수도 있다. '등성이'를 접어두면 시의 문면에서 화자의 수직적 공간이동의 확실한 증거를 찾을 수 없는 것과 마찬가지로, 바로 지금 강변에 앉아 친구의 사랑 이야기를 듣고 있다는 문면의 증거도 없다. 그러나 막걸리를 앞에 두고 저녁노을이 비치는, 바다 같은 강을 배경으로 친구의 이야기를 듣다가 눈물을 흘리는 장면이 이 시의 흐름에 잘 어울린다고 나는 생각한다.

둘째 연의 두 행은 이 시의 핵심을 간명하게 담고 있지만, 그 통사의 의미론적 구성까지 간명하지는 않다. 이 문장의 통사적 골격은 'ㄱ도 ㄱ이지만 ㄴ을 보겠네'이다. 지금 화자는 매우 인상적인 풍경 두 가지를 비교하고 있다. 하나는 "제삿날 큰집에 모이는 불빛"이며, 다른 하나는 "해질녘 울음이 타는 가을江"이다. 전자는 과거에 보았던 기억의 풍경일 것이다. 그렇지 않다면 이 밤중의 풍경은 이 시 전체의 시간과 어긋난다. 요즘은 풍속이 많이 달라졌지만, 원래 제사는 자정이 지난 후 지냈다. 전기가 없었던 시절 동족들이 모여 사는 마을에서는 캄캄한 밤중 저마다 초롱을 들고 제사 지내러 큰집에 모인다. 이를 멀리서 보면 참으로 엄숙하고도 따뜻한 풍경이었으리라. 심야에 초롱불들이 점점이 한곳으로 모여 환한 빛을 만들던 야경을 각별히 아름답게 기억하고 있던 화자는, 지금 그에 비견되는 다른 놀라운 풍경을 본다. 바로 노을이 내려 비친 가을 강이다. 모여드는 호롱불이 시냇물이라면 제삿날 밤 환한 불빛은 바다에 닿은 강물이라 할 것이다. 또한 풍경을 채색하는 노을은 하늘의 빛깔인데 그것이 강물에 비친다. 전자의 진상(眞像)에 대해 후자의 영상(影像)은 호응과 공감의 몸짓으로 보일 수 있다.

끝 연에서는 친구의 사랑 이야기를 자연물의 흐름에 투사한다. 그 사랑 이야기는 듣다가 눈물을 흘릴 만큼 가련하고 서럽고, 그 자연물은 눈부시게 아름다워서 또한 서럽다. 특수한 개인의 사연은 강물이라는 비유적 매개에 연결되면서 일반화의 과정을 거친다. 그래서 사랑의 갖은 사연들이 모여 강이 되어 흘렀고 이제 바다에 이르러 아름답게 잦아들고 있다.

끝 연의 첫 행, "저것 봐, 저것 봐"는 바다에 다다른 강물의 경이적인 풍경에 대해 주의를 환기하면서, 동시에 그 풍경의 숨은 의미, 곧 사랑의 곡절을 함께 읽은 놀라움을 드러낸 구절로, 시조의 종장 첫 구절을 떠올리게 한다. 둘째 행 "네보담도 내보담도"는, 강물이, 친구인 '너'와 '나'의 청춘이 걸어온 사랑의 곡절을 비유적 형상으로 보여주고 있음을 깨닫게 되는 과정을 자연스럽게 드러낸다. 강물의 내력과 그 현재의 아름다움은,

'너의 것'도 '나의 것'도 아닌, 애욕에 시달리며 성장하는 젊은이들의 몫인 것이다. 이제 끝 연의 남은 넉 줄은 바다에 도달한 강물들의 내력을 되짚어보는 데 바쳐진다. 이때 강물의 내력은 바로 사랑의 역사, 청춘의 역사이다. 강물은 어느 작은 산골짝의 시내에서 발원했을 것이다. 화자는 그 "산골 물소리"를 "그 기쁜 첫사랑"이라고 했다. 이내 그 기쁨의 소리는 사라지고, 실패한 사랑 끝에 생긴 '울음'도 넓은 강물에 녹아버리고, 이제 바다에 다 와 가는 물을 화자는 슬퍼하고 있다. 산골을 흐를 때, 시내가 강을 이루어 흐를 때, 주위에 울려퍼지는 그 싱싱한 소리를 시인은 청춘의 몫이라 생각하였다. 강물은 이제 해면과 높이가 같아지면서 점차 흐름이 느려지고, 결국 강물다운 흐름을 잃은 채 거대한 바다 속에 흔적 없이 섞여 출렁거리게 될 것이다. 지금 바다와 만나고 있는 강의 풍경은 화자에게 목적지에 도달한 장한 모습이 아니라, 긴 여정을 마무리하는, 그래서 "이제는 미칠 일 하나로" 바다에 거의 다 와버린, "소리죽은" 가을강을, 그 화려하고 아름다운 종말을 처음 본다며 놀라고 있다. 시인의 슬픔은 소리의 소멸 때문이다. 시인에게 소리는 사랑의 기쁨이기도 하고 눈물이기도 하다. 소리가 사라진 풍경은 그래서 더 화려하고, 시인에게는 더 슬프다.